De gast

W0353869

Van BA Paris verscheen eveneens
bij Ambo|Anthos *uitgevers*

*Achter gesloten deuren*
*Gebroken*
*Breng me terug*
*Het dilemma*
*De therapeut*
*De gevangene*
*De understudy* (met Clare Mackintosh,
Holly Brown en Sophie Hannah)

Meld je aan voor onze nieuwsbrief om op de hoogte te blijven van
de nieuwste boeken van Ambo|Anthos *uitgevers* via
www.amboanthos.nl/nieuwsbrief.

mar 11/23

BA Paris

# De gast

Vertaald door Ireen Niessen

Ambo|Anthos
Amsterdam

MIX
Papier van verantwoorde herkomst
FSC® C014496

ISBN 978 90 263 6559 1
© 2024 BA Paris
© 2023 Nederlandse vertaling Ambo|Anthos *uitgevers*,
Amsterdam en Ireen Niessen
Oorspronkelijke titel *The Guest*
Oorspronkelijke uitgever Hodder & Stoughton
Omslagontwerp Janine Jansen op basis van
het ontwerp van Danielle Christopher
Omslagillustratie © Deborah Pendell / Arcangel Images
Foto auteur © Philippe Matsas

Verspreiding voor België:
Veen Bosch & Keuning uitgevers nv, Antwerpen

*Voor Sophie*

*Bedankt voor onze fijne* Silent Witness-*momenten samen in Den Haag. Ik zal ze altijd koesteren.*

# PROLOOG

Gabriel reikte Iris met licht trillende vingers om de steel een glas champagne aan, en gaf er daarna een aan Esme.

'Ik heb helemaal niets gedronken op het doopfeest, dus dit gun ik mezelf,' zei Esme. Ze keek naar Iris. 'Dank je voor de uitnodiging. Het is heerlijk om even te ontspannen nu het eindelijk voorbij is.'

Iris glimlachte. 'Je hebt het verdiend.'

'Toch was het een geweldige dag.' Hugh hief zijn glas. 'Op Hamish. En zijn moeder natuurlijk.'

'En op jou,' zei Gabriel. 'De trotse vader.'

Ze namen alle vier een slok en Esme zuchtte tevreden. 'O, wat heb ik dit gemist.'

Hugh hief zijn glas opnieuw. 'Iris, Gabriel, het was me de zomer wel. Een proost op gelukkiger tijden.'

Er viel een stilte. Gabriel schraapte zijn keel.

'Dank je, Hugh. Zoals jij net al zei...'

Een heftige explosie, gevolgd door het paniekerige geritsel van vogels die opvlogen uit de bomen, overstemde de rest van zijn woorden. Iris' hart bonsde als een echo van de knal, die nog natrilde in de lucht. Daarna werd het doodstil.

Een paar seconden lang vormden ze een roerloos tableau

dat bevroren leek in de tijd. Gabriel en Hugh, ieder met een champagneglas in de hand, hadden hun hoofd in de richting van het geluid van de ontploffing gedraaid. De schrik in Iris' ogen weerspiegelde die van Esme. Zelfs baby Hamish hield op met zijn sabbelgeluidjes, en Esme, wier instinct om haar kind te beschermen automatisch opborrelde, drukte hem steviger tegen zich aan. Gerustgesteld begon hij weer te drinken, met zijn beentjes trappelend onder zijn dekentje, de enige beweging in de onbeweeglijkheid.

'Ik hoop niet dat dat het huis was,' grapte Esme, die zo de verbijstering verbrak die de explosie bij hen had teweeggebracht. 'Niet na al ons harde werk.'

'Misschien moet ik...' Hugh zweeg abrupt toen zijn aandacht door iets getrokken werd. Iris volgde zijn blik en zag zwarte rook in de lucht opwolken.

In de verte weerklonk een sirene, die langzaam luider werd.

Gabriel wendde zich tot Hugh. 'Zullen we maar even gaan kijken?'

'Goed idee. Het lijkt me toch iets te dicht bij huis,' antwoordde Hugh. Hij keek naar Esme. 'We zijn zo terug.'

Esme wachtte tot ze weg waren. 'Laten we hopen dat Joseph zichzelf niét heeft opgeblazen,' zei ze, terwijl ze Hamish van haar borst haalde en hem naar de andere kant verplaatste. 'Ik ben erg in hem teleurgesteld.' Hamish ging lekker liggen, waarna ze haar vrije hand uitstak en op Iris' arm legde. 'Fijn dat jullie hem naar huis hebben gebracht voordat hij zich helemaal liet gaan.'

'Ik heb alleen maar voorgesteld hem naar huis te brengen omdat ik niet wilde dat iedereen hem in die toestand zou zien.' Iris zweeg even. 'Denk je dat hij al vóór vandaag weer aan de drank was en dat het hem gelukt is om dat voor iedereen te verbergen?'

'Ik weet het niet, maar ik ben kwaad en teleurgesteld en alles daartussenin. Ik begin er spijt van te krijgen dat we hem hebben gevraagd om Hamish' peetoom te worden.' Ze keek plotseling nerveus. 'Hij heeft toch niets gezegd toen Hugh en jij hem thuisbrachten? Hij heeft de neiging zijn mond voorbij te praten als hij dronken is.'

'Nee,' zei Iris. 'Maak je niet druk.'

'Ik had van meet af aan eerlijk moeten zijn tegen Hugh,' zei Esme met een zorgelijke blik.

'Het maakt nu niet meer uit. Joseph vertrekt morgen, toch?'

'Als hij nuchter genoeg is.' Ze legde Hamish over haar schouder en klopte op zijn rug, en terwijl Iris luisterde naar haar gebabbel over het doopsel en hoe mooi het was geweest, trok er een buitengewoon prettig gevoel door haar lichaam. Voor het eerst in maanden ervoer ze rust.

'O, ze zijn terug!' riep Esme uit.

Iris wierp een blik achterom, maar nog voordat ze doorhad dat er iets mis was, had Esme Hamish al in haar armen gedrukt om zich over het gazon naar Hugh te haasten. Geschrokken ontmoetten Iris' ogen Gabriels blik, en het werd haar benauwd om het hart toen ze de hopeloosheid op zijn gezicht zag. Ze verplaatste Hamish naar haar schouder en putte troost uit zijn warme, slaperige gewicht. Terwijl ze over zijn rug begon te wrijven en bezorgd naar Hugh en Esme keek, boerde hij braaf wat bubbeltjes melkachtige lucht op. En toen klonk er een klaaglijke kreet, waarvan ze heel even dacht dat die van Hamish afkomstig was.

Maar het was niet Hamish die jammerde, het was Esme, die in Hughs armen in huilen uitbarstte.

# VIER MAANDEN EERDER

# I

Iris dacht dat ze nooit thuis zouden komen. Van Oban naar Markham, bijna achthonderdvijftig kilometer, was de reistijd zonder stops onderweg negen uur. Ze waren vanochtend om tien uur vertrokken en het was nu tien uur in de avond. Geen wonder dat ze allebei geradbraakt waren.

De plannen waren gewijzigd. Het was de bedoeling geweest hun reis te onderbreken met een nacht in York, en morgen pas thuis te komen. Iris had een kamer in een mooi hotel geboekt en als alles volgens plan was verlopen, zouden ze daar nu het diner achter de rug hebben en op het punt staan naar bed te gaan. In plaats daarvan reden ze heuvelafwaarts Markham binnen.

Iris leunde achterover tegen de hoofdsteun en deed haar ogen dicht om de felle lichten van de stad niet te hoeven zien. Normaal zou ze er met genoegen naar kijken, dit teken dat ze bijna thuis was. Maar vanavond waren ze pijnlijk scherp, in schril contrast met de donkere fluwelen nachten van de Schotse eilanden.

Ze schoof rusteloos heen en weer en trok haar blote benen, die aan de crèmekleurige leren stoelen plakten, los. Ze wilde dolgraag de auto uit en weer bloed door haar enkels voelen circuleren. Gabriel, die haar ongemak begreep, wierp haar een schuldbewuste blik toe.

'Het spijt me,' mompelde hij. 'Misschien hadden we toch in York moeten stoppen.'

Iris schonk hem een glimlach, waarmee ze haar teleurstelling maskeerde. 'Het is beter zo. We kunnen morgen uitrusten.'

Ze was niet zozeer teleurgesteld omdat hun diner in het sterrenrestaurant gevolgd door een nacht in een luxehotel aan haar neus voorbij was gegaan, maar omdat ze in de twee weken dat ze weg waren geweest Gabriel niet zover had gekregen dat hij zich voor haar had opengesteld. Ondanks de idyllische cottages met uitzicht op zee, de prachtige landschappen en de lange wandelingen over verlaten witte stranden was het haar niet gelukt om hem aan het praten te krijgen over Charlie Ingram.

Charlie was nog maar net als vermist opgegeven door zijn moeder toen Gabriel, die vroeg in de ochtend aan het hardlopen was, hem had zien liggen in de oude kalksteengroeve, verstrengeld met het verwrongen metaal van zijn fiets.

'Hij moet het pad om de groeve heen hebben genomen, te snel hebben gereden, tussen de bomen door zijn geschoten en over de rand zijn gevlogen,' had Gabriel met een asgrauw gezicht gezegd. 'Of op een steen zijn gebotst en daardoor uit koers zijn geraakt. Wat een tragisch lot.'

Charlie leefde nog toen Gabriel hem vond, maar hij was overleden voordat de hulpdiensten arriveerden. En in de paar minuten dat hij tussen leven en dood had gebalanceerd, had Charlie Gabriel een boodschap toevertrouwd: *Vertel mijn moeder dat ik van haar hou.*

'Hij heeft vast gewacht tot hij die laatste boodschap kon overbrengen,' had Iris gezegd om hem te troosten.

Maar haar woorden hadden hem nog erger van streek gemaakt, en de laatste twee maanden was Charlie Ingram – achttien jaar oud, geliefd, knap, student in de dop, een jaar jonger dan hun dochter Beth – hem blijven achtervolgen. Misschien zou het hem niet zo diep geraakt hebben als Charlie een onbekende voor hem was geweest. Ze hadden elkaar weliswaar sinds Charlies vroege jeugd niet meer gezien, maar ze hadden elkaar meteen herkend.

Iris kreeg een wee gevoel in haar maag van schuldgevoel. Ze had Gabriel de tijd moeten geven om tot rust te komen, om thuis te acclimatiseren voordat ze hem had meegesleept naar Schotland. Het was vast niet gemakkelijk om van je zakenpartners, hoe vriendelijk ook, te horen te krijgen dat je met buitengewoon verlof werd gestuurd, en al helemaal niet als je dokter was in de plaatselijke onderbemande huisartsenpraktijk. Gabriel had aanvankelijk geweigerd, want hij had niet kunnen accepteren wat Iris en zijn collega's wel hadden gezien, namelijk dat hij een burn-out had.

Hij was al murw geslagen door de dood van zijn dierbare vader, vier maanden eerder, plus een steeds grotere onhanteerbare hoeveelheid werk, en Charlies dood was de druppel geweest die de emmer had doen overlopen. Gabriel was er zo door aangedaan dat hij niet kon praten over wat er was gebeurd. Ondanks Iris' pogingen, en die van zijn collega's, bleven de minuten die Gabriel in de steengroeve met Charlie had doorgebracht voor hij stierf, voordat er hulp was gekomen, ergens diep in hem opgesloten.

Toen Gabriel de oprit op reed, had de avond de schemering de donkerte in gejaagd. Iris, die het geen moment langer in de auto uithield, klikte snel haar gordel los en opende het portier. Ze werd overspoeld door een massa warme lucht toen ze uit de van airco voorziene auto stapte. Haar benen waren zo stijf van het zitten dat haar knieën knikten en ze legde een hand op het autodak om in evenwicht te blijven, maar ze trok hem snel weer terug. Net als de lucht om haar heen had het door de zon verhitte metaal de warmte vastgehouden.

'Hoe kan het op dit uur in de avond zo warm zijn?' Ze bracht het vuil van de auto over op haar voorhoofd toen ze een vochtige haarlok wegstreek.

Gabriel kwam rustig van de passagiersstoel af en strekte zijn armen boven zijn hoofd om de spieren in zijn onderrug los te maken. 'Ze hadden hier een minihittegolf terwijl wij in Schotland waren, weet je nog? En het is begin juni.'

Hij liet zijn armen zakken en liep naar de kofferbak.

'Laat de bagage maar,' zei Iris, en ze onderdrukte een gaap. 'We pakken morgen wel uit.'

'Goed idee.' Hij keek naar hun huis, een oude stenen boerderij in het dorp West Markham waarvan het interieur door de vorige eigenaar, een architect, op smaakvolle wijze naar de eenentwintigste eeuw was gebracht. 'Weet je wat het fijnst is aan op vakantie gaan?'

Iris glimlachte. 'Thuiskomen?'

'Precies.' Hij liep om de auto heen naar Iris toe en gaf haar een kus op haar kruin. 'Dank je voor een heerlijke vakantie.'

Ze legde een hand tegen zijn wang, blij dat hij even niet leek te denken aan die sombere kwestie die hem zo bezighield. 'Heb je je sleutels?'

Hij haalde ze uit zijn zak. 'Kom, dan gaan we naar bed.'

'Ik neem eerst nog een lekker lang bad.'

Hand in hand liepen ze naar de voordeur. Gabriel draaide hem van het slot en Iris wilde al over de drempel stappen toen hij een arm uitstak en haar tegenhield.

'Er ligt geen post,' siste hij.

Iris fronste en realiseerde zich toen wat hij bedoelde. Normaal lag er een stapel post op de deurmat als ze twee weken weg waren geweest. Maar er lag niets.

'Doe het licht eens aan,' fluisterde ze.

Gabriel stak zijn hand naar binnen en vond de schakelaar.

'Mijn vestje.' Iris wees naar de trappaal, waar een blauw vestje over gedrapeerd was. 'Dat heb ik daar niet achtergelaten. En die ook niet,' voegde ze eraan toe, wijzend naar een paar espadrilles die schijnbaar achteloos uitgeschopt op de vloer lagen.

'Beth is er toch niet?' vroeg Gabriel met gedempte stem, hoewel hij wist dat hun dochter als vrijwilligster in een hondenasiel in Griekenland werkte.

'Nee, ze blijft nog drie maanden weg. En ze zou nog niet dood gevonden willen worden in mijn vestje.'

Gabriel liep de hal in en duwde de deur naar de woonkamer open.

'Nou, er is hier in elk geval íémand geweest,' zei hij met een knikje naar een slordige stapel tijdschriften op de salontafel.

Iris tuurde langs hem heen de kamer in en wees naar de afdrukken in de zitting van de bank. 'En die is er misschien nog steeds.' Ze keek Gabriel angstig aan. 'Krakers?'

Instinctief ging hij voor haar staan en riep luid door de hal. 'Is hier iemand?'

Ergens op de bovenverdieping klonk een uitroep van verbazing, gevolgd door het geluid van voetstappen over de gang.

'Gabriel?' Een vrouwenstem, een tikje hees, aarzelend. 'Ben jij dat?'

Iris staarde naar de gestalte die bovenaan de trap stond, met donker haar dat rond haar schouders viel, de zoom van de pijpen van een lichtblauwe pyjama fladderend om haar voeten. 'Laure?'

Laure legde een hand op haar hart. 'Iris! Je maakte me aan het schrikken! Wat doen jullie hier?'

'Afgezien van het feit dat wij hier wonen, bedoel je?' zei Gabriel, eerder geamuseerd dan ontstemd.

Laure lachte gegeneerd. 'Ja, ja natuurlijk. Ik had jullie gewoon niet verwacht.' Ze trok de pyjamapijpen omhoog, rende de trap af en omhelsde Iris stevig, waarna ze haar losliet en haar aankeek met een verwijtende blik in haar glanzende bruine ogen. 'Je zei in je e-mail dat jullie pas morgen terug zouden komen.'

'We hebben besloten toch maar geen nachtje in York over te blijven,' legde Iris uit, zich ervan bewust dat ze zich min of meer verontschuldigde omdat ze vroeger dan verwacht was teruggekeerd naar nota bene haar eigen huis.

Terwijl Gabriel Laure een hartelijke knuffel gaf, keek Iris langs de trap omhoog in de verwachting dat Pierre daar zou verschijnen. Het zou Gabriel enorm goeddoen om zijn beste vriend te zien. Waarschijnlijk had Pierre een vergadering in Londen gehad, en waren Laure en hij hierheen gekomen om hen te verrassen. 'Waar is Pierre?' vroeg ze. 'Zeg nou niet dat hij al slaapt.'

Laure schudde haar hoofd en liet zich neerzakken op de trap, haar mooie gezicht getekend door ellende. Er kroop een koude rilling over Iris' ruggengraat.

'Laure, wat is er?'

'Het gaat om Pierre.'

'Is alles goed met hem?' Gabriels stem klonk schor van ongerustheid, en toen Iris zich naar hem omdraaide, zag ze dat alle kleur uit zijn gezicht was verdwenen. Ze pakte zijn hand en gaf er een geruststellend kneepje in. *Laat er alsjeblieft niets met Pierre gebeurd zijn, niet na Charlie Ingram en Gabriels vader.*

Laure knikte vlug. 'Ja, alles is heus met hem goed.' Haar gewoonlijk onberispelijke Engels liet haar een moment in de steek, wat betekende dat ze flink van de kook was. 'Hij heeft een kind – waarom zou het niet goed met hem gaan?'

Er viel een verbijsterde stilte.

'Pierre heeft een kind?' stamelde Gabriel.

Laure knikte. 'Dat zegt hij.'

'Maar... Wanneer dan? Hoe? Ik bedoel, dat is onmogelijk.'

'Hij schijnt een affaire te hebben gehad.'

'Dat kan niet waar zijn,' protesteerde Iris. 'Hij houdt van je.'

En Laure begon hartstochtelijk te snikken.

# 2

Terwijl Laure en Gabriel zaten te praten in de keuken, liep Iris naar boven om te gaan douchen.

Met een gaap van vermoeidheid duwde ze de deur naar hun slaapkamer open en bleef toen stokstijf staan. Het bed was een wirwar van kreukelige lakens. Er stond een mok op haar nachtkastje, er lag een tijdschrift op Gabriels kussen en er lagen verspreide hoopjes gebruikte tissues op de vloer. Terwijl een deel van Iris' brein haar vertelde dat Laure natuurlijk niet in hun kamer was gaan slapen, aangezien er twee prima logeerkamers waren, herinnerde een ander deel haar eraan dat ze het bed had afgehaald voordat ze naar Schotland waren vertrokken.

'Laure!' riep ze.

Laure kwam de trap op hollen en stoof de slaapkamer in.

'O, sorry! Ik was van plan op te ruimen voordat jullie morgen terug zouden komen! Ik voelde me zo alleen toen ik aankwam dat ik niet kon stoppen met huilen en ik wilde alleen nog maar wegkruipen. Ik was bang dat een van jullie buren het licht in de logeerkamer aan de voorkant zou zien en dat ik dan zou moeten uitleggen waarom ik hier was. In de kamer naast jullie kamer lagen spullen op het bed en ik wilde Beths kamer niet gebruiken. En ik weet dat het raar klinkt, maar ik had ook het gevoel dat ik hier dichter bij jullie was.' Ze haastte zich langs Iris heen en begon de kussens uit hun hoezen te trekken. 'Ik zal het beddengoed verschonen, dat duurt niet lang. En ik verhuis uiteraard naar een van de logeerkamers.'

Er spoelde een golf van vermoeidheid over Iris heen en ze plofte neer op het bed. 'Laat maar, het is al goed. Voor vanavond maakt het niet uit, we kijken morgen verder.'

Ze wilde eraan toevoegen dat ze wel even zou gaan douchen in hun naastgelegen badkamer – het lange badderen had ze al uit haar hoofd gezet, want wat stelde een beetje weeïg schuim nou voor in het licht van het verschrikkelijke nieuws van Pierres ontrouw? – toen ze door de open deur een glimp opving van handdoeken op de vloer en kleren over de rand van het bad. De kleren hadden iets bekends en deden Iris denken aan iets wat haar had afgeleid toen ze Laure bovenaan de trap had zien staan en wat haar was blijven bezighouden, al had ze met open mond geluisterd naar het verhaal van Pierres vreemdgaan.

'Heb jij mijn pyjama aan?'

Laures ogen vulden zich weer met tranen. 'Ik heb geen kleren meegenomen. Ik heb er niet aan gedacht om bagage mee te nemen, ik heb alleen maar mijn tas en paspoort gepakt en ben vertrokken.'

Iris stond op en gaf haar een knuffel. 'Het geeft niet.'

Ze liet Laure los en haalde een pyjama uit een la. Toen ze zich omdraaide zag ze Laure bij het raam staan, waar ze de avond in keek.

'Hoe gaat het met Gabriel?' vroeg Laure.

'Die is nog steeds van slag. Charlie Ingram zal hem voor altijd achtervolgen, denk ik.'

'Heette hij zo, Charlie Ingram?'

'Ja.'

'Een leuke naam.' Ze draaide zich om naar Iris. 'Kun je het licht uitdoen? Dan kunnen we de groeve zien en een gebedje voor hem doen.'

Iris knipte het licht uit en ging naast Laure staan. Samen keken ze naar de groeve, waarvan de wanden wit glansden in het maanlicht, en deden ze ieder op hun eigen manier een stil gebed voor Charlie.

'Vertel me nog eens waarom we in onze logeerkamer slapen,' zei Gabriel.

Hij kwam net onder de douche vandaan, had een handdoek om zijn middel en rook naar munt, een mengeling van douchegel en tandpasta. Voorheen, nog maar een paar maanden geleden, zou Iris de handdoek hebben losgemaakt en haar man op het bed hebben getrokken. Maar nu niet meer.

'Pure vermoeidheid. Ik was te moe om Laure te helpen het beddengoed te verschonen.'

Hij kwam naast haar zitten en veerde op en neer om het matras te testen.

'Best comfortabel,' merkte hij op. 'Ik geloof niet dat ik hier ooit heb geslapen.'

'Eén keer, toen je die erge griep had.'

'O ja, dat is ook zo.'

Iris boog zich voorover en sloeg de lakens aan zijn kant van het bed open. 'Kom, laten we gaan slapen.'

Hij stapte in bed en knipte de lamp op het nachtkastje uit. Zwijgend lagen ze in het donker.

'Waar denk je aan?' vroeg Iris.

'Dat dit bed toch minder comfortabel is dan dat van ons.' Hij wist dat Iris glimlachte en slaakte een zucht. 'Ik denk aan Pierre, dat hij een kind heeft, een dochter. Ik denk van alles...

Wanneer? Hoe oud is ze? Heeft Laure je dat verteld?'

'Niet precies. Ze dacht eerst dat Pierre misschien een soort midlifecrisis had gehad en dat het meisje onlangs was geboren. Maar het schijnt dat ze al ouder is. Hij zegt dat het uit een onenightstand is voortgekomen. Ik weet niet of dat minder erg of juist erger is.'

'Misschien minder erg voor Laure, maar erger voor het kind.' Gabriels stem klonk somber. 'Heeft Pierre contact met zijn kind, of de moeder?'

'Niet sinds hij heeft gehoord dat hij de vader is – althans, dat heeft hij tegen Laure gezegd.'

'Waarom vertelt hij het dan nu? Waarom zou hij slapende honden wakker maken?'

'Misschien uit gewetensnood.'

'Of spijt. Laure en hij wilden geen kinderen, toch?'

'Nee. Nou ja, Pierre wilde er geen en Laure heeft zich erin geschikt omdat ze van hem hield. Als hij tien kinderen had gewild, was ze daar ook in meegegaan.'

'Echt?' Iris voelde dat Gabriel fronste. 'Heeft ze je dat verteld?'

'Ja, vorig jaar, toen ze veertig werd.'

Ze kroop dichter naar hem toe, in de hoop dat hij zijn armen om haar heen zou slaan en haar naar zich toe zou trekken. Maar hij kwam ook in beweging en rolde van zijn rug op zijn zij, met zijn gezicht naar de muur. Dat was nieuw, dit wegdraaien.

Voorheen vielen ze altijd in slaap met zijn lijf om haar heen gekruld, zijn kin op haar hoofd en zijn arm over haar lichaam, zodat ze tegen hem verankerd lag. Nu was zij degene die zich om hem heen krulde. En dat niet alleen: hij droeg tegenwoordig ook een T-shirt in bed, terwijl hij vroeger met bloot bovenlijf sliep. Het leek wel of hij hoopte dat de barrière van dunne stof elk verlangen dat ze naar hem zou kunnen hebben temperde.

Al snel werd zijn ademhaling dieper, en om zich niet meer bezorgd te maken over hem, over hen samen, richtte Iris haar gedachten op Laure en Pierre. Gabriel en zij hadden hen twintig jaar geleden op de Bahama's leren kennen. Zij waren toen een jaar getrouwd, en Laure en Pierre waren op huwelijksreis. De twee koppels konden het meteen goed met elkaar vinden. Iris was erg gecharmeerd geweest van Laure: ze was tenger, had steil, glanzend bruin haar dat tot halverwege haar rug viel en donkere ogen omlijst met lange wimpers die haar pony bijna raakten. Laure was de belichaming van een chique Parisienne. Ze had een mooie neus, die onderaan een tikkeltje omhoogkrulde, en haar lippen waren van nature zo rood dat het leek alsof ze permanent gestift waren. Toen Iris haar leerde kennen, was ze verbaasd geweest dat Laure nooit make-up droeg, maar besefte ze tegelijkertijd dat dat het equivalent zou zijn van een prachtig schilderij waarop gekrabbeld zou worden.

Hun vriendschap was in de loop der jaren sterker geworden. Om de paar maanden brachten ze een weekend met elkaar door en eens per jaar gingen ze met elkaar op vakantie. Ze hadden de sleutel van elkaars huis. Pierre reisde soms voor zijn werk, en als Laure hem voor een weekend vergezelde, kreeg Iris van tevoren steevast een vrolijke e-mail: *Het appartement is het laatste weekend van de maand vrij, mocht je zin hebben in een uitstapje naar Parijs.*

Andersom lieten Iris en Gabriel het Laure en Pierre weten als hún huis beschikbaar was. Daarom had Laure het gevoel gehad dat ze er gerust kon vertoeven zolang zij in Schotland waren; Iris had haar een berichtje gestuurd dat ze weg zouden zijn. Het was echter de eerste keer dat ze van tevoren geen reactie hadden gekregen – *Ja, heerlijk, bedankt, we komen graag een paar dagen naar jullie huis!* – maar Laure had andere dingen aan haar hoofd gehad, wat begrijpelijk was.

Om rustiger te worden probeerde Iris mee te liften op het ritme van Gabriels ademhaling, in de hoop dat ze erdoor in slaap gesust zou worden. Maar voordat ze zover was, maakte hij zich voorzichtig los uit haar armen, gleed stilletjes het bed uit, verliet de kamer en deed de deur zachtjes achter zich dicht. Ze luisterde naar zijn voetstappen: over de overloop voorbij hun slaapkamer, waar Laure lag te slapen, en de trap af.

Ze vocht tegen de neiging achter hem aan te gaan. Als hij had willen praten, zou hij haar wel wakker hebben gemaakt.

# 3

In de stilte van het huis, in het duister van de nacht, ijsbeerde Gabriel zachtjes door de woonkamer over een denkbeeldig pad van de muur naar het raam en weer terug. Hij besefte hoe vanzelfsprekend hij het altijd had gevonden dat hij vroeger zo makkelijk in slaap viel. Als aan het eind van een drukke dag lichaam en geest vermoeid waren, ging bij hem zodra zijn hoofd het kussen raakte het licht uit. Maar de afgelopen twee maanden, sinds hij Charlie in de groeve had gevonden, kon hij de slaap niet meer vatten. En nu was er nog meer misère die hem wakker hield.

Hij kon er niet over uit dat Pierre een kind had. Hij had hem willen bellen, hem zijn steun willen aanbieden, als tussenpersoon willen optreden, maar Laure had hem overgehaald dat niet te doen. Ze had gezegd dat hij beter tot morgen kon wachten, en dat had hij gerespecteerd, vooral omdat het op dat moment in Frankrijk al middernacht was geweest. Maar er was ook iets anders wat hem had tegengehouden. Laure had schijnbaar afgelopen zondag al het appartement in Parijs verlaten, wat betekende dat Pierre zes dagen had gehad om hem te bellen, als hij erover had willen praten. Maar hij had niet gebeld. Misschien was hij bang dat Gabriel hem zou veroordelen. Dat deed hij natuurlijk niet, hoewel hij zich herinnerde dat Pierre als hij hoorde over wéér een affaire in hun vriendenkring altijd heel verontwaardigd was geweest. Misschien dat hij een onenightstand niet als affaire beschouwde. Maar in Gabriels ogen was bedrog hoe dan ook bedrog, of het nu een paar uur, een paar maanden of een paar jaar duurde.

Gabriel hield even op met ijsberen en slaakte een diepe zucht, die bijna overging in een kreun. Het woord 'bedrog' bracht het schuldgevoel terug dat hij had gevoeld toen hij tegen Iris had gezegd dat hij liever meteen naar huis wilde in plaats van een nacht in York door te brengen. Hij wist wat Iris had gepland – en ook dat hij niet mee had kunnen gaan in het romantische avondje, met daarna de nacht waar zij vol verwachting naar uitkeek. Om de een of andere reden had hij sinds hij Charlie had gevonden niet meer met zijn vrouw kunnen vrijen.

Hij begon weer rusteloos heen en weer te lopen. In zijn hoofd diende zich een nieuw probleem aan. Hoe moest hij de komende maanden doorkomen nu hij thuis moest blijven tot zijn collega's vonden dat hij weer in staat was om zijn taken te hervatten?

'Neem de tijd,' hadden ze gezegd. 'We hebben een invaller die kan bijspringen, we redden het wel. Kom pas terug als je er klaar voor bent.'

'Twee maanden,' had hij met tegenzin gezegd. 'Ik neem twee maanden verlof, niet langer.'

Hij had het niet zien aankomen. De burn-out had hem langzaam, op bedrieglijke wijze beslopen en hem overgoten met een toenemende vrees, eerst of hij zijn werk nog wel aankon, of hij kon voldoen aan de steeds hogere eisen van zijn patiënten, waarna de angst om de spreekkamer binnen te gaan er nog bij kwam.

Op een woensdag was het tot een dieptepunt gekomen. Bij de overweldigende, angstaanjagende gedachte aan de dag die voor hem lag had hij zijn bed niet uit kunnen komen. Hij had geweten dat hij er even tussenuit moest; hij had al bijna een jaar geen vakantie opgenomen. Toen de partners uit de praktijk zeiden dat ze hem de eerstkomende maanden niet meer op het werk wilden zien, was hij geschokt geweest. Maar hij was niet de eerste van hen die aan een burn-out leed en hij vermoedde dat hij ook niet de laatste zou zijn.

Ze hadden hem aangeraden om iets voor zichzelf te gaan doen, een nieuwe hobby te vinden. Hij vond hardlopen vroeger fijn en hij maakte vaak een rondje voordat zijn werkdag begon, vroeg in de ochtend, als de wereld nog stil en rustig was. Op zo'n rondje had hij Charlie in de groeve aangetroffen. Sindsdien was hij niet meer gaan hardlopen.

Gabriel begreep dat hij zowel mentaal als fysiek bezig moest blijven om beter te kunnen worden, maar hij kon niet bedenken hoe. Hij was ook bang dat hij Iris voor de voeten zou lopen. Zij was interieurontwerper en bracht een groot deel van de dag werkend door in het kantoor dat ze voor haar in een van de bijgebouwtjes hadden ingericht. Hij wilde haar niet het gevoel geven dat ze tijd met hem moest doorbrengen.

Iris en hij hadden geluk gehad met hun huwelijk van tot nu toe ruim twintig jaar. Ze hadden elkaar leren kennen toen zij lid werd van de squashclub waar hij een paar keer per week speelde. Zij was toen twintig en ze studeerde nog, Gabriel was zesentwintig. Drie jaar later waren ze getrouwd. Twee jaar daarna werden ze verblijd met de geboorte van Beth. Gabriel zou graag meer kinderen hebben gekregen, maar het was een moeilijke zwangerschap geweest. Iris was aldoor vreselijk misselijk, niet alleen 's ochtends, maar de hele dag, waardoor ze depressief was geworden. Dat wilde ze niet nog een keer meemaken, en dat kon Gabriel haar niet kwalijk nemen.

Toen Beth geboren was en de vroedvrouw haar in Gabriels armen legde, had hij zich overspoeld gevoeld door een golf van emoties.

'Ben je blij?' had Iris hem gevraagd toen ze zijn tranen zag, en Gabriel had ja gezegd, ja, omdat na die zware negen maanden de baby er eindelijk was. Maar er had meer achter zijn tranen gezeten, want op het moment dat hij de kleine, kwetsbare Beth in zijn armen gedrukt kreeg, had hij niet begrepen waarom ze hadden besloten haar te krijgen terwijl ze op een dag zou sterven. Hij had dit duistere inzicht nooit met iemand gedeeld en uiteindelijk was het verdwenen. Tot Charlie Ingram.

Als hij Charlie niet had gekend, zou zijn dood hem misschien minder hebben aangegrepen. Maar hij had in het gekneusde en toegetakelde bijna-volwassen gezicht meteen de trekken herkend van de jongen die hij als voetbaltrainer had gecoacht in de tijd dat hij op zaterdagochtend vrijwilliger was op Beths basisschool. Hij had weleens een praatje gemaakt met Charlies moeder, Maggie. Net als Beth was Charlie enig kind, en toen Gabriel het licht in Charlies ogen had zien doven was de vreselijke duisternis die hij bij Beths geboorte had gevoeld teruggekeerd. Zou Maggie het leven aan Charlie hebben geschonken als ze had geweten dat ze achttien jaar later de pijn van zijn verlies zou moeten doorstaan? Het antwoord was vast ja, vanwege de vreugde die Charlie haar die achttien jaar had gebracht. Maar wat Beth betrof... Nou, Gabriel wist het niet. De immense vreugde die ze hem de afgelopen negentien jaar had geschonken maakte het voor hem nog moeilijker te accepteren dat ze op een dag zou sterven.

Hij stopte met ijsberen en schudde heftig zijn hoofd, want hij wilde niet denken aan de mogelijkheid dat Beth dood zou gaan. Vermoeid zonk hij neer in een stoel. Hij zou graag terug naar bed gaan, maar hij durfde niet, want als Iris wakker zou worden en toenadering zou zoeken, moest hij haar weer kwetsen door weg te draaien. Er waren andere slaapkamers; hij zou ook in een daarvan kunnen gaan liggen.

# 4

Iris sloop de trap af naar de keuken, voorzichtig om Gabriel of Laure niet wakker te maken. Gabriel was vannacht niet terug naar bed gekomen. Ze nam aan dat hij in de andere logeerkamer was gaan slapen.

Gapend pakte ze de waterkoker, vulde hem met water en zette hem aan. Het geborrel van de luchtbelletjes voegde zich bij het gezoem van de koelkast, de geluiden te luid in de ochtendstilte.

Ze schrok toen de deur openging.

'Hallo.' Laure droeg een donkerblauw T-shirt van Iris, dat ze in een van haar witte tennisshorts had gestopt, met een riem om haar middel gesnoerd om te voorkomen dat hij omlaaggleed. De te grote kleren benadrukten Laures kwetsbaarheid. Zelfs in deze ellendige situatie zag ze er mooi uit, dat wel, haar donkere ogen glanzend van niet-geplengde tranen. 'Ik dacht al dat ik je hoorde.'

Iris verdrong de gedachte aan rustig een kopje thee drinken en omhelsde Laure, zich ervan bewust dat haar vriendin al gedoucht had en aangekleed was terwijl zij nog in haar ochtendjas rondliep. 'Ik kon niet slapen.'

'Ik ook niet.'

'Thee?'

Laure verzamelde haar haar in haar handen, trok het over haar rechterschouder en draaide er nerveus een punt aan. 'Graag.'

Ze maakten ieder hun eigen mok thee – Laure zonder melk – en namen die mee naar de woonkamer, waar ze comfortabel konden zitten om het openhartige gesprek te voeren dat Iris al voorvoelde.

'Hier dan maar?' vroeg ze terwijl ze de salontafel dichter naar de bank trok om hun thee en telefoons binnen handbereik te hebben.

'Perfect.'

Laure installeerde zich aan de ene kant van de bank en Iris aan de andere. Ze trokken hun benen op, zodat hun voeten elkaar in het midden raakten. Laure pakte haar mok, en de ochtendzon die door het raam stroomde gaf haar haar een warme mahonieglans.

'Hoe voel je je?' vroeg Iris.

Laure nam een voorzichtig slokje van haar nog te hete thee. 'Gekwetst. Verward. Hij zei altijd dat hij geen kinderen wilde. Als wij ze zelf hadden, zou ik me niet zo verraden voelen.'

'Hoe ben je erachter gekomen dat hij een kind heeft?' vroeg Iris, want Laure was gisteravond zo in tranen geweest dat ze de loop der gebeurtenissen niet goed had kunnen volgen.

Laure legde haar handen om haar mok. 'Ik wist al dat er iets mis was na de paasvakantie die we met zijn familie hadden doorgebracht. We vierden de zeventigste verjaardag van zijn moeder, dus Pierres neven en nichten waren er met hun kroost, en zijn zus met haar vier kinderen. Het was gezellig, maar Pierre en ik grapten na zulke dagen altijd dat wij er toch maar mooi aan ontsnapt waren, doodmoe als we waren van al dat spelen. Het voelt fijn om er samen grapjes over te maken, om een bevestiging van Pierre te krijgen, want als ik die gezinnen bij elkaar zie, zou ik willen dat wij ook kinderen hadden. Maar als ik dan merk hoe opgelucht hij is dat we die weg niet hebben bewandeld, ben ik niet verdrietig meer, omdat ik weet dat we het juiste besluit hebben genomen. In elk geval voor hém,' voegde ze eraan toe, haar tranen wegslikkend. 'Maar na die vakantie werd hij heel stil. Ik dacht dat het iets met zijn werk te maken had en ik vroeg hem steeds wat hem dwarszat, maar hij zei elke keer dat er niets aan de hand was. Op een gegeven moment praatte hij amper nog met me, en vorige week zei ik dat ik wou dat we wél kinderen hadden, omdat ik dan tenminste iemand zou hebben om mee te praten. Ik probeerde het als een grapje te brengen, want ik wilde hem graag zien glimlachen, dat hij zijn oude zelf weer zou zijn. En toen vertelde hij het me.'

'Wat zei hij precies?' vroeg Iris, die besefte dat hun echtgenoten de laatste maanden allebei in een crisis had verkeerd.

Laure zette haar mok op de salontafel, trok een papieren zakdoekje uit haar mouw en snoot zachtjes haar neus.

'Hij draaide zich alleen maar om, keek me aan en vroeg hoe ik het zou vinden als hij me vertelde dat hij een kind had. Eerst dacht ik dat hij een grapje maakte. Toen zag ik iets in zijn gezicht wat me bang maakte. Een soort… wanhoop. En ik dacht: dit is echt, dit is geen grap. Ik wist dat we een bepalend moment in ons huwelijk hadden bereikt en dat ik kalm moest blijven en de juiste dingen moest zeggen.'

'En heb je dat gedaan?' vroeg Iris, die zich afvroeg wat dan de juiste dingen zouden zijn. 'Kalm blijven?'

Laure liet een kort lachje horen. 'Nee, natuurlijk niet. Ik was zo overstuur dat ik niet aardig of redelijk kon zijn. Ik dacht dat het recent gebeurd was, dat de baby onlangs was geboren, want dat zou verklaren waarom Pierre zich de afgelopen maanden zo afstandelijk had gedragen. Maar toen vertelde hij me dat het een aantal jaren geleden was gebeurd.'

Laures verhaal werd onderbroken door het gezoem van Iris' mobiel. Ze wierp een blik op het scherm en zag een berichtje van Beth: *Hoi mam, tijd om ff te praten?* Ze aarzelde, verscheurd tussen haar dochter en haar vriendin, maar het leek haar onbeschoft om Beth op dit punt in Laures verhaal te antwoorden. Ze pakte haar telefoon en schakelde hem uit.

'Maar hoe is Pierre er dan achter gekomen, van het kind? Je zei gisteren dat het was voortgekomen uit een onenightstand en dat hij geen contact met de moeder had gehouden.'

Laure knikte. 'Een paar maanden geleden blijkt hij de vrouw in kwestie in Parijs tegen het lijf te zijn gelopen. Ze had een kind bij zich, en volgens Pierre voelde hij direct al een band met haar en wist hij meteen zeker dat ze zijn dochter was. Maar toen hij ernaar vroeg, ontkende de vrouw het. Ze was geërgerd dat hij die conclusie trok terwijl ze maar één keer met elkaar naar bed waren geweest. Pierre verontschuldigde zich en stelde voor samen een kop koffie te gaan drinken om bij te praten. En op het terras van Les Deux Magots heeft hij toen de moeder even niet keek een verdwaalde losse haar van het hoofd van het kind geplukt, die hij heeft gebruikt voor een DNA-test.'

'Wat?!' Iris kon de schok in haar stem niet verbergen. 'Mag dat? Ik bedoel, is dat wel legaal? Zonder medeweten of toestemming van de moeder?'

'Dat weet ik niet.' Laure haalde nonchalant haar schouders op. 'Ik geloof dat het niet strafbaar is.'

'En wat is Pierre van plan, nu hij weet dat het kind van hem is?'

'Ik weet het niet. Hij zegt dat hij deel wil uitmaken van haar leven, omdat hij er al zoveel van heeft gemist. Maar hij wil de moeder niet in moeilijkheden brengen.'

'Dat heeft hij al min of meer gedaan door het jou te vertellen.'

'Ik zou bijna willen dat hij dat niet had gedaan, want dan had ik niet hoeven vertrekken. Maar ik kon niet blijven, ik kon zijn aanblik niet verdragen.' Laure pakte haar mok en nam weer een slokje. 'Het is toch goed dat ik hiernaartoe ben gekomen, hoop ik? Nu mijn moeder bij haar nieuwe man is ingetrokken had ik niet het gevoel dat ik bij haar terechtkon, ook al omdat ik hem niet zo leuk vind. Ik wilde niet bij vrienden in Parijs logeren omdat ik niet wil dat ze het weten. Bovendien wilde ik zo ver mogelijk bij Pierre vandaan zijn.'

'Ik ben blij dat je het gevoel had dat je hier terechtkon. Maar hoe zit het met je werk?'

'Ik heb gebeld en gevraagd of ik de vrije dagen die ik tegoed heb kon opnemen wegens een persoonlijke crisis. Ik ben hier nu een week en ik moet maandag de zevenentwintigste weer op mijn werk zijn. Is dat oké?'

Iris maakte snel een rekensommetje: drie weken. Ze schonk Laure een glimlach. 'Natuurlijk.'

'Ik dacht eerst dat het misschien om Claire ging.'

'Sorry?' zei Iris, die met haar gedachten nog bij de drie weken zat.

'Ik denk dat Claire misschien de moeder van zijn kind is.'

'Claire?' Iris fronste. Claire was een goede jeugdvriendin van Pierre die, toen ze veertig en single was en wanhopig graag een kind wilde, met hulp van een spermadonor een dochter had gekregen.

'Ja. Pierre beweerde van niet. Hij was kwaad dat ik het suggereerde, en toen ik te kennen gaf dat ik het Claire zelf zou willen vragen, werd hij nog kwaaier. Ik vroeg hem om me te vertellen wie ze dán was, die vrouw met wie hij naar bed was geweest en die zijn kind had gebaard, en hij zei dat het iemand was die hij op een zakenreis had ontmoet, dat ze dronken waren geworden en met elkaar in bed waren beland.'

'Maar waarom denk je dan nog dat het Claire is?'

Laure lachte een holle lach. 'Hoe kan ik ook maar íéts geloven van wat Pierre beweert nu is gebleken dat hij al zes jaar tegen me liegt?'

'Is dat de leeftijd van het kind?'

'Zo oud is Claires dochter.'

Iris knikte. 'Wat zei Pierre toen je hem vertelde dat je zou weggaan?'

'Dat hij het begreep. En dat het hem de tijd zou geven om na te denken. Maar dat begrijp ik niet. Waarover dan? Hij zegt dat hij die vrouw niet in moeilijkheden wil brengen, dus waar moet hij dan over nadenken? Tenzij hij nu op zoek wil gaan naar een jonger iemand omdat hij nu toch een gezin wil stichten.'

'Dat zou hij nooit doen,' zei Iris verontwaardigd. 'Hij kan met jou een gezin stichten, als hij dat zou willen. Het is nog niet te laat.'

Er welden tranen op in Laures ogen. 'Jawel. Ik zit al aan het begin van de overgang. Die is bij mij al vroeg begonnen, dus het zou voor mij heel moeilijk worden om nog zwanger te raken. En waarom zou hij een kind met mij willen krijgen als dat ook met een jongere vrouw kan?'

'Omdat hij van je houdt.'

'Dat is het probleem.' Laures tranen begonnen nu te stromen. 'Ik ben daar niet zeker van. Hij heeft me niet één keer gebeld sinds ik hier ben. Ik denk dat hij bij haar is, bij Claire.'

'Dat weet je niet,' zei Iris, die over de bank heen reikte en Laure omhelsde. 'Gabriel zal hem vanochtend bellen, dan komen we meer te weten.'

# 5

Gabriel hoorde de stemmen in de woonkamer en sloop langs de gesloten deur naar de keuken. Hij had zin in een lekkere kop verse koffie, maar omdat hij Iris en Laure niet op zijn aanwezigheid attent wilde maken door bonen te gaan malen, koos hij voor kant-en-klare gemalen koffie.

Hij pakte de waterkoker en draaide de kraan voorzichtig een klein stukje open om hem te vullen. Terwijl het water begon te borrelen, zocht hij het koffieblik en schudde wat in de cafetière, waarbij hij het maatschepje negeerde. Hij wilde Pierre bellen, maar had eerst een paar slokken koffie nodig. En hij wilde hem spreken zonder verdere input van Laures kant.

Hij kon zich moeilijk voorstellen dat Pierre met een andere vrouw naar bed was geweest. Op hun vele vakanties samen had Gabriel echter wel gezien hoe vrouwen naar Pierre keken. Die was misschien geen mooie man op de klassieke manier, maar hij bezat een gemoedelijke charme en elegantie die hem aantrekkingskracht gaven. Hij was van gemiddelde lengte – hij torende boven Laure uit, maar was niet langer dan Iris – en vrij tenger gebouwd, en hij had een brede, innemende glimlach waarmee hij de indruk wekte altijd gelukkig te zijn. Maar Gabriel wist dat Pierre soms worstelde met depressieve gevoelens vanwege de tragische dood van zijn vader toen Pierre nog maar elf jaar oud was. Ze waren na school naar huis gelopen en overgestoken naar de boulangerie waar ze altijd naartoe gingen om een *éclair au chocolat* voor Pierre te kopen toen ze werden aangereden door een vrachtwagen. Pierre was niet alleen lichamelijk gewond geraakt. Hij had gezien hoe zijn vader klem had gezeten onder de wielen van de vrachtwagen en hij had zijn gekwelde geschreeuw van pijn gehoord, waardoor hij zo getraumatiseerd was geraakt dat hij zich elk jaar op de dag van het ongeluk terugtrok en een paar dagen naar Bretagne ging, waar zijn familie oorspronkelijk vandaan kwam. Gabriel vroeg zich vaak af of Pierre daarom nooit kinderen had gewild: misschien wilde hij niet dat ze vaderloos door het leven moesten als hem iets zou overkomen.

Toen de koffie klaar was, schoof Gabriel zachtjes de tuindeur open en nam zijn mok mee naar het terras. Hij stond op het punt aan de grijze gietijzeren tafel te gaan zitten toen hij besefte dat Iris en Laure elk moment tevoorschijn zouden kunnen komen. En hij wilde hen niet zien, niet zo vroeg in de ochtend, niet nu hij zo weinig slaap had gehad.

Terwijl hij naar het andere eind van de tuin liep, dacht hij weemoedig aan Winston, zijn geliefde Deense dog, die nu naast hem zou moeten lopen. Toen zijn partners met hem over buitengewoon verlof opnemen hadden gesproken, waarbij ze niet alleen Charlies dood maar ook die van zijn vader vier maanden eerder noemden, had hij gewacht tot ze over Winston zouden beginnen, die twee maanden voor zijn vader was overleden. Dat hadden ze niet gedaan en daar was hij redeloos kwaad over geweest, want Winstons dood had hem net zo hard geraakt als die van zijn vader en had net zo'n groot gat in zijn leven geslagen.

Gabriel ging zitten op een bankje dat uit het zicht van het

huis stond, naast de oude ommuurde tuin, en zette zijn mok op de armleuning. Dat was iets waar hij zich al langer schuldig over voelde. Toen Iris en hij het huis vijftien jaar geleden betrokken, had hij beloofd dat hij de ommuurde tuin in zijn oude glorie zou herstellen, dat hij er groenten en stokrozen zou planten, en salvia's en hibiscus, bloemen die in de tuin van zijn kindertijd in overvloed bloeiden. Maar het onderhoud van de rest van de tuin, met zijn grote gazon en bloembedden, nam de weinige vrije tijd die hij had in beslag.

Hij reikte omlaag en toen zijn hand alleen maar lucht raakte, vervloekte hij zijn nog niet afgeleerde reflex om Winston een aai over zijn kop te geven als die aan zijn voeten lag. Soms voelde hij een duwtje tegen zijn been en keek hij omlaag in de verwachting dat hij Winston daar zou zien. Telkens als dat gebeurde, vroeg Gabriel zich af of Winston hem iets probeerde te vertellen. Hij had Winstons aanwezigheid gevoeld op de dag dat zijn vader stierf en daar had hij troost uit geput.

Gabriel schudde zijn hoofd. Als Winston hier was en zou kunnen praten, zou hij Gabriel aanraden om normaal te doen en zich te vermannen. Maar hij voelde zich zo verdomd nutteloos. Zijn baan had hem richting gegeven; nu zijn werk was weggevallen wist hij niet hoe hij zijn dagen moest invullen.

De zon verwarmde de oude stenen van de tuinmuur en leidde zijn blik naar de ooit groene houten deur, waarvan de verf bijna geheel was afgebladderd door zon, wind en regen. Hij liep ernaartoe en duwde de deur open. Die was kromgetrokken door jarenlange blootstelling aan de elementen en kreunde in reactie op het geschraap over het grind, waarna hij treurig wegzakte en tot stilstand kwam omdat de scharnieren hem niet langer rechtop konden houden. Nu hij daar zo stond, voelde Gabriel zich net Mary Lennox in *De geheime tuin* en verwachtte hij bijna een roodborstje te zien op een tak van de knoestige, verwaarloosde appelboom rechts van het pad. De tuin was niet groot – zo'n dertig bij vijftien meter – en ook niet mooi. Maar dat kon hij misschien wel worden.

Voor het eerst sinds maanden voelde hij iets van enthousiasme in zich opwellen.

# 6

Iris liet het aan Laure over om haar spullen naar de logeerkamer naast die van hen te verhuizen, en ging op zoek naar Gabriel. Ze had hem de trap af horen komen toen ze met Laure in gesprek was – de vierde tree kraakte, waar je je voet ook neerzette – maar ze nam het hem niet kwalijk dat hij zich niet bij hen had gevoegd.

Ze zag dat de tuindeur op een kier stond en liep over het pad. Haar neus ving de geur van lelietjes-van-dalen op. Links van het pad lag een gazon, rechts stonden een paar schuurtjes en achteraan bevond zich, uit het zicht, een ommuurde tuin – of eigenlijk een ommuurde wildernis. Ze gingen tegenwoordig vrijwel nooit zo ver de tuin in, dus Iris was verbaasd dat de haveloze oude deur open was geduwd en dat Gabriel erdoor naar binnen was gegaan.

'Goedemorgen!'

Hij draaide zich om bij het horen van haar stem.

'Goedemorgen. Hoe gaat het met Laure?'

'Ze is terneergeslagen. En vermoeiend,' voegde Iris er een tikje schuldbewust aan toe.

Hij glimlachte. 'Sorry dat ik niet naar jullie toe ben gekomen.'

'Dat meen je niet echt, hè?' plaagde ze.

Hij lachte, en Iris ving een glimp op van de oude Gabriel, de Gabriel van voor Charlie.

Hij liep naar haar toe, zijn hoofd onder het poortje door buigend, en pakte zijn mok van de leuning van het bankje.

'Ze heeft al haar vrije dagen opgenomen,' ging Iris verder.

Gabriel hield stil met de mok halverwege op weg naar zijn mond. 'Hoelang blijft ze dan nog?'

'Drie weken. Heb je daar bezwaar tegen?'

'Nee, natuurlijk niet. Maar ik hoop voor haar en Pierre dat ze eerder teruggaat.' Hij keek haar bezorgd aan. 'Ze komen hier toch wel overheen?'

'Ik hoop het.'

Hij ging op het bankje zitten, en Iris ook.

'Ik denk dat je misschien een telefoontje van Beth hebt gemist,' zei ze, omdat ze ervan uitging dat hun dochter eerst Gabriel had gebeld. 'Ze belde toen ik met Laure zat te praten en ik vond dat ik niet kon opnemen.'

'Dan zal ik wel onder de douche hebben gestaan. Ze heeft me wel gezegd dat ze vanochtend zou bellen, maar ik verwachtte haar telefoontje niet al zo vroeg.'

Iris hoorde de teleurstelling in zijn stem en schonk hem een meelevende glimlach. 'Bel haar anders even terug.'

'Doe ik. En daarna moet ik Pierre bellen. Heeft Laure je nog meer verteld?'

'Niet zoveel.'

'Maar... Pierre wist dus al die tijd niet dat hij een dochter had?'

'Blijkbaar niet. Volgens Laure kwam hij een vrouw tegen die hij kende, en zag hij aan haar kind meteen dat het zijn dochter was.'

Gabriel fronste. 'Dus hij dénkt alleen maar dat hij de vader is? Hij heeft geen bewijs?'

'Jawel. Hij was er zo van overtuigd dat hij de vader was dat hij de vrouw voorstelde om samen koffie te gaan drinken. En op het terras waar ze zaten heeft hij stiekem een haar van het kind gepakt, waar hij een DNA-test mee heeft laten doen.'

Gabriel barstte in lachen uit. 'Sorry hoor, maar dat is ongelooflijk. Zoiets gebeurt in een film, niet in het echte leven. Als hij er zo van overtuigd was dat het zijn kind was, waarom heeft hij het die vrouw dan niet gewoon gevraagd?'

'Dat heeft hij gedaan. Maar zij ontkende het en daarom heeft hij die haar meegepikt.'

'En heeft die vrouw ook een naam?' vroeg Gabriel op sceptische toon.

'Nee. Maar Laure is er niet van overtuigd dat het om zomaar een vrouw gaat.'

Ze zweeg even. 'Zij denkt dat het Claire is.'

'Claire?'

'Ja. Van wie de dochter met hulp van een spermadonor is verwekt.'

'Nee,' zei Gabriel beslist. 'Dat zou Pierre niet doen.'

'Ook niet als gunst voor een vriendin?'

Er verscheen een diepe rimpel in zijn voorhoofd. 'Suggereer je nou dat Claire een kind wilde en dat Pierre haar heeft geholpen?'

'Dat suggereert Laure.'

'Ze is niet goed wijs.'

'Misschien niet, maar qua leeftijd klopt het.'

Gabriel fronste misprijzend en Iris verwenste zichzelf omdat ze zijn humeur had vergald. Op zoek naar iets wat zijn gedachten kon afleiden van Laure en Pierre knikte ze naar de ommuurde tuin. 'Denk je erover daar een begin mee te maken?'

Ze bedoelde het als een grapje, dus was ze verbaasd toen hij knikte.

'Ja.'

'Echt?' Iris kon de opluchting in haar stem niet verbergen, niet zozeer omdat de tuin misschien eindelijk nieuw leven ingeblazen zou krijgen, maar vooral omdat het Gabriel iets zou geven om mee aan de slag te gaan.

'Dat is geweldig.'

'Niet dat ik weet waar ik moet beginnen.'

'We kunnen hulp inschakelen.'

Gabriel schudde zijn hoofd. 'Ik wil het zelf doen. Ik moet het zelf doen.' Hij kwam overeind. 'Ik ga Beth bellen, en daarna bel ik Pierre.'

Iris keek hoe hij met lange passen van zijn in spijkerstof gehulde benen over het pad naar het huis liep. Zouden de zorgen om Pierre zijn aandacht afleiden van Charlie Ingram? Of zou Charlie alles blijven overschaduwen, zelfs Gabriels beste vriend – en zelfs haar? Ze richtte haar gezicht schuin naar de zon, maar voelde de warmte amper.

Ze had veel om over na te denken.

# 7

Gabriel ijsbeerde door zijn werkkamer en wachtte ongeduldig tot Beth zijn telefoontje zou beantwoorden. Het was iets nieuws, dit onvermogen om stil te zitten, een weerspiegeling van zijn gemoedstoestand, die dag en nacht bleef kolken.

'Hoi pap!' Zijn computerscherm trilde, kwam tot rust en daar was Beth, gebruind en glimlachend, haar handen bezig haar haar te vlechten tot een lange, donkere streng over haar rechterschouder.

Eindelijk was hij in staat te gaan zitten en zonk hij neer op zijn bureaustoel. 'Je bent zeker vrij vandaag?' zei hij toen hij het rode bovenstukje van haar bikini zag. 'Hoe gaat het met je? Alles goed?'

'Alles goed,' bevestigde Beth terwijl ze een elastiekje om het uiteinde van haar haar bond en de vlecht naar haar rug schudde. 'En ja, ik ben vrij vandaag.'

Gabriel zag zichzelf in het rechthoekje op het scherm en baalde ervan dat hij er niet aan had gedacht een kam door zijn haar te halen voordat hij haar belde. 'Ga je wat leuks doen?' vroeg hij terwijl hij het gladstreek met een hand.

'Ik ga zo met Rosa naar het strand en later nemen we met wat andere vrijwilligers de bus naar Thessaloniki om het nachtleven daar te verkennen.'

Er vlogen meteen allerlei scenario's door Gabriels hoofd: de bus die op weg naar Thessaloniki verongelukte, Beths drankje waarmee werd geknoeid, Beth die ergens zou stranden na een ruzie met de anderen, Beth die de laatste bus terug miste en een lift zou krijgen van een onbekende. Hij sprak zijn zorgen niet uit, maar hij wist dat hij zich niet zou kunnen ontspannen tot hij antwoord had gekregen op het achteloze berichtje dat hij morgenochtend zou sturen om Beth te vragen of ze het naar haar zin had gehad.

'Dat klinkt leuk.' Niet voor het eerst vroeg hij zich af of hij minder geobsedeerd zou zijn door Beths veiligheid als Iris en hij meer kinderen hadden gekregen. Of zou hij zich dan juist drie, vier of vijf keer zoveel zorgen hebben gemaakt? Hij zocht naar de namen van enkele honden waar Beth voor zorgde. 'En hoe gaat het met Loki en Penny en Goldie en Homer?'

Terwijl Beth hem een update gaf, bestudeerde Gabriel haar gezicht en luisterde hij goed naar de buigingen in haar stem om na te gaan of ze gelukkig en gezond was. Ze praatte levendig, gebaarde met haar handen, lachte toen ze iets navertelde wat een van de vrijwilligers had gezegd. Gerustgesteld dwaalden zijn ogen over het scherm en nam hij de witgeverfde muren van het kamertje dat ze met Rosa deelde in zich op, waar foto's van vrienden en familie een kleurrijke collage vormden. Hij zag de foto van hem met Winston, eentje van hem en Iris, hij zag de wirwar van lakens op de bedden met houten frame, nog net zichtbaar achter Beth, en ontspande zich. Alles was in orde.

'En hoe gaat het met jou, pap?' vroeg Beth. 'Lagen mama en jij nog te slapen vanochtend? Ik kon jullie geen van beiden bereiken.'

Gabriel schudde zijn hoofd. 'Laure is hier.'

'Leuk! Ik wist niet dat ze zou komen logeren. Een lastminuteopwelling? Hoe gaat het met haar? Is Pierre er ook?'

Gabriel glimlachte onwillekeurig om haar afgeratelde vragen. 'Ja, redelijk en nee,' antwoordde hij, waarop Beth in lachen uitbarstte.

'Mama zal het vast fijn vinden dat Laure er is. Hoe gaat het met haar – mama, bedoel ik?'

'Goed. Het speet haar dat ze je telefoontje had gemist. Ik geef haar straks wel even.'

'Dat wordt een andere keer, vrees ik. Rosa wacht op me.' Ze keek hem even quasi-ernstig aan.

'Je hebt geen antwoord gegeven op mijn vraag hoe het met jóú gaat.'

'Goed.'

'Hm.' Beth leek niet overtuigd. 'Je moet iets te doen zien te vinden, pap, iets om je bezig te houden. Vooral nu Laure er is,' voegde ze er lachend aan toe. 'Af en toe moet je kunnen ontsnappen.'

'Ik denk erover om de ommuurde tuin in ere te herstellen.'

Beths ogen sperden zich wijd open. 'O, wauw! Wat een goed idee! Het zou er prachtig kunnen zijn. Ik speelde er graag verstoppertje met mijn vriendinnen, weet je nog?'

'Ja,' zei Gabriel, glimlachend om haar enthousiasme. 'Dat weet ik nog.'

'Denk je dat het lukt voordat ik eind augustus terugkom?'

Gabriel dacht even na. 'Dan heb ik bijna drie maanden. Dus ik vermoed van wel.'

'Nou, hebben we een afspraak dan, pap? Jij maakt de ommuurde tuin mooi voor mijn thuiskomst...'

'En jij belooft mij dat je heelhuids terugkeert.' Gabriel kon het niet laten.

'Deal!' Beth keek over haar beeldscherm heen en vormde wat stille woorden met haar lippen voordat ze zich weer tot hem richtte. 'Pap, het spijt me, ik moet weg. Rosa dreigt zonder mij te vertrekken.'

'Nee, dat zou ik nooit doen, meneer Pelley!' Rosa's zangerige Italiaanse accent vulde de kamer.

'Geen probleem,' zei Gabriel met een glimlach. 'We spreken elkaar snel weer. Veel plezier.'

Beths hand strekte zich uit naar haar scherm, op zoek naar de uitknop.

'Dank je, pap, ik hou van je.'

'En ik van jou.' Maar ze was al weg.

Met de glimlach nog op zijn gezicht ging hij achterover zitten. Beth wist hem altijd op te vrolijken, gewoon door er te zijn, en op dat moment begreep hij waarom Pierre deel wilde uitmaken van het leven van zijn dochter nadat hij er al jaren van had gemist. Hij kon zich amper voorstellen hoe het voor Pierre geweest moest zijn om op straat zomaar oog in oog te staan met zijn dochter – als dat inderdaad een waar verhaal was. Hij was er nog niet van overtuigd. Hoe groot was de kans dat Pierre op een willekeurige straat in Parijs een vrouw was tegengekomen met wie hij één keer het bed had gedeeld? En hoezo dacht hij dat het kind van die vrouw van hem was, terwijl de moeder dat ontkende? Waarom zou Pierre bij die ontmoeting zo zeker hebben geweten dat de moeder loog dat hij een haar van het kind had meegenomen voor een DNA-test? En waarom zou de moeder met Pierre zijn gaan koffiedrinken als ze iets te verbergen had gehad? Het sloeg nergens op.

Ergens wilde Gabriel Pierre waarschuwen, hem vertellen hoe de komende jaren zouden zijn als hij bij het leven van zijn dochtertje betrokken zou worden, over de duizend doden die hij zou sterven. Pas toen Beth de vorige zomer naar Griekenland vertrok had Gabriel zich gerealiseerd hoe beschermd hij was geweest tegen de diepgewortelde onrust van het ouderschap zolang ze naar kostschool ging, waar ze veilig was en er goed voor haar werd gezorgd. Hij zocht het nummer van Pierre op en belde, waarna hij weer begon te ijsberen terwijl hij wachtte tot zijn vriend zou opnemen. Maar tot zijn verbazing kreeg hij meteen de voicemail.

'Pierre, met mij, Gabe. Bel me terug. Ik ben er voor je.'

En na die onbevredigende boodschap hing hij op.

# 8

Wat zou jij in mijn geval doen?' vroeg Laure, niet voor het eerst.

'Dat weet ik niet,' zei Iris, ook niet voor het eerst.

Ze hoorde Gabriel aan de andere kant van de tafel een zucht onderdrukken. De afgelopen drie dagen was vrijwel elk gesprek over Pierre gegaan.

'Het hangt denk ik af van de vraag of Pierre serieus meent dat hij zijn dochter wil leren kennen,' doorbrak Gabriel de stilte.

'Hij zei van wel.'

'Maar haar moeder wil misschien niet dat hij deel gaat uitmaken van haar leven. Zou zij weten dat Pierre zeker weet dat hij de vader is? Als dat inderdaad zo is,' voegde hij eraan toe.

Laure fronste. 'Geloof jij dan van niet?'

'Zoals ik eerder al zei,' zei Gabriel op milde toon, waarmee hij Laure eraan herinnerde dat ze dit gesprek gisteravond en eergisteravond ook al hadden gevoerd, 'denk ik dat er ruimte is voor twijfel.'

'Maar hij heeft een DNA-test gedaan.'

'Maar is dat wel zo? Ik weet dat hij je dat heeft verteld, maar stiekem een haar van een kinderhoofd stelen lijkt me niets voor Pierre.'

Laure pakte haar glas. 'En een onenightstand, lijkt dat je iets voor hem?'

'Nou... nee.'

'Sorry Gabriel, ik wil niet lullig doen, hoor.' Laure nam een slokje wijn. 'Maar ik vraag me af hoe goed we Pierre eigenlijk kennen. Het is niet alleen die onenightstand of het feit dat hij een kind heeft. Het is vooral dat hij er geen spijt van lijkt te hebben, terwijl het ons huwelijk kapot zou kunnen maken.'

'Hij heeft er vast wel spijt van,' zei Gabriel.

'Waarom zou hij, terwijl het hem iets heeft gegeven waarvan hij eerder niet wist dat hij het wilde hebben?'

Gabriel slaakte een gefrustreerde zucht. 'Belde hij me maar. Ik heb een aantal voicemailberichten ingesproken, maar ik heb alleen een appje gekregen waarin hij zegt dat hij me op dit moment niet wil spreken.'

'Dat komt doordat hij zich geneert,' zei Laure. 'Hij weet hoe je over hem zult denken na alles wat hij altijd heeft gezegd over mensen die vreemdgaan.'

Iris stond het zichzelf toe haar gedachten te laten afdwalen van het gesprek. De afgelopen drie dagen met Laure waren afmattend geweest. Ze had niet alleen haar vriendin moeten ondersteunen, ze had ook de puntjes op de i gezet in haar schetsen en moodboards, zodat haar nieuwste klanten – de eigenaren van een verrassend mooi nieuwbouwhuis met vijf slaapkamers vlak bij Winchester – de stoffen en kleurenschema's konden beoordelen. Vanochtend had Laure bij haar in haar kantoor gezeten en stalenboek na stalenboek door haar handen laten gaan, waarbij ze zich luidkeels uitliet over de motieven en materialen, en Iris' keuzes in twijfel trok: *Zou deze niet geschikter zijn voor de zitkamer?* of *Dit lijkt me perfect voor een kinderslaapkamer.* Ze toonde natuurlijk alleen maar de nodige interesse, maar het bijkomende effect was dat Iris zelf ook weer begon te twijfelen aan alles wat ze al had gedaan.

'Waar ga je hierna mee bezig?' had Laure gevraagd, waarmee ze zonder het te weten had bijgedragen aan Iris' zorg over het dreigende gebrek aan werk.

'Het valt niet mee in het huidige economische klimaat,' had ze uitgelegd. 'Maar ik heb een potentiële klant in de pijplijn. Zij staat op het punt een herenhuis met zes slaapkamers in Londen te kopen en ze wil graag een offerte, niet alleen voor de stoffering van elke kamer, maar ook voor het meubilair. Dat zou mijn grootste project tot nu toe worden, en het zou uitstekend staan op mijn cv. Maar ik heb concurrentie van een paar andere bureaus. Daar was ze heel open over – dat kon ik wel waarderen. Als ik de opdracht krijg, ben ik een tijdje onder de pannen, wat geweldig zou zijn. Als iemand anders ermee vandoor gaat, heb ik niets in het verschiet en zal ik de boer op moeten, wat ik sinds ik ben begonnen niet meer heb hoeven doen.'

'Wauw, een huis in Londen! Mag ik je ideeën daarvoor eens zien?'

Iris had geaarzeld, maar had toen de map op haar computer tevoorschijn gehaald.

'Dit is schitterend, Iris,' had Laure gezegd, terwijl ze over haar schouder meekeek. 'Die kleuren voor de ontvangstkamer zijn grandioos; wie had ooit gedacht dat blauw en groen zo goed samengaan? Je hebt echt talent, Iris.'

Iris had tevreden geglimlacht. Ze was erg trots op de kleurenschema's die ze had uitgekozen, en blij dat de potentiële klant haar carte blanche had gegeven met de mededeling dat ze niet iets van dertien in een dozijn wilde.

'Wat zou jij doen, Iris?' Laures stem onderbrak haar gedachtestroom en Iris gleed vlot terug in het gesprek. 'Als Gabriel je plotseling vertelde dat hij een kind had met een andere vrouw en dat hij dat kind wilde leren kennen, zou jij dat dan kunnen accepteren?'

'Dat is een lastige vraag,' moest Iris toegeven. 'Het zou afhangen van heel veel dingen – of het een onenightstand of een langere affaire betrof, of hij nog maar net had ontdekt dat hij een kind had of het al jaren wist, de leeftijd van het kind...'

'Maar zou je het kind zelf willen ontmoeten, het in je eigen huis verwelkomen?' viel Laure haar in de rede.

Iris haalde hulpeloos haar schouders op. 'Dat weet ik niet.'

Laure zuchtte. 'Ik zou graag denken dat ik dat zou kunnen. Maar ik weet nu al dat ik het níét kan. En al helemaal niet als Claire de moeder blijkt te zijn,' voegde ze er somber aan toe. 'Dat zou het ultieme verraad zijn.'

'We weten niet of zij het is,' stelde Gabriel vast. 'We weten eigenlijk zo goed als niets.'

'Trouwens, ik ga morgen naar Londen,' zei Iris. 'Voor een afspraak met Samantha Everett, mijn potentiële klant met het Londense herenhuis.'

'Mooi,' zei Gabriel. 'Stond dat al in je agenda of heeft ze plotseling gevraagd of je wilde komen?'

'Geen van beide. Ik liet Laure vanochtend mijn ontwerpen zien en het leek me ineens een goed idee om ze zelf af te leveren in plaats van ze op te sturen. Dus heb ik Samantha gebeld om te zeggen dat ik morgen in Londen ben en dat ik langs zou kunnen komen. Ik hoop dat het me een voorsprong geeft als we elkaar persoonlijk ontmoeten.'

'Goeie zet,' zei Gabriel goedkeurend. Hij schoof zijn stoel achteruit en stond op. 'Zoeken jullie anders een film uit die we kunnen kijken, dan probeer ik Pierre nog een keer te bellen.'

Maar Pierre nam niet op en Gabriel sprak weer een voicemailbericht in, deze keer bezorgder van toon. 'Pierre, bel me nou alsjeblieft en laat me weten dat je in orde bent. We hoeven niet te praten, als je dat niet wilt.'

# 9

Iris deed de deur extra zachtjes achter zich dicht, want als ze hem harder zou dichtslaan, zou daaruit misschien blijken hoe graag ze het huis uit wilde.

Ze had Laure zonnebadend in de tuin achtergelaten, met een dikke laag zonnebrandcrème op haar gezicht en dunne zonwerende handschoenen om haar handen. Als Laure haar zou vragen waarom ze niet had gezegd dat ze ging hardlopen, was ze van plan te zeggen dat ze had aangenomen dat ze sliep. Iris leefde enorm met Laure mee, want het was niet niks wat ze meemaakte, en ze had haar urenlang zitten troosten. Maar ze logeerde nu al tien dagen bij hen en Iris had het gevoel dat alles nu draaide om de crisis van Laure en Pierre. Zelfs in haar slaap werd ze door de situatie achtervolgd.

Even bleef ze stilstaan – nu al met een schuldgevoel omdat ze deze kostbare ogenblikken voor zichzelf opeiste – om Laure de tijd te geven haar te komen zoeken, zoals ze altijd deed als Iris langer dan een paar minuten buiten haar gezichtsveld bleef. Toen ze niets hoorde – geen Laure die haar naam riep, geen hollende voetstappen door de hal – trok Iris het zwarte elastiekje van haar pols en bond ze haar haar in een paardenstaart. Laure stond er telkens op om haar te vergezellen op haar dagelijkse hardlooprondje, maar het was een nieuwe sport voor haar en ze had nog niet veel uithoudingsvermogen, wat betekende dat Iris een langzamer tempo moest aanhouden.

Hun huis lag aan de rand van het dorp; als je voorbij het tuinhek rechts afsloeg stonden er geen huizen meer, er was daar alleen een overstaphek dat toegang bood tot twee paden, een dat door de velden en via een lichte helling omhoogliep naar East Markham, en een bospad dat uitkwam bij de kalksteengroeve waar Charlie was gevonden.

Iris was in de stemming om hard en ver te lopen, maar in plaats van haar gewone route door de velden te nemen sloeg ze links af en rende ze door het dorp, met de bedoeling tot de plaatselijke pub te gaan en daarna meteen weer terug. In totaal zou ze dan maar vijfentwintig minuten weg zijn, maar het was ook niet aardig om Laure langer alleen te laten.

Gisteren had Gabriel na een dag werk in de ommuurde tuin – zijn besluit om die in ere te herstellen was tot haar grote vreugde zijn raison d'être geworden – aangeboden om met Laure te gaan hardlopen, maar die had gezegd dat ze liever bij Iris wilde blijven. Gabriel had hulpeloos zijn schouders naar Iris opgehaald – *Sorry, ik heb het geprobeerd* – maar het was lief van hem dat hij een poging had gewaagd wat ruimte voor haar te creëren. Ze zou het fijn hebben gevonden als Laure ja had gezegd, niet alleen voor zichzelf, maar ook voor Gabriel. Het was de eerste keer geweest dat hij weer wilde gaan hardlopen sinds hij Charlie in de groeve had aangetroffen. Hij ging ook nooit meer fietsen, iets wat hij voorheen heerlijk had gevonden.

Ondanks de meedogenloze hitte die op haar drukte roffelden Iris' voeten voort over het asfalt. Terwijl ze de bocht van de weg naar rechts volgde, zwaaide ze naar een vrouw die op een bankje in haar voortuin zat, en verderop groette ze hijgend een buurman die zijn dalmatiër uitliet. Ze ging niet veel meer om met mensen in het dorp. Toen Beth naar kostschool ging, had Iris geleidelijk het contact met de andere moeders verloren. Het deed haar niet veel. Ze kon goed alleen zijn en tot nu toe had ze het druk gehad met haar werk. Maar soms zou ze graag iemand hebben bij wie ze langs kon gaan voor een praatje, of die eens bij haar kwam buurten.

Dicht bij de pub stond een huis van grijze stenen waar Iris altijd een zwak voor had gehad. Het lag een stukje van de weg aan het einde van een lange oprit met bomen aan weerszijden, en hoewel het na jaren leegstand verwaarloosd was, had het iets van zijn oorspronkelijke allure behouden. Toen het zes maanden geleden eindelijk te koop was gezet, had Iris geprobeerd Gabriel ervan te overtuigen dat zij het moesten kopen. Ze was toe aan een nieuw project, en het interieur ontwerpen zou een droom zijn geweest die uitkwam. Maar Gabriel had gezegd wat Iris eigenlijk ook wel wist: dat het huis te groot was voor hen tweeën en dat ze een extra hypotheek nodig zouden hebben om het te kopen.

Kort daarna hoorden ze dat het huis was verkocht. Iris had de verhuiswagen er voor de deur zien staan op de dag dat Gabriel en zij naar Schotland waren vertrokken. Nu vertraagde ze haar pas om door het open hek te kijken, en bleef ze hevig zwetend stilstaan omdat haar oog op iets kleurigs viel dat in haar gezichtsveld verscheen en weer verdween. Het was een kind, zag ze, dat heen en weer zwaaide aan een touw dat om de tak van een oude eikenboom halverwege de oprit was vastgemaakt. Geïntrigeerd keek ze hoe het meisje naar links en weer naar rechts zwierde, met haar armen gestrekt en haar lichaam bijna parallel aan de grond. Haar vuurrode haar streek over het gras terwijl ze door de lucht zweefde, tot ze Iris' blik op zich voelde rusten. Ze trok zich omhoog en liet zich op de grond glijden, een beetje wankelend doordat de beweging plotseling stopte.

'Wil je misschien binnenkomen?' riep ze, het touw nog in haar handen om haar evenwicht te hervinden, waarop Iris zich realiseerde dat het geen kind was, maar een vrouw. Ze geneerde zich, voelde zich betrapt en vroeg zich af of de vrouw het echt meende of het sarcastisch bedoelde. 'Alsjeblieft! Ik kan wel een pauze gebruiken,' voegde ze eraan toe. 'En een vriendin! Ik ken hier nog niemand.'

Het klonk zo oprecht dat Iris over de oprit naar de vrouw toe liep, die haar op blote voeten en in een opbollende kanariegele zomerjurk haastig tegemoetkwam. Ze bleef vlak voor Iris staan en stak haar hand uit. Ze was klein, fleurig en mooi, als een exotische vogel.

'Ik ben Esme en ik snak naar een kop thee. Jij ook?'

Iris lachte en schudde haar de hand. 'Ik ben Iris en ja, een kop thee klinkt goed.' Haar hand leek wel een reuzenhand vergeleken met die van Esme.

'Vertel me alsjeblieft dat je ook in het dorp woont.'

'Ja. Aan de andere kant.'

Esme legde een hand op haar hart. 'Godzijdank. Ik heb hier nog bijna niemand leren kennen.' Ze maakte een gebaar naar de geïmproviseerde schommel. 'Ik was hem aan het uitproberen voordat de baby komt.' Haar hand gleed naar haar buik en Iris zag de bolling onder de plooien van haar jurk. 'Heb jij kinderen?'

'Mijn man en ik hebben een dochter. Beth. Ze is negentien.'

De zeegroene ogen van Esme keken Iris stomverbaasd aan. 'Goh, je ziet er helemaal niet oud genoeg uit om een dochter van die leeftijd te hebben. Je was vast nog heel jong toen je haar kreeg.'

'Ik was vijfentwintig,' zei Iris, die zich realiseerde dat Esme nu meteen wist hoe oud ze was. Ze vroeg zich af hoe oud Esme zou zijn. Dat was lastig in te schatten, maar ze vermoedde ergens tussen de dertig en veertig. 'Wordt dit je eerste?'

'Ja.' Esme's ogen twinkelden geamuseerd. 'Ik ben wat ze een geriatrische moeder noemen.' Ze begon naar het huis te lopen. 'Woont je dochter bij jullie?'

'Nee, ze heeft een tussenjaar genomen. Ze is momenteel in Griekenland. Daar werkt ze als vrijwilligster voor een hondenasiel voordat ze in september naar Bristol gaat.'

'Wat leuk! Heeft ze het er naar haar zin, met al die honden om te knuffelen?'

Iris glimlachte om haar enthousiasme. 'Ja, hoewel sommige honden zo getraumatiseerd zijn door eerdere ervaringen dat ze volgens haar niet eens willen worden aangeraakt. Het is een kwestie van urenlang bij ze blijven zitten, zodat ze uiteindelijk hun vertrouwen kan winnen.'

Esme duwde de indrukwekkend grote voordeur open. 'Er is één heerlijk rustige plek te midden van deze grote chaos,' babbelde ze terwijl ze door een hal met overal verfpotten en ladders liepen. Ze stevende op een glanzende eikenhouten deur af, heel anders van stijl dan de rest van het huis, en deed hem open. 'Kijk,' zei ze met een zwierig gebaar. 'De enige kamer die bewoonbaar is, afgezien van onze slaapkamer.'

'Wat mooi.' Iris liep de kamer in en draaide langzaam rond om het allemaal in zich op te nemen. De kamer was reusachtig, met achterin een open keuken, in het midden een lange eikenhouten tafel met twee beklede banken, en aan de rechterkant in een nis twee flinke zitbanken met daartussenin een salontafel zo groot als een deur. Toen ze beter keek zag Iris dat het daadwerkelijk een deur was – of in elk geval was geweest.

'Ik heb altijd een grote keuken willen hebben en een aparte eetkamer hoefde van mij niet zo, dus hebben we wat muren doorgebroken,' verklaarde Esme terwijl ze een ouderwetse rode fluitketel vulde en het water tegen de blikkerige binnenkant kletterde. 'Ik vind het veel leuker om in de keuken te eten, ook als we gasten hebben. Dan kan ik tijdens het koken meedoen met het gesprek. En het fijnste van alles vind ik de open haard. Ik vind een haardvuur heerlijk, dat maakt het zo gezellig.' Ze draaide rond. 'Is kruidenthee goed?'

'Ja, lekker.' Iris glimlachte naar haar. 'Gefeliciteerd, trouwens. Een baby op komst en een nieuw huis. Je krijgt het nog druk. Wanneer ben je uitgerekend?'

'Begin september, dus ik heb nog twaalf weken te gaan.' Ze lachte. 'En geloof me, ik kan niet wachten!'

Iris liep naar het raam en keek naar de nog rommelige tuin. 'Ik wilde dit huis graag kopen,' bekende ze. 'Ik wilde dat we het zouden renoveren, maar Gabriel, mijn man, was bang dat ik er nooit meer weg zou willen en hij vond het te groot voor ons tweeën.'

'Ben je dus goed in dat soort dingen? Renoveren, inrichten? Want als je ons een handje wilt helpen, ga dan vooral je gang.'

Iris glimlachte, nog steeds met haar blik op de tuin gericht. 'Niet helemaal. Ik verzorg de aankleding van huizen. Ik ben woningdecorateur.' Inwendig kromp ze ineen bij de term die ze had bedacht om te beschrijven wat ze deed. Hoewel Gabriel haar interieurontwerper noemde, beschreef ze zichzelf nooit zo omdat ze geen opleiding op dat gebied had gevolgd, wat ze potentiële klanten ook altijd met nadruk liet weten. Het kon hun niet schelen; haar werk sprak voor zich. Haar carrière was vijftien jaar eerder begonnen, toen ze een vriendin had geholpen om meubilair en kleuren voor haar nieuwe huis te kiezen. Het resultaat was prachtig geweest en ze had al snel meer werk gekregen.

Esme hield haar adem in en sloeg haar handen in elkaar. 'Ik

denk dat God je heeft gestuurd.'

Gelukkig hoefde Iris hier niet op te reageren, omdat er over het smalle tuinpad een man met een kruiwagen vol stenen kwam aanlopen. Iris zag hoe de spieren in zijn onderarmen zich spanden terwijl hij de kruiwagen schuin optilde en de stenen eruit liet vallen.

'Is dat je man?' vroeg Iris.

Achter haar klonk een schaterlach. 'Nee, dat is Joseph. Die man daar is Hugh, mijn echtgenoot.'

Iris volgde Esme's wijzende vinger met haar blik en liep naar de schoorsteenmantel, waarop een foto stond van een man met twinkelende ogen, een kaal hoofd en een ruige witte baard. Omdat ze zich ervan bewust was dat Esme's ogen op haar gericht waren, verborg ze haar verbazing. Hij zag er veel ouder uit.

'Geeft niks,' zei Esme vrolijk, alsof ze haar gedachten had gelezen. 'Ik heb al zo vaak de vraag gekregen of Hugh mijn vader is dat ik de tel ben kwijtgeraakt.'

Iris glimlachte. 'Mijn man is ook ouder dan ik.'

'Hoeveel ouder?'

'Zes jaar.'

Esme's ogen glinsterden vrolijk. 'Hugh en ik schelen twintig jaar.'

Een geluid dat begon als een laag gekreun voordat het zich ontwikkelde tot een schril gefluit was aanleiding voor Esme om een grote porseleinen theepot te pakken.

'Dat geluid heb ik al een tijd niet gehoord,' merkte Iris op.

'Ik ben er dol op.' Esme zette het vuur onder de ketel laag, waardoor het luide fluiten overging in een zacht ruisen. 'Zoiets fijns als een pot thee verdient een duidelijke aankondiging, vind je ook niet?'

Alsof ze werd betoverd door een eeuwenoud ritueel keek

Iris hoe Esme de theepot met een beetje water uit de ketel verwarmde en dat ronddraaide voordat ze het in de gootsteen goot. Ze reikte naar het kastje boven haar hoofd, pakte een oud blikje en schepte wat van de inhoud in de pot, waarna ze het nog kokende water eraan toevoegde.

'Zo!' zei ze. Ze wikkelde een theedoek om het handvat van de theepot en nam hem mee naar de salontafel. 'Ga zitten, dan pak ik een paar mokken.'

Iris wachtte tot Esme de thee had ingeschonken. 'Waar kennen Hugh en jij elkaar van?' vroeg ze, niet in staat haar interesse te verbergen.

'Hij woonde bij mijn ouders in de straat, maar ik heb hem pas leren kennen toen ik weer thuis kwam wonen nadat mijn vriend en ik uit elkaar waren gegaan. We hadden drie jaar samengewoond.' Esme pakte haar mok, bracht hem naar haar mond en warmde haar lippen aan het hete porselein. 'Het was een pijnlijke tijd voor me en ik zat niet goed in mijn vel. Ik was dertig en de man van wie ik dacht dat ik de rest van mijn leven bij hem zou blijven kreeg koudwatervrees, vermoedelijk omdat ik te hard hamerde op mijn kinderwens. Het betekende ook dat ik mijn baan moest opzeggen, omdat we allebei voor hetzelfde bedrijf werkten en het te moeilijk was om hem elke dag te zien. Dus ik ging terug naar mijn ouders en probeerde mijn leven weer op de rit te krijgen. Toen vroeg mijn moeder me of ik Hugh misschien zou kunnen helpen. Zijn vrouw was een paar maanden daarvoor overleden en hij had iemand nodig die zijn zoon van school zou halen en op hem zou letten tot hij thuiskwam van zijn werk, en aangezien ik niets anders te doen had, zei ik ja.' Esme zweeg een moment en nam een slokje thee. 'Ik had Hugh een keer eerder ontmoet, maar ik herinnerde me eigenlijk alleen nog dat hij oud was, dus ik had nooit gedacht dat ik verliefd op hem zou worden.'

Iris glimlachte. 'Maar dat gebeurde wel.'

'Ja. Geleidelijk. In het begin ging ik 's avonds meteen weg als hij thuiskwam. Maar na een tijdje vroeg hij me of ik bij hem en Marcus wilde blijven eten, en voor ik het wist, was ik stapelverliefd. Toen hij bekende dat hij ook van mij hield, was ik helemaal in de wolken, hoewel we ons enigszins zorgen maakten over wat mijn ouders ervan zouden vinden. Gelukkig waren ze blij voor ons. En ik had plotseling een zoon.'

'Hoe oud is Marcus nu?'

'Tweeëntwintig. Hij woont en werkt in Londen, waar we hebben gewoond voordat we hiernaartoe verhuisden.' Esme trok haar benen op de bank en legde een kussen onder haar knieholten. 'Goed, nu is het jouw beurt. Hoe hebben jij en je man elkaar leren kennen?'

'Op de squashbaan. We werden aan elkaar gekoppeld in het gemengd dubbel. Ik was twintig en ik studeerde nog, en Gabriel was zesentwintig.'

'Dan ken je hem dus al lang.'

'Ja.' Iris' gedachten keerden terug naar de man die ze in de tuin had gezien. 'Maar als de zoon van Hugh Marcus heet, wie is Joseph dan?'

'Een vriend van de familie. Hij is hovenier en hij helpt ons een handje met de tuin.'

Terwijl Iris knikte viel haar blik op de enorme klok die in het keukengedeelte aan de muur hing.

'Is het al zo laat?' riep ze uit, en ze worstelde zich omhoog uit de bank, die haar leek op te slokken. 'Ik moet gaan. Ik ben al bijna een uur weg.'

'Je mag gerust nog even blijven,' zei Esme gretig. 'Ik heb geen plannen voor de rest van de middag.'

'Bedankt, maar dat gaat helaas niet. We hebben een vriendin te logeren en ik moet terug.' Iris merkte dat Esme teleurgesteld was en haastte zich het uit te leggen. 'Ze maakt een zware tijd door, dus het zou niet aardig van me zijn om haar nog langer alleen te laten.'

'Ik begrijp het.' Esme kwam moeizaam overeind. Ze keek naar Iris' short, T-shirt en hardloopschoenen. 'Was je echt aan het joggen in deze hitte?'

'Ja, maar ik wandel terug. Het is inderdaad veel te warm om te joggen. Dank je wel voor de thee. Het was gezellig.'

Esme legde een hand op Iris' arm. 'Kom anders eten,' zei ze spontaan. 'Zaterdag, als jullie kunnen. Dan kun je kennismaken met Hugh. Neem jullie vriendin mee, als ze er dan nog is.'

'Maar jullie zijn hier nog maar net komen wonen,' protesteerde Iris. 'Waarom komen jullie niet bij ons?'

'Nee, echt, jullie zijn van harte welkom.'

'Weet je het zeker?'

'Absoluut.'

'Nou, dan graag.'

Esme liep met haar mee naar de voordeur. 'Zijn hier mooie wandelroutes in de buurt? Hugh en ik wandelen graag.'

'Jazeker. Aan onze kant van het dorp vind je een voetpad dat door wat velden voert, en er loopt een pad door het bos. Daarachter ligt een kalksteengroeve, maar dat is nu verboden terrein.'

'Hebben ze daar die arme jongen gevonden? We zagen het op het nieuws vlak nadat we het huis hadden gekocht; het ging over een groeve bij Markham.'

'Ja.' Iris knikte. 'Dat was daar, inderdaad.'

Ze vertelde Esme niet dat Gabriel degene was die hem had gevonden.

# 10

Gabriel stak de spade in de grond en trok zijn handschoenen uit. Hij was blij met de vorderingen die hij in de ommuurde tuin had gemaakt. Het had hem een paar dagen gekost om op gang te komen, maar na een week van onkruid wieden, grond omspitten en stenen verwijderen was ongeveer een kwart van de tuin getransformeerd tot iets wat op een dag gevuld zou kunnen worden met groenten of bloemen.

Het verbaasde hem hoe goed hij zich voelde, niet alleen lichamelijk, maar ook geestelijk. Dat had hij aan Beth te danken: ze had al twee keer gebeld om te vragen of hij zich aan hun afspraak hield, en hij was vastbesloten indruk op haar te maken bij haar terugkomst in augustus. En met elke dag die verstreek hield hij zich minder bezig met zijn collega's in de praktijk en de patiënten die hij in de steek had gelaten. Want zo had het gevoeld: alsof hij hen in de steek liet.

Hij haalde zijn telefoon tevoorschijn en liep naar het oude houten bankje, dat hij de tuin in had gesleept om een plek te hebben waar hij kon zitten. Hij moest Pierre weer proberen te bereiken; hij had hem nog steeds niet gesproken. Het enige wat hij had ontvangen als reactie op de talrijke voicemails die hij had achtergelaten, was een tweede bericht: *Ik waardeer je bezorgdheid, maar ik heb momenteel niets te zeggen. Ik bel je over een paar dagen.* Dat was nu drie dagen geleden en het had Gabriel verbaasd en gefrustreerd, maar het was een frustratie die hij van zich af moest zetten, want toen Pierre hem na Charlie had gevraagd hoe het met hem ging, had hij min of meer hetzelfde gezegd: dat hij er niet over wilde praten, en Pierre had zijn wens gerespecteerd. Nu moest hij Pierres wens respecteren. Hoewel hij wel telkens had opgenomen als Pierre hem belde.

Hij koos Pierres nummer zonder te verwachten dat hij zou opnemen.

'Ha Gabriel.' Pierres stem klonk aan de andere kant van de lijn.

'Pierre, godzijdank.' Gabriel probeerde niet verwijtend te klinken. 'Wat fijn dat je opneemt. Hoe gaat het met je?'

'Niet zo best.'

'Nee, dat kan ik me voorstellen.' Gabriel zweeg een ogenblik. 'Kan ik iets doen om te helpen?'

'Dank je, maar dit is iets wat ik zelf op een rijtje moet zetten. Jullie helpen al door Laure op te vangen. Hoe gaat het met haar?'

'Ze voelt zich gekwetst. Verward. Jullie moeten met elkaar praten.'

'Dat gaan we ook heus wel doen.'

'Je kunt hiernaartoe komen.'

'Misschien. Maar nog niet. Ik heb wat tijd nodig.'

'Bel haar dan.'

'Dat zal ik doen.'

'Zal ik anders naar Parijs komen?'

'Nee, liever niet. Sorry, maar ik wil momenteel niemand zien.'

'Oké. Maar als...'

‘Ik moet ophangen,’ onderbrak Pierre hem. ‘Ik ben op mijn werk.’

‘Oké, maar laten we contact houden.’

Maar Pierre was al weg. Gabriel vloekte zacht vanwege de gemiste kans. Hij had gehoopt dat Pierre hem iets zou vertellen wat hij aan Laure kon overbrengen, maar Pierre had alleen maar gezegd dat hij er nog niet klaar voor was om met haar te praten en dat hij niemand wilde zien. Aan de andere kant viel er nu dus niets te vertellen aan Laure, wat betekende dat hij haar nog niet hoefde te gaan zoeken. Beth had gelijk gehad: de ommuurde tuin bleek een geweldig toevluchtsoord te zijn, de perfecte plek om Laure te mijden.

Misschien was hij te hard in zijn oordeel, misschien was het normaal dat elk gesprek met haar over Pierre ging. En eerlijk is eerlijk: het was niet alleen maar vervelend dat ze er was, want ze vulde de afstand tussen hem en Iris, een afstand die hij zelf had gecreëerd door niet open tegen haar te zijn over wat hem dwarszat. Dat wilde hij wel, maar voordat hij zich blootgaf, moest hij zich verzoenen met de beslissing die hij die dag in de groeve had genomen. Het had op dat moment het juiste besluit geleken. Maar soms stelde hij zich voor hoe Charlie zich omdraaide in zijn graf en zei: ‘Je bent een klootzak.’

Gabriel had naderhand vaak gedacht: wat als… en: stel dat… Wat als ik die dag niet de route langs de groeve had genomen, stel dat ik een halfuur later was vertrokken – want in dat geval was de kans groot geweest dat Charlie zou zijn overleden voordat hij hem had aangetroffen. Maar had hij echt gewild dat de jongen moederziel alleen zou zijn gestorven? Charlie had hem herkend, had hem ‘meneer Pelley’ genoemd. Daardoor was Gabriel gaan denken dat hij voorbestemd was geweest om hem te vinden, voorbestemd om die moeilijke keuze te maken. Misschien had iemand daar boven gedacht dat hij een te makkelijk leventje leidde en besloten om de boel eens op te schudden door hem met een verlies-verliessituatie op te zadelen, waarin je verdoemd bent als je iets doet, maar ook als je het laat. En nu was er een brief gekomen.

Hij stak zijn hand in zijn zak en haalde hem tevoorschijn. De brief was gebracht toen Iris en hij in Schotland waren en het enige prettige eraan was dat de inhoud zijn bezorgdheid om Pierre overtroefde. Hij keek naar de aarde die hij zojuist had omgespit en vocht tegen de neiging om de brief diep onder de grond te begraven.

Hij zuchtte en stopte hem terug in zijn zak.

## 11

Laure stak haar hoofd om de slaapkamerdeur.

'Iris, zou ik wat van je mogen lenen om aan te trekken?'

'Natuurlijk.' Iris gebaarde naar haar kledingkast. 'Ga je gang.'

Ze werden over een uur verwacht bij Esme en Hugh. Iris zat in haar ochtendjas de laatste hand te leggen aan haar make-up.

'Wat is het toch lief van Esme dat ze me heeft uitgenodigd,' zei Laure.

'Ze is aardig, je zult haar vast mogen. Ze is heel ongedwongen, zit goed in haar vel.'

Via de spiegel keek ze toe hoe Laure een gele jurk met een motiefje van de roe haalde; die kwam bij Iris al tot haar kuiten en Laure verzoop erin.

'Wat vind je hiervan?' vroeg Laure.

'Te groot,' zei Iris beslist. 'Probeer een korter jurkje. Of een rok.'

Laure pakte een andere jurk, een kortere. Die was ook aan de grote kant, dus Iris toverde een zwarte leren riem tevoorschijn, die ze om haar middel gespte.

'Heel mooi,' zei ze met een bewonderende blik op Laures slanke figuur.

Laure trok een grimas en schudde haar hoofd. 'Dit voelt niet goed.'

'Dat komt doordat al mijn kleren jou minstens een maat te groot zijn. Weet je zeker dat je niet met mij wilt gaan winkelen? Ik weet dat je hebt gezegd dat je net zo goed mijn kleren kunt lenen tot je teruggaat naar Parijs, maar we kunnen op z'n minst een short en een passend jurkje voor je kopen.'

Laure schudde haar hoofd. 'Dat lijkt me overbodig. Ik heb al heel veel kleren, dus ik zit niet op nog meer te wachten.'

'Oké.' Iris liet haar ogen langs de rij kleding glijden en pakte een spijkerrokje. 'En dit dan, met een wit shirt?'

'Niet netjes genoeg.' Laures oog viel op een zwart jurkje. 'Dat ziet er leuk uit.'

'Trek maar aan.'

Maar dat was ook niet de juiste keus, en tegen de tijd dat Laure had besloten om Iris' nieuwe witte jurk te dragen, leek de kledingkast ontploft te zijn en lagen er kleren op elk denkbaar oppervlak.

'Wat vind je hiervan?' vroeg ze terwijl ze een kleurige sjaal om haar middel knoopte en zichzelf van alle kanten in de spiegel bekeek.

'Prachtig,' antwoordde Iris met een mengeling van opluchting en ergernis – opluchting omdat Laure na drie kwartier eindelijk iets had gevonden dat haar goedkeuring kon wegdragen, en ergernis omdat ze die jurk zelf had willen aantrekken.

'We moeten gaan!' riep Gabriel van beneden.

'We zijn klaar!' kweelde Laure terug.

Maar dat gold niet voor Iris, en terwijl ze haastig het zwarte jurkje aantrok dat Laure had afgekeurd, voelde ze zich al afgemat.

Beneden pakte ze de heerlijk geurende gele rozen die ze uit de tuin had gehaald, en bond ze een lint om de stelen.

'Die jurk zou jij toch aantrekken?' mompelde Gabriel met een knikje naar Laure, die bij de voordeur stond te wachten met een designerzonnebril om haar filmsterrenuiterlijk af te maken.

Iris rolde met haar ogen. 'Praat me er niet van. Maar ik waarschuw je alvast: de slaapkamer ziet eruit als een slagveld.'

Ze liepen door het dorp naar Esme en de vroege-avondlucht was gevuld met de houtige geur van barbecues vermengd met gelach vanuit verschillende achtertuinen. Iris glimlachte bij de gedachte aan de avond die voor hen lag. Ze vond het fijn om de deur uit te gaan, was opgelucht dat hun kringetje zich zou uitbreiden van drie naar vijf, want als ze nog één maaltijd met Laure samen moest doorstaan, zelfs met Gabriel erbij, zou ze het wel kunnen uitschreeuwen. Het gesprek ging steevast over Pierre, en ze was het beu om het over hem te hebben. Ze begon langzamerhand bijna een hekel aan hem te krijgen, want hij had Laure nog steeds niet gebeld, hoewel hij dat Gabriel had beloofd. Er werd helemaal niet meer gecommuniceerd; zelfs Gabriel en zij spraken niet meer met elkaar, ze wisselden geen kleine tekens van genegenheid meer uit, geen kus hier, geen liefkozing daar. Iris maakte zichzelf wijs dat dat kwam doordat ze Laure niet van streek wilden maken. Maar diep vanbinnen was ze bang dat er tussen haar en Gabriel iets fundamenteel veranderd was.

Toen ze waren aangekomen, ging Esme hun door het huis voor naar een overdekt terras met oude banken en leunstoelen. Een boom van een man, die Iris herkende als Hugh van de foto die ze had gezien, gaf Laure en haar een warme omhelzing.

'Ik zal wat te drinken voor jullie halen,' zei hij stralend, en hij klopte Gabriel op zijn rug. 'Esme heeft een van haar beroemde cocktails gemaakt, willen jullie die proberen?'

'Ja, graag,' zei Iris, meteen gecharmeerd van zijn hartelijkheid.

Esme, die er beeldig uitzag in een turquoise lange rok, een wit T-shirt met borduursel en zilverkleurige sandalen, nodigde hen uit te gaan zitten. Vergeleken met Esme en Laure voelde Iris zich kleurloos en oninteressant.

Aangespoord door Gabriel begon Hugh te vertellen over hun plannen voor het huis, en Iris merkte dat ze zich eindelijk kon ontspannen. Met een glas van Esme's cocktail in haar hand – op basis van rum, zo te ruiken – installeerde ze zich in een rieten leunstoel en vroeg ze zich weer af hoe oud Esme was. Ze keek van Esme naar Laure en besloot dat Esme jonger moest zijn, misschien eind dertig. Ze glimlachte om het milde misnoegen dat ze voelde omdat ze allebei jonger waren dan zij, want Laure was drieënveertig.

'Ik had nooit verwacht dat ik op mijn eenenzestigste aan zo'n groot project zou beginnen,' zei Hugh. Iris herinnerde zich dat hij twintig jaar ouder was dan Esme en concludeerde dat Esme dus eenenveertig moest zijn. De golf van genoegen dat zij en Esme aan dezelfde kant van de veertig zaten maakte snel plaats voor licht ongenoegen, omdat ze er veel jonger uitzag. Een dwaas moment lang wilde Iris Gabriel vragen wat hij ervan vond.

Doordat ze de afgelopen twee weken met Laure onder één dak had gewoond, was ze zich bewuster geworden van haar uiterlijk. Ze was er altijd tevreden over geweest. Ja, het zou leuk zijn om een kilo of drie minder te wegen, en de enkele grijze haren die zich door haar zwarte bobkapsel begonnen te weven was ze liever kwijt dan rijk, maar ze had nooit een paar centimeter kleiner willen zijn dan haar een meter vijfenzeventig. Maar nu ze zoveel tijd in Laures nabijheid had doorgebracht, was ze zich wat lomp gaan voelen.

Hugh hief zijn glas. 'Op nieuwe vriendschappen!'

'En een nieuwe baby,' voegde Gabriel eraan toe terwijl hij zijn glas omhooghield. 'Iris heeft het me verteld. Gefeliciteerd!'

'Ik begrijp amper hoe het is gebeurd,' grapte Hugh. 'Ik was het grootste deel van januari in Zwitserland.'

'Drie weken, en ik ben meegegaan en een paar dagen gebleven, weet je nog?' Esme wierp Iris een zogenaamd verontwaardigde blik toe. 'Hij doet graag alsof hij er niets mee te maken heeft gehad.'

'Sorry.' Laures stem, niet meer dan een mompeling, maakte een eind aan hun vrolijkheid. Ze stond overeind en wankelde een beetje. 'Ik voel me niet zo goed. Ik denk dat ik maar naar huis ga.'

Ook Hugh en Esme kwamen overeind met een ongeruste blik in hun ogen.

'Zal ik een glas water voor je halen?' vroeg Hugh.

'Wil je even gaan liggen?' Esme legde een hand op Laures arm. 'Dan breng ik je naar onze slaapkamer.'

Maar Laure schudde zich los alsof ze de aanraking niet kon verdragen.

'Dank je wel, maar ik ga liever naar huis.'

'Ik ga met je mee,' zei Iris.

'Nee, blijf gerust, ik red me wel.' Laure wendde zich tot Esme. 'Het spijt me.'

Ze verdween het huis in en ze keken haar allemaal lichtelijk ontdaan na.

'Heb ik iets verkeerd gezegd?' vroeg Esme bezorgd. 'Gaat het om mijn zwangerschap?'

'Nee.' Iris glimlachte geruststellend, al wist ze dat het daar vermoedelijk inderdaad om ging. 'Ik kan haar maar beter even achternagaan om haar in elk geval naar huis te brengen. Ik blijf niet lang weg, maar begin gerust alvast zonder mij.'

Iris pakte haar handtas en haastte zich door het huis achter Laure aan. Ze gaf zichzelf in gedachten de schuld, hoewel ze zeker wist dat ze Laure had verteld dat Esme zwanger was. Bij de voordeur bleef ze abrupt staan omdat Laure op de oprit met een lange donkerharige man stond te praten, die ze herkende als Joseph, de hovenier. Ze zette een stap achteruit en keek vanuit het halfdonker toe.

'Nee, bedankt.' Laures stem klonk beverig van het huilen. 'Ik red me wel. Het is vlakbij, een klein stukje verderop aan de weg.'

'Weet je het zeker? Het is geen enkele moeite om even mee te lopen.'

Laure schudde haar hoofd en was al op weg. 'De frisse lucht zal me goeddoen. Maar toch bedankt.'

Iris zag dat Joseph Laure nog even in de gaten hield terwijl ze naar het hek liep. Toen ze uit zijn gezichtsveld was verdwenen, nam hij een pad waarvan Iris vermoedde dat het langs het huis naar de achtertuin leidde. Haar eerste neiging was Laure achterna te gaan om ervoor te zorgen dat ze veilig thuis zou komen. Maar ze werd tegengehouden door de vrees dat Laure haar zou vragen te blijven, want ze moest er niet aan denken nog een avond over Pierre te praten. Vanavond wilde ze zich vermaken. Ze kon zich de laatste keer dat ze plezier had gehad niet eens heugen. De vakantie in Schotland met Gabriel was wel fijn geweest, maar niet leuk – niet zoals vroeger, met plagerijtjes en vrolijkheid en hun gebruikelijke grapjes. Gabriel kon haar met zijn droge humor aan het schaterlachen maken. Maar dat was inmiddels al een tijdje geleden.

Ze liep naar het uiteinde van de oprit en bleef met haar hand boven haar ogen even staan uitkijken over het lint van de weg. Laure was niet meer te zien; die was al de hoek om. Iris besloot haar tien minuten te geven om thuis te komen en haar dan te bellen. Als Laure dan niet opnam, zou ze gaan kijken hoe het met haar ging. Als ze wel opnam en zou zeggen dat ze in orde was, bleef ze gewoon bij Esme en Hugh eten.

Tevreden over de afspraak die ze met zichzelf had gemaakt, liep Iris weer de oprit op, haar voeten warm onder het canvas van haar espadrilles. Ze bleef onder de eik staan, waar ze de schommel zag hangen. Ze liep ernaartoe. Het touw was door het midden van een kleine rechthoek van hout getrokken, dus kon je er alleen schrijlings op gaan zitten.

Ze liet haar tas van haar schouder op de grond glijden en pakte het touw met beide handen vast. Ze gaf er een felle ruk aan om te testen of het haar gewicht kon dragen, voor het geval het alleen geschikt was voor kinderen en kleine volwassenen als Esme. Het leek stevig genoeg, dus trok Iris zich op en spande haar armspieren. Het was niet eenvoudig om op het plankje te balanceren met het touw tussen haar benen, vanwege het jurkje dat ze droeg, maar al snel zwaaide ze heen en weer. Ze gebruikte haar lichaam als aandrijving, won aan vaart bij elke zwaai, en toen ze zich zeker genoeg voelde gooide ze haar hoofd achterover en strekte haar armen, zodat haar lichaam bijna parallel was aan de grond, zoals ze bij Esme had gezien. Ze deed haar ogen dicht, genietend van het moment en de bries die haar huid afkoelde terwijl ze zorgeloos schommelde. Ze wilde het liefst blijven zwieren, maar ze kreeg kramp in haar armen, dus hield ze haar lichaam stil, waarop de schommel langzamer ging zwaaien, tot ze van het plankje kon schuiven.

Even bleef ze staan, met het touw in haar handen geklemd en de fijne glijdende sensatie nog onder haar voeten, als zand op de zeebodem dat reageerde op de beweging van de golven. Het liefst wilde ze meteen Gabriel erbij halen, zodat hij op zijn beurt dat ongeremde gevoel zou ervaren als zij zojuist, toen een ogenblik lang niets anders ertoe deed. Maar natuurlijk deed al het andere er wél toe. Ze liet de schommel los, pakte haar tas en haalde haar telefoon tevoorschijn.

Er was een berichtje van Laure. Ze was thuis, schreef ze, en ze ging vroeg naar bed. Het speet haar dat ze zo was vertrokken en ze wenste hun allemaal een fijne avond. Opgelucht appte Iris terug om haar welterusten te wensen en te zeggen dat ze elkaar dan morgenochtend wel weer zouden zien.

Ze liep snel terug naar het huis, zich ervan bewust dat ze zo lang was weggebleven dat Esme en de anderen misschien wel dachten dat ze naar huis was gegaan. In plaats van door het huis te lopen volgde ze het pad dat ze Joseph had zien nemen.

'Is alles goed met Laure?' vroeg Esme toen Iris op het terras verscheen.

Iris' ogen werden meteen naar Joseph getrokken, die bij de stoel van Hugh stond. Van dichtbij was hij verrassend knap, met gitzwart haar en doordringende blauwe ogen.

'Ja, ze is thuis en gaat vroeg naar bed. Ze maakt haar excuses voor haar abrupte vertrek.'

Hugh, die plotseling bedacht dat hij hen nog aan elkaar moest voorstellen, stond op. 'Iris, dit is Joseph. Als vriend van de familie is hij zo vriendelijk om ons te helpen met de tuin.'

Esme zuchtte theatraal. 'Je hebt geen idee hoe lastig het was om hem los te weken van de geneugten van Winchester en hem te verleiden om een paar maanden bij ons te komen wonen. Hij doet het alleen als gunst tegenover mijn ouders, die het bestierven toen ze zagen hoe slecht het hier onderhouden was.'

'Er was niet veel voor nodig om me te verleiden,' zei Joseph. 'Het landschap in deze contreien is schitterend.'

'Hopelijk maakt dat het verblijf in de schuur goed.' Esme wees naar een stenen bijgebouwtje dat werd bedekt door klimrozen. 'Zolang er in het huis nog geen slaapkamer voor hem is, slaapt hij in dat huisje.'

'Ik weet niet hoe het binnen is, maar het ziet er aan de buitenkant mooi uit,' merkte Iris op.

'Het is binnen prima, wat Esme ook zegt. Ik heb een plek om te eten, een plek om te slapen en een plek om me te wassen. Wat wil een man nog meer?'

Iris hoefde niet te antwoorden, want Hugh was haar voor. 'Heel weinig,' zei hij terwijl hij weer ging zitten. 'Ik kwam zélf bijna in de verleiding om erin te trekken en Esme het rijk alleen te gunnen in het huis.'

Hij hield zijn hoofd schuin omhoog en keek Joseph aan. 'Ga zitten en neem een drankje met ons, als je zin hebt.'

Joseph wierp een blik omlaag en veegde zijn handen af aan zijn spijkerbroek. 'Ik ben er bepaald niet op gekleed. Een andere keer misschien.' Hij knikte naar Iris en Gabriel. 'Nog een fijne avond.'

Esme wachtte tot hij buiten gehoorsafstand was. 'Dat was niet erg diplomatiek,' zei ze verwijtend.

Hugh keek haar schuldbewust aan. 'Sorry, ik was het even vergeten.'

'Daarom heb ik hem niet uitgenodigd om met ons mee te eten,' legde ze Iris uit. 'Joseph moet een tijdje de alcohol vermijden, en omdat de drank vanavond rijkelijk mag vloeien, leek het me beter om hem niet te vragen.' Ze keek even naar Hugh, die met Gabriel zat te praten, en dempte haar stem. 'Joseph en ik kennen elkaar al heel lang en toen ik hem een paar maanden geleden zag bij mijn ouders, zag ik dat het niet goed met hem ging. Hij heeft een paar keer aan de rand van de afgrond gestaan in zijn dronkenschap. Hij mag van geluk spreken dat hij nog leeft.'

Iris vond Joseph sowieso al intrigerend, dus haar nieuwsgierigheid was gewekt. 'Hoezo, wat is er dan gebeurd?' vroeg ze.

Esme aarzelde, alsof ze worstelde met haar geweten, maar stak toen van wal. 'Een paar maanden geleden had hij te veel op en is hij met zijn auto tegen een boom gereden. Het is een wonder dat hij niet ernstig gewond is geraakt. Hij raakte weliswaar zijn rijbewijs voor een jaar kwijt, en zijn baan, maar hij had net zo goed dood kunnen zijn. En een maand geleden, toen hij bij mijn ouders thuis aan het werk was – ze hadden hem ingehuurd omdat hij nog geen nieuwe baan had gevonden – heeft hij zichzelf in een dronken bui bijna vergast.'

'Wat?!'

Esme knikte. 'Hij ging thee voor zichzelf zetten in de schuur van mijn vader, vulde de ketel, zette hem op de gasbrander en draaide die open, maar vergat hem aan te steken. Mijn vader heeft hem gevonden en naar buiten weten te slepen, maar hij was zo versuft dat mijn vader de dokter belde, die Joseph vertelde dat hij aan een leveraandoening zou sterven als hij zichzelf niet al eerder de dood in zou jagen.'

Iris' mond viel open. 'Jeetje, wat vreselijk.'

Esme knikte. 'Ja, hè? Gelukkig hebben mijn ouders, die dol zijn op Joseph – ze kennen zijn moeder – hem ervan overtuigd dat het goed zou zijn om Winchester te verlaten.'

'Kom je daar oorspronkelijk vandaan – Winchester?'

'Ja. Hoe dan ook, nadat ze met ons hadden gepraat hebben ze Joseph verteld dat Hugh en ik dringend behoefte hadden aan een tuinman, en na de nodige aanmoediging besloot hij hier een tijdje te komen. Ik denk dat hij besefte dat hij zou eindigen als alcoholist als hij zou doorgaan op de ingeslagen weg.'

Esme zweeg even en in de stilte die viel, hoorde Iris de naam Charlie Ingram vallen. Ze wierp een blik op de mannen, die diep in gesprek waren, en voelde een golf van opluchting bij de gedachte dat Gabriel zich in staat voelde om Hugh in vertrouwen te nemen.

'Nu moet hij alleen volhouden en niet meer aan de drank gaan,' ging Esme verder.

Iris fronste, even verward, en herinnerde zich toen weer dat ze het over Joseph hadden. 'Denk je dat hem dat lukt?'

'Hij heeft er alle reden toe.' Esme liet haar handen een paar seconden op haar buik rusten en stond op. 'Zullen we gaan eten?'

# 12

Gabriel lag met zijn handen achter zijn hoofd ineengevlochten naar het plafond te staren, en dacht na over de avond die ze met Esme en Hugh hadden doorgebracht. Hij had er meer plezier in gehad dan hij had gedacht, misschien wel omdat ze zonder Laure eens over iets anders hadden kunnen praten dan over Pierre.

Hij had het wel sneu gevonden voor Laure. Het was vast niet gemakkelijk voor haar geweest om Esme zwanger te zien, als het waar was dat ze altijd een kind had willen hebben.

Naast hem draaide Iris zich om. Hij hield zijn adem in en hoopte dat ze niet wakker zou worden. Ze rolde naar hem toe, maar sliep verder. Gabriel liet zijn adem langzaam ontsnappen en keerde in gedachten terug naar de afgelopen avond. Toen Iris achter Laure aan was gegaan, was hij bang geweest dat ze niet zou terugkomen en dat hij daar zou blijven zitten met een stel dat hij niet kende. Maar dat had niet uitgemaakt, had hij zich al snel gerealiseerd, want ze waren geweldig. Op zeker moment had hij Hugh tot zijn eigen verbazing verteld dat hij Charlie in de groeve had gevonden. Hij wist niet goed hoe het gesprek daarop was gekomen, maar als ze niet waren onderbroken door Esme die hen aan tafel riep, had hij Hugh misschien alles wel verteld. En dan had hij zich nu misschien beter gevoeld over wat hij die dag had gedaan.

Als de hulpverleners op een ander moment waren gearriveerd, zou Gabriel daar misschien beter op voorbereid zijn geweest. Maar hij was nog bezig te verwerken dat Charlie vlak daarvoor onder zijn ogen was gestorven. Ze vroegen of Charlie bij bewustzijn was toen hij hem had gevonden, en als Gabriel meer tijd had gehad om erover na te denken, had hij misschien gezegd van niet. Dat zou een leugen zijn geweest, maar een minder zware last dan de last die hij sindsdien met zich meedroeg, want toen hij eenmaal had verteld dat Charlie nog bij bewustzijn was geweest, was het onvermijdelijk dat de hulpverleners vroegen of de jongen nog iets had gezegd. En daarop had Gabriel ja geantwoord. Pas toen ze hem hadden gevraagd wát Charlie dan gezegd had, realiseerde Gabriel dat hij een fout had gemaakt. De enorme zwaarte van de boodschap die Charlie hem had gevraagd over te brengen had hem met zoveel kracht overvallen dat hij even geen woord had kunnen uitbrengen. Maar hij moest ze natuurlijk wel iets vertellen, dus had hij verklaard dat Charlie vlak voor hij stierf had gezegd: *Vertel mijn moeder dat ik van haar hou*. De twee hulpverleners hadden tranen in hun ogen gekregen bij de gedachte hoe troostend dat voor haar zou zijn. Daarna waren er politieagenten gekomen die dezelfde vragen hadden gesteld, en Gabriel had ook hun verteld dat Charlie hem had gevraagd zijn moeder te vertellen dat hij van haar hield.

Maar dat was niet wat Charlie gezegd had.

# 13

Iris stopte op de oprit en bleef even zitten voordat ze naar binnen ging. Ze moest haar gedachten op een rijtje zetten voordat ze Laure weer zou zien.

Sinds het etentje bij Esme op zaterdag was Laures humeur verslechterd. De volgende dag had Laure Iris verteld wat zij al vermoedde: dat het te zwaar voor haar was geweest om Esme zwanger te zien zijn.

'Het benadrukte wat ik niet heb,' had ze met tranen in haar ogen gezegd. 'En alles wat ik stiekem wel zou willen.'

Ze zag er begrijpelijkerwijs ook tegen op om Pierre weer onder ogen te komen.

'Stel dat hij me vertelt dat ik gelijk heb en dat Claire de moeder van zijn kind is? En dat ze hebben afgesproken dat hij zijn dochter geregeld mag zien? Hij kent Mathilde al, hij is haar peetoom.' Plotseling had ze haar ogen opengesperd. 'Misschien is hij daarom wel haar peetoom, misschien heeft hij met Claire afgesproken dat hij op die manier een rol in haar leven zou spelen. Denk je dat het zo gegaan kan zijn?'

Iris had een ogenblik te lang geaarzeld.

'Als dat zo is, denk ik erover hem te vermoorden.' Laures ogen hadden zich met tranen gevuld. 'Ik kan niet in het appartement wonen als ik komend weekend terugga. Ik vraag Victoire wel of ik bij haar mag logeren.'

'Weet Victoire het?' had Iris gevraagd, wetend dat het de naam was van een jeugdvriendin van Laure. 'Dat Pierre een dochter heeft?'

'Nee, geen van onze vrienden is op de hoogte. Ze weten alleen dat Pierre en ik een moeilijke tijd doormaken en dat ik hiernaartoe ben gegaan om ons allebei de nodige ruimte te geven. Ze weten niet waarom.'

Iris realiseerde zich dat de motor nog liep en draaide de contactsleutel om. Ze stapte uit de auto, keek naar het huis en zag in een flits een gezicht achter het raam van de zitkamer. Ze kreunde inwendig. Laure wachtte alweer op haar.

'Is je bespreking goed verlopen?' vroeg Laure toen Iris binnenkwam.

Iris zette haar tas neer en schopte haar sandalen uit. 'Ja, het was een productieve ontmoeting. Samantha had deze keer de sleutels van het huis, dus ik heb het gezien. Het is prachtig, het zou echt een droomproject zijn. Maar ze heeft de knoop nog niet doorgehakt.' Ze glimlachte naar Laure. 'En hoe was jouw dag?'

'Ik ben bij Esme geweest.'

'O. Wacht, ik ga even mijn handen wassen.'

Laure volgde Iris naar de keuken en wachtte terwijl ze haar handen inzeepte en ze afspoelde. 'Ik vond dat ik mijn excuses moest aanbieden voor mijn plotselinge vertrek zaterdag,' zei ze terwijl ze Iris een handdoek aanreikte.

'Ze begreep het vast wel.'

Laure knikte. 'Inderdaad, zeker toen ik haar eenmaal over Pierre had verteld. We hebben een fijn gesprek gehad en ze heeft aangeboden om met me te gaan winkelen, zodat ik wat kleren kan kopen.' Ze keek omlaag naar haar short en T-shirt.

'Ik ben er zo aan geweld jouw kleding te dragen dat het me amper nog opvalt.'

'Je weet heel goed dat ik je met alle liefde mee uit winkelen zou nemen,' zei Iris geïrriteerd. 'Ik heb het óók aangeboden, maar je wilde niet. Je zei dat het de moeite niet was om nieuwe kleding te kopen, omdat je thuis in Parijs al heel veel kleren hebt.'

'Dat weet ik, maar ik heb Esme verteld dat ik best een nieuwe jurk aan zou willen hebben als ik komend weekend Pierre weer zie. Ik kan er maar beter zo mooi mogelijk uitzien.'

Iris glimlachte. 'Laure, jij bent zelfs mooi als je een vuilniszak aanhebt.' Ze zweeg even. 'Heeft Pierre je al gebeld?'

'Nee, hij heeft gisteren alleen een berichtje gestuurd met de boodschap dat we zullen praten als ik terug ben in Parijs. Zullen dus maar gaan winkelen? Morgen? Of donderdag, als je dat liever wilt?'

'Morgen is prima.'

'Super.' Ze wierp Iris een blik toe. 'Ruik jij ook iets?'

'Ja... Kan het zijn dat je eten hebt gekookt?' plaagde Iris, want hoewel Laure vaak zei dat ze zou gaan koken, kwam het er op de een of andere manier nooit van.

Laure knikte. 'Ik heb Esme om een recept gevraagd en toen ben ik in Markham de ingrediënten gaan halen. Maar het is pas over een uur klaar.'

'Perfect. Dan kan ik nog een rondje hardlopen.'

'Ik ga met je mee.'

Iris wendde zich af, want ze wilde niet dat Laure de frustratie van haar gezicht zou kunnen aflezen. 'Dat hoeft echt niet. Je hebt een drukke dag gehad, waarom ga je niet even lekker niksen?'

'Nee, ik voel me prima.' Iris wachtte tot Laure eraan zou toevoegen: 'Tenzij je liever alleen gaat?' Maar dat deed ze niet, en Iris vroeg zich af waarom ze in de twintig jaar dat ze elkaar kenden nooit had beseft hoe onbeschaamd Laure kon zijn. Ze herinnerde zichzelf eraan dat Laure zaterdag zou vertrekken en haalde diep adem.

'Kom op dan. Laten we ons gaan omkleden.'

'Gaan we weer door de velden?' vroeg Laure terwijl ze Iris de hal in volgde.

'We kunnen ook door het bos gaan, als je wilt.'

'En dan door de groeve?'

Iris fronste. 'Dat is verboden terrein.'

'Maar we kunnen die kant toch op gaan? Je hebt gezegd dat er een pad omheen loopt waar je vroeger jogde. Het is weer eens wat anders. En wat houdt ons tegen?'

'De herinnering aan Charlie.'

Laure boog haar hoofd. 'Natuurlijk. Sorry. Ongevoelig van me, hè?'

'Dat valt wel mee.' Iris bleef onderaan de trap staan. 'Ik zal Gabriel even vertellen dat we gaan. Is hij nog in de tuin?'

'Ik geloof het wel. Ik heb hem tussen de middag voor het laatst gezien.'

'Trek jij maar vast wat anders aan. Ik zie je over tien minuten buiten.'

'Oké.'

Iris liep naar de ommuurde tuin. Ze hoorde het gespit lang voordat ze Gabriel zag, helemaal aan de andere kant in de hoek, zijn blauwe T-shirt donker van het zweet.

'Ongelooflijk, zoveel beter als het er al uitziet,' zei ze terwijl ze naderbij kwam. 'Je harde werk begint vruchten af te werpen.'

Toen hij haar stem hoorde, stak hij de spa in de aarde en rechtte zijn rug. 'Vind je?' vroeg hij terwijl hij zich naar haar omdraaide.

'Ja. Je hebt al een behoorlijk gedeelte vrijgemaakt.'

'Ik heb Beth beloofd dat ik de tuin klaar zou hebben voordat ze eind augustus terugkomt, maar ik geloof dat ik een beetje te optimistisch ben geweest. En vertel eens, hoe ging je afspraak met Samantha?'

'Heel goed. Ze heeft me rondgeleid in het huis, wat geweldig was – en daarom ben ik ook zo laat. Ik vond haar heel leuk. En we lijken het goed met elkaar te kunnen vinden, dus duim maar voor me.'

'Denk je dat jij de opdracht krijgt? Het zal wel helpen dat je haar nu twee keer hebt ontmoet.'

'Ik hoop het. Ze heeft besloten te kiezen tussen mij en nog maar één andere ontwerper.'

'Geweldig, Iris.'

Ze glimlachte. 'Hoelang ben je hier nog bezig?'

'Hoezo, hoe laat is het dan?'

'Zeven uur geweest.'

'Echt? Geen wonder dat ik zo'n trek heb. Dan ga ik maar snel douchen.'

'Haast je niet. Laure en ik gaan nog een rondje hardlopen. Ze heeft eten gekookt, het is om acht uur klaar.'

Gabriel lachte. 'Heeft ze gekookt? Wauw, beter laat dan nooit.' Hij trok zijn tuinhandschoenen uit. 'Welk rondje doen jullie?'

'Door de velden, denk ik.' Ze zweeg even. 'Laure wilde naar de groeve.'

Gabriel fronste. 'Waarom? Daar mogen we niet komen.'

'Ik weet het. Ik denk dat ze nieuwsgierig is.'

'Nou, ze kan beter nieuwsgierig zijn naar andere dingen.'

Iris' hart kromp even samen. 'Heb je iets van Pierre gehoord?' vroeg ze om van onderwerp te veranderen.

'Nee. Hij heeft niets laten horen sinds ik hem vorige week

heb gesproken. Denk je dat ik toch naar hem toe had moeten gaan, al vroeg hij me om niet te komen?'

Haar hart ging naar hem uit vanwege het schuldgevoel dat hem plaagde. Als Charlie niet continu in zijn gedachten was geweest, zou Gabriel meteen naar Parijs zijn gegaan toen Pierre zijn telefoontjes niet beantwoordde.

'Nee, dat denk ik niet.' Ze legde een kalmerende hand op zijn arm. 'Laten we afwachten hoe het gaat als Laure terug is in Parijs. Als het niet goed komt, zal Pierre je pas echt nodig hebben.'

# 14

'Ik vind mezelf gemeen,' zei Iris terwijl ze naast Gabriel in bed stapte.

Hij legde zijn boek neer en zette zijn zwarte leesbril af.

'Waarom?'

'Omdat ik opgelucht ben dat Laure komend weekend teruggaat naar Parijs.'

'Dat is normaal. Je hebt haar nu bijna drie weken continu om je heen, met gesprekken die steeds op één onderwerp uitkomen. Dat zou het geduld van een heilige nog op de proef stellen.'

'Het lijkt wel of ze geen grenzen kent, wat me nooit eerder is opgevallen.'

'Hoe bedoel je?'

Ze draaide zich naar hem toe en duwde zich op een elleboog omhoog om hem te kunnen aankijken. 'We zijn aan het begin van de avond een hardlooprondje gaan doen, weet je nog? Nou, toen we terug waren gingen we nog even douchen, en toen ik naar boven liep, riep Laure me vanuit haar kamer. Dus ik kwam binnen en zij stond daar met een handdoek om zich heen gewikkeld. En die liet ze toen gewoon vallen, zodat ze naakt rondliep, terwijl ze weer over Pierre begon.'

Gabriel verborg een glimlach. Iris was nogal preuts als het op naaktheid aankwam, zelfs bij hem. Hij had het altijd amusant gevonden dat ze 's nachts een pyjama droeg. Ze zei dat het kwam doordat ze op een nonnenschool had gezeten en door oudere ouders was opgevoed.

'En wat deed jij toen?' vroeg hij.

'Ik kon niets anders doen dan mijn ogen afwenden tot ze zich had aangekleed.' Ze rolde zich op haar rug. 'Wil jij nog lezen of zullen we het licht uitdoen?'

'Ik wil wel graag blijven lezen. Maar ik kan naar beneden gaan als jij wilt slapen.'

'Nee, het is oké, je kunt gerust hier blijven.' Toen hij haar teleurgestelde gezicht zag, kon Gabriel zichzelf wel schieten omdat hij haar weer afwees. Maar het was sterker dan hijzelf; om de een of andere reden maakte de leugen die hij over Charlie had verteld het hem onmogelijk om de liefde te bedrijven met zijn vrouw. Hij vermoedde dat het kwam doordat hij nog nooit eerder tegen haar had gelogen en onbewust het gevoel had dat hij haar liefde niet verdiende. Hij zou zich eroverheen moeten zetten voordat hij haar nog meer pijn zou doen.

Iris ging in haar slaaphouding liggen en hij pakte zijn boek weer op. Maar in plaats van te lezen gingen zijn gedachten naar Maggie Ingram, de moeder van Charlie, en de brief die hij had gekregen. Na Charlies dood had hij zich zorgen gemaakt om Maggie. Haar man zat in het leger en was ergens op een overzeese missie. Volgens een artikel dat in de krant had gestaan was hij al snel na Charlies uitvaart vertrokken.

Veel mensen hadden zich afgevraagd waarom Charlie op de late avond helemaal naar de groeve was gereden, want vanaf zijn school in Winchester was het bijna een uur fietsen. Maar hij bleek er vaak met zijn vader te hebben gefietst als die met verlof thuis was, dus het idee was dat hij zijn vader waarschijnlijk miste en naar de groeve was gegaan om het gevoel te hebben dicht bij hem te zijn.

Gabriel was niet naar de uitvaart gegaan. Iris had het moeilijk gevonden zijn beslissing te accepteren, omdat hij Charlie had gekend en erbij was geweest toen hij stierf. Hij had haar verteld dat hij het niet aankon om Charlies laatste momenten te herbeleven, maar in feite had hij Maggie niet onder ogen durven komen. Ten tijde van Charlies dood werkte zij als hoofd van het zorgteam op de school waar hij leerling was, en Gabriel kon best begrijpen dat het moeilijk was geweest voor Charlie om zijn moeder zo dicht in zijn buurt te hebben. Maar er moest wel iets heel vreselijks tussen hen zijn gebeurd om Charlie vlak voor zijn dood zo'n vernietigende boodschap te ontlokken. Want Charlie had niet gezegd *Vertel mijn moeder dat ik van haar hou*, maar: *Vertel mijn moeder dat ik het haar nooit zal vergeven.*

# 15

Iris bleef bij het hek staan om op adem te komen en haar kuitspieren te rekken. Voor het eerst had Laure niet mee gewild op haar hardlooprondje, en het was verbazingwekkend hoe vrij ze zich had gevoeld toen ze door de gevlekte schaduw van het bos jogde.

Haar eerste emotie bij het ontwaken vanochtend was opluchting geweest. Laure zou zaterdag vertrekken, wat betekende dat er nog maar twee dagen te gaan waren voordat ze haar leven zou terugkrijgen. Ze vond zichzelf onmiddellijk harteloos. Maar ze had gemerkt dat Laure veel meer energie van haar vergde dan ze had gedacht.

Ze liep naar het huis en zette zich schrap, maar Laure hing niet rond in de hal en stormde niet de trap af om haar tegemoet te komen. Misschien had ze haar niet horen aankomen. Iris schopte haar hardloopschoenen uit, trok de sokken van haar voeten en liep op haar tenen naar de keuken, want ze had dorst. Ze maakte de la rechts van de vaatwasser open en wilde een glas pakken. Haar hand bleef halverwege hangen. Er stonden geen mokken of glazen, maar pakken pasta en rijst en andere levensmiddelen.

Fronsend liep ze naar de andere kant van de keuken, naar

de rij kastjes bij het fornuis, waar die levensmiddelen thuishoorden. Ze deed de deurtjes een voor een open en trof er niet alleen glazen aan, maar ook mokken, borden, schalen en kommetjes, allemaal weggehaald uit de diepe la naast de vaatwasser.

'Je bent er weer!'

Iris draaide zich snel om. Laure stond in de deuropening. 'Je hebt de keuken anders ingedeeld,' zei ze, zonder de beschuldigende toon uit haar stem te kunnen weren. Maar Laure leek er geen acht op te slaan en knikte tevreden.

'Ja. Ik vond het een beetje vreemd dat je het servies in een la had staan. Dat was eerder niet zo.'

'Nee. Tot ik me realiseerde dat het praktischer was om het bij het uitruimen van de vaatwasser meteen weg te kunnen zetten en er niet mee naar de andere kant van de keuken te hoeven lopen,' zei Iris kortaf. 'Hetzelfde geldt voor de levensmiddelen: die hebben een logischer plek bij het fornuis.'

'O.' Laure keek beteuterd. 'Zal ik het dan maar allemaal terugzetten?'

'Ja, graag.'

'Oké. O, en ik heb een besluit genomen over Parijs.'

Iris glimlachte. Ze had Laure er vanochtend aan herinnerd dat ze haar Eurostar-ticket moest boeken.

'Mooi. Laten we in de tuin gaan zitten, dan kun je me erover vertellen.'

Het terras was bijna te heet voor Iris' blote voeten. Ze hupte er snel overheen, sprong op het gras en liep naar de schommelbank, gevolgd door Laure.

'Goed, vertel. Welke trein neem je?' vroeg Iris toen ze zaten.

Laure keek met een ernstig gezicht opzij. 'Geen enkele. Ik heb besloten dit weekend niet naar Parijs te gaan. Ik ben er nog niet klaar voor. Pierre heeft niet het fatsoen gehad om te bellen, hij heeft alleen maar geappt. Ik heb hem vanochtend gevraagd of hij iets heeft besloten over zijn dochter en hij liet weten van niet. Dus waarom zou ik gaan?'

'Om te praten,' zei Iris vertwijfeld. 'Jullie tweeën moeten met elkaar praten.'

'Pas als hij een besluit heeft genomen,' zei Laure koppig. 'Hij weet hoe ik erin sta, we hebben erover geappt. Hij moet kiezen tussen mij en zijn dochter. Als Pierre ervoor kiest om deel uit te maken van het leven van zijn dochter, maak ik geen deel meer uit van het zijne. Zo simpel is het.'

Iris haalde diep adem. 'En je werk dan? Kun je nog langer vrij krijgen?'

'Nee, het is momenteel niet makkelijk in de reclamebusiness. Ik heb mijn baas gesproken en hij zei dat ze me niet ter wille kunnen zijn. Ik kan niet meer vrije dagen opnemen en ze willen niet dat ik onbetaald verlof neem.'

'Wat ga je dan doen?'

'Ik heb het al gedaan. Ik heb ontslag genomen.'

'O, wauw. Juist ja.' Iris haalde het elastiekje uit haar haar en schudde haar paardenstaart los terwijl ze probeerde te bedenken wat ze kon zeggen zonder dat het als kritiek zou klinken. Ze kon niet geloven dat Laure de goedbetaalde baan die ze zo leuk had gevonden zomaar had opgegeven, en dat in het huidige economische klimaat. Ze zweeg.

Laure legde een hand op haar arm. 'Maak je geen zorgen, ik heb spaargeld, ik zal jou en Gabriel niet tot last zijn.' Iris keek haar nog eens aan terwijl de schrik haar om het hart sloeg. *Was Laure van plan langer te blijven?* 'Het is hopelijk geen probleem dat ik nog even blijf?' ging Laure verder.

Opnieuw zocht Iris naar iets wat ze zou kunnen zeggen. 'Ik dacht dat je je moeder ook ging bezoeken. Ze zal zich wel zorgen om je maken.'

'Nee hoor. Ze heeft gezegd dat ze erop vertrouwt dat Pierre en ik er wel uit komen, dat alle stellen weleens problemen hebben.'

'Heb je haar verteld dat Pierre een kind heeft?'

'Nee. Dan zou ik alleen maar een preek krijgen: "Ik heb het wel gezegd." Ze heeft altijd gezegd dat ik er spijt van zou krijgen als ik mijn kans om kinderen te krijgen opgaf, en me erop gewezen dat Pierre altijd nog een kind zou kunnen krijgen als hij van gedachten zou veranderen.' Ze lachte bitter. 'Ze had gelijk.'

'Heb je Pierre laten weten dat je dit weekend niet terugkomt?'

'Ja.'

'Wat heeft hij geantwoord?'

'Ik denk dat hij geschokt was, en dat is goed. Hij heeft me gevraagd wanneer hij me dan weer zou zien, en ik heb gezegd dat ik dat niet weet. Het was goed om eens keer de overhand te hebben.'

Iris schonk haar een kort glimlachje. 'Vind je het goed als ik even onder de douche ga? Ik ben nog zweterig van het rennen. Dan praten we daarna verder.'

'Natuurlijk, ga je gang. Ik ga nergens heen.'

Iris liep snel terug naar het huis en knipperde haar plotselinge tranen terug. *Het komt goed*, zei ze tegen zichzelf. *Het komt wel goed.*

In de badkamer zette ze de douche aan, trok ze haar kleren uit en liet ze het water over zich heen stromen. Ze verlangde ernaar om alle gedachten uit te wissen, al was het maar voor een paar seconden. Haar emoties gingen alle kanten op. Laure moest terug naar Parijs. Al bijna drie weken had ze amper vijftien minuten voor zichzelf gehad. Ze wist niet of Laure zoveel aandacht nodig had vanwege wat er met Pierre was gebeurd, of dat ze altijd zo was geweest. Ze dacht terug aan de weekends en vakanties die ze samen hadden doorgebracht en kwam tot de moeilijke conclusie dat Laure haar tegenpool was. Het was tijdens die vakanties en weekends nooit een probleem geweest dat Laure steeds met haar optrok, want ze was altijd blij om haar te zien en tijd met haar door te brengen, en het was telkens voor twee dagen of hooguit een week geweest, dus haar constante aanwezigheid voelde niet als te veel. Er kwam altijd een einde aan. Maar nu was de gedachte aan Laure die zou blijven, al was het maar een week langer, overweldigend.

Ze reikte blindelings naar de tube met bodyscrub, draaide de dop eraf, spoot wat van het korrelige goedje op haar hand en wreef het krachtig over haar lichaam om het mentale laagje schaamte dat ze op haar huid voelde te verwijderen. Ze vroeg zich af of Laure niet mee was gaan hardlopen omdat ze in haar afwezigheid naar kantoor wilde bellen.

Ze draaide de douchekraan dicht en wikkelde zich in een handdoek. In de slaapkamer trok ze een schone short en een schoon T-shirt aan. Toen ze de slaapkamerdeur opendeed, stond Laure op de overloop.

'Ik was van plan een smoothie te maken,' zei ze. 'Wil jij er ook een?'

'Laat mij het maar doen,' bood Iris aan.

Maar Laure was al op weg naar de keuken. 'Wat zullen we eten vanavond?' riep ze over haar schouder. 'We kunnen alvast gaan voorbereiden.'

Iris' humeur verslechterde nog verder. Ze volgde Laure naar beneden en begon aan de voorbereiding van het avondeten terwijl Laure smoothies maakte. Tegen de tijd dat ze Gabriel vanuit de tuin hoorde binnenkomen, was ze er meer dan klaar voor om hem de honneurs te laten waarnemen. Laure, die op het aanrecht zat terwijl Iris schilde en sneed, bleef maar vragen wat zíj zou doen als ze in haar schoenen stond. Maar wat ze ook zei, Laure had er haar twijfels bij, niet omdat ze op een discussie uit was, maar omdat ze aan alles twijfelde wat met Pierre te maken had, zelfs aan haar eigen gedachten. Het ene moment haatte ze hem, het volgende moment hield ze van hem. Zij had zelf misschien het idee dat ze de controle over haar leven deels terugkreeg door haar baan op te zeggen, maar in Iris' ogen was Laure nog net zo verloren als eerst.

'Gabriel is er,' zei ze, in de hoop dat de continue stroom overpeinzingen zou stoppen.

'O, fijn.' Laure liet zich elegant van het aanrecht glijden. 'Misschien kan hij me vertellen wat ik moet doen. Soms heb ik het idee dat hij Pierre beter kent dan ik.'

Niet meer, wilde Iris zeggen.

Gabriel kwam binnen en keek Iris over Laures schouder aan – *hoe gaat het met haar?* Te laat besefte Iris dat ze hem in de tuin had moeten opzoeken om hem te waarschuwen dat Laure had besloten niet terug te gaan naar Parijs. Ze kon alleen maar kort naar hem glimlachen.

'Je ziet er beter uit,' zei hij tegen Laure.

'Ik heb nieuws,' kondigde ze aan.

Gabriel leunde tegen het aanrecht. 'O?'

'Ik heb mijn ontslag ingediend.'

Iris, die Gabriel gadesloeg, zag dat hij zijn verbazing onderdrukte. 'Goh,' zei hij. 'Oké.' Er viel een stilte. 'En wat zijn nu je plannen?'

'Die heb ik nog niet.' Ze keek hem met wijdopen ogen aan. 'Het is toch wel goed als ik hier wat langer blijf?'

'Ja hoor. Natuurlijk.' Hij streek met een hand door zijn haar. 'Ik kan wel een borrel gebruiken. Om het te vieren,' voegde hij er haastig aan toe.

Iris wierp hem een vernietigende blik toe. 'In dat geval...

Laten we een fles champagne opentrekken. Ik haal hem wel even.'

Gabriel ving haar blik – *het spijt me.*

Opgelucht om even weg te kunnen liep Iris naar de koelkast in de garage die ze gebruikten voor extra dingen en waar ze de champagne bewaarden voor onverwachte feestelijke gelegenheden. Ze bleef even staan en liet het zachte gezoem van de koelkast haar uitgeputte zenuwen sussen. Misschien kon ze zich hier verschuilen als Laure haar te veel werd; hier kon ze doen alsof ze haar niet had horen roepen. Bij de gedachte dat ze zich gedwongen zou voelen zich te verstoppen in de garage om wat rust te krijgen kreeg ze een brok in haar keel.

Ze opende de koelkast. Er kwam kippenvel op haar huid door de vlaag koude lucht. Ze knipperde met haar ogen naar het gele licht en haalde een fles champagne van de onderste plank. In huis trof ze Gabriel en Laure stilletjes wachtend in de zitkamer aan, alsof ze geen gesprek wilde beginnen zonder dat zij erbij was. Er stonden drie kristallen champagneglazen klaar op de salontafel, en in de avondzon die door het raam kwam stromen, glinsterden ze als kleine torentjes van diamant.

'Alsjeblieft.' Iris glimlachte terwijl ze de fles aan Gabriel overhandigde. 'Maak jij hem maar open.'

Gabriel maakte het ijzerdraad los en wrikte de kurk uit de fles. Er klonk een harde plop, gevolgd door het geluid van iets wat versplinterde, en drie paar ogen draaiden naar de grote spiegel in een zilverkleurige lijst aan de muur boven de schoorsteenmantel.

'Verdomme,' zei Gabriel met een blik op de lange barst die over de hele lengte was verschenen.

Laure drukte een hand op haar hart. 'Dat heb ik nog nooit zien gebeuren.'

Iris staarde naar hun spiegelbeeld: Gabriel en Laure aan de

ene kant van de barst, zijzelf aan de andere, als een foto die doormidden was gescheurd. Ze lachte nerveus. 'Ik hoop dat dit geen zeven jaar ongeluk betekent.'

'Het spijt me.'

'Doe niet zo raar, het was een ongelukje. Ik vond die spiegel eigenlijk toch niet mooi.' Iris bukte om een glas te pakken en gaf het aan Gabriel. 'Kom, we drinken erop.'

Alleen leken ze geen van drieën te weten waarop ze nou precies dronken. Dus tikten ze hun glazen maar breed glimlachend tegen elkaar.

# 16

'Vind jij het goed dat Laure hier voorlopig blijft?' vroeg Iris aan Gabriel toen hij onder de douche vandaan stapte.

Hij haalde hulpeloos zijn schouders op. 'We hebben toch geen keus? We kunnen haar niet dwingen te vertrekken of naar Parijs terug te keren. Als ze maar geen dingen meer gaat veranderen. Ze deelt de keuken wel weer in op onze manier, toch?'

'Ja, natuurlijk.'

'Waarom heeft ze de boel verplaatst zonder het te vragen?'

'Misschien omdat ze wat langer bij ons wil blijven? En dus de indeling naar haar eigen wensen wilde aanpassen?'

'Dat is waanzin.'

'Ze dacht dat we er blij mee zouden zijn. Ze vindt nog steeds haar eigen manier beter.'

Via de spiegel keek ze van onder haar wimpers hoe Gabriel de handdoek over zijn schouders heen en weer trok om de waterdruppels weg te vegen. Hij was altijd al in goede conditie geweest, maar hij was sinds Charlie Ingram ook nog eens afgevallen. Haar zintuigen ontwaakten door de geur van zijn schone huid en ze liet haar ogen over zijn brede borst dwalen, waarna ze het streepje haar langs zijn buik omlaag volgde.

Maar toen hij de handdoek snel naar beneden bracht en om zijn middel knoopte, wendde ze haar blik af. Had hij haar zien kijken, had hij het verlangen in haar ogen gezien?

'Belangrijker nog,' zei Gabriel, die terugkeerde naar het begin van hun gesprek, 'vind jíj het goed dat ze langer blijft?'

'Ja hoor. Maar...' Iris zweeg.

'Ga verder.'

Ze keek hem aan. 'Ze is nogal intens, zoals je weet, en soms heb ik het gewoon nodig om alleen te zijn.'

'Vertel haar dat dan. Ze zal het heus wel begrijpen.'

Iris pakte haar haarborstel. 'Ik kan zelfs niet gaan hardlopen zonder haar. En ze vraagt steeds weer of we eens via de groeve zullen gaan. Het lijkt wel alsof ze erdoor is geobsedeerd.'

Gabriel fronste. 'Echt?'

'Ja. Gisteren wilde ze gaan kijken waar Charlie is gevallen.'

Gabriels ogen werden groot van ongeloof. 'Maar ze weet toch dat er niemand mag komen? Er staat een groot bord: VERBODEN TOEGANG VOOR ONBEVOEGDEN.'

'Ze zei dat zo'n mooie plek in Frankrijk nooit zou worden afgesloten omdat er iemand was verongelukt. Haar argument was: waarom zou iedereen moeten lijden onder de stommiteit van één persoon?'

Gabriel kromp zichtbaar in elkaar en pakte een tweede handdoek van de stang om zijn haar ermee droog te wrijven, waardoor zijn gezicht voor haar verborgen bleef. 'Het verbaast me altijd weer dat sommige mensen een kick krijgen van een bezoek aan de plaats waar een ongeluk heeft plaatsgevonden. Ik had nooit gedacht dat Laure zo in elkaar stak.'

Hij zweeg, en Iris huiverde onwillekeurig omdat er zoveel tussen hen veranderd was. Vroeger zou hij zijn arm naar haar hebben uitgestoken en zij zou hem naar zich toe hebben getrokken, waarop hij zijn handdoek zou hebben laten vallen om haar vervolgens op de wasbak te tillen. Dan had hij zijn armen stevig om haar heen geslagen en zij zou haar benen om zijn middel hebben geklemd om hem in haar te trekken. Maar vanavond niet. Vanavond zocht hij geen toenadering. In plaats daarvan liep hij de slaapkamer in.

Ze stond op het punt achter hem aan te lopen, maar merkte ineens dat ze aarzelde. Gabriel had haar lichaam geen blik waardig gegund. Wanneer had hij voor het laatst verlangend naar haar gekeken, had hij zijn vinger over haar blote rug laten glijden als ze voor de spiegel haar gezicht reinigde, en gelachen als ze dan huiverde van genot en de vlinderachtige aanraking amper kon verdragen? Wanneer had hij haar voor het laatst verteld dat ze mooi was? Wat als het niet aan hem lag, maar aan haar? Aan haar lichaam?

Langzaam draaide ze zich naar de spiegel op de achterkant van de deur. Ze kon zich de laatste keer dat ze zichzelf had bekeken – echt goed had bekeken, grondig, tot in detail – niet heugen. Ze was zich in de loop der jaren bewust geweest van veranderingen in haar gezicht: de fijne plooitjes rond haar ogen, de lijntjes over haar voorhoofd, nog niet zo diep, niet iets waar ze zich zorgen om maakte. Maar ze had haar lichaam nooit bestudeerd, niet gezocht naar hangende of slappere onderdelen. Geen van de oudere vrouwen uit haar familie – haar moeder, haar tantes – was in haar latere leven zo slank gebleven als in hun jeugd, en Iris verwachtte dat ook niet bij zichzelf. Borsten gingen hangen, tailles werden breder. Zo was het leven.

Ze bracht haar handen omhoog, legde ze onder haar borsten en duwde die een paar centimeter naar boven. Daar zaten ze vroeger, besefte Iris, terwijl ze ze eerst van voren bekeek en toen een kwartslag draaide om ze van opzij te bekijken. Ze waren beslist wat gaan hangen. Ze tilde haar rechterarm op en kneep met haar linkerhand in het vlees tussen haar borst en oksel, en was geschokt over de hoeveelheid die er zat. Ze ging weer recht voor de spiegel staan en stak beide armen naar voren, op zoek naar loszittende huid. Die was er niet, maar toen ze beter keek, zag ze dat er wel een beginnetje aan het ontstaan was. Ze hield haar armen gestrekt en liet haar ogen over haar lichaam omlaagglijden, naar haar middel. Ze had nog een taille, maar die was minder smal dan vroeger, en ze herinnerde zich dat ze laatst een grotere maat spijkerbroek had gekocht.

Ze liet haar armen zakken en draaide weg van de spiegel. Over haar benen maakte ze zich geen zorgen: die waren lang en slank, haar mooiste uiterlijke kenmerk. Ze sprak zichzelf toe: ze was niet twee keer zo dik geworden, ze was hooguit drie kilo aangekomen. Die paar extra pondjes konden niet de reden zijn waarom Gabriel haar niet meer aantrekkelijk vond. Toch trok ze maar liever haar pyjama aan voordat ze de slaapkamer binnenliep.

'Hoe gaat het met Esme?' vroeg Gabriel terwijl ze in bed stapte. 'Heb je nog van haar gehoord?'

'Niet sinds het etentje afgelopen zaterdag. Ik ga morgen misschien wel even bij haar langs.' Iris aarzelde, want ze wilde eigenlijk niet meer over Laure praten. Maar er zat haar iets dwars. 'Toen Laure me vertelde dat ze haar baan had opgezegd, zei ze dat ze ons financieel niet tot last zou zijn omdat ze spaargeld heeft. Maar we verwachten sowieso niet dat ze ergens voor betaalt, en al zou dat wel zo zijn, dan nog gaat het alleen maar om wat boodschappen, en die zullen ons de kop niet kosten. Waarom zou ze denken dat ze een last voor ons is, tenzij ze van plan is om heel lang te blijven?'

'Probeer maar niet op de zaken vooruit te lopen,' zei Gabriel. 'Laten we het dag voor dag bekijken. Als het echt te veel wordt, verzinnen we er wel wat op.'

# 17

Nog één ruk en de verdorde wortels van een perenboompje waarvan Gabriel zeker wist dat het nooit vruchten had gedragen kwamen uit de aarde omhoog. Hijgend van inspanning stopte hij om op adem te komen. Het had een hele hoop graafwerk gekost om die houtige tentakels te bevrijden. De krater voor hem was ruim anderhalve meter breed en een meter diep, terwijl de boom heel klein was. Het scheen Gabriel toe dat wortels, net als leugens, verraderlijk waren.

Achteraf bezien had hij de hulpverleners – en even later de politie – de ware boodschap waarmee Charlie hem had belast moeten vertellen. Dan zou het hun beslissing zijn geweest om diens laatste woorden al dan niet aan zijn moeder over te brengen – en Gabriel was er vrij zeker van dat ze dat niet gedaan zouden hebben. Ze hadden dan vast tegen haar gezegd dat hij niet meer bij bewustzijn was geweest. Nu liep Gabriel rond in de wetenschap dat hij Charlie had verraden.

Zijn dood was als ongeluk in de boeken gekomen, maar soms werd Gabriel in het duister van de nacht achtervolgd door nog een andere angst: dat het geen ongeluk was geweest. Want *Vertel mijn moeder dat ik het haar nooit zal vergeven* was niet het enige wat Charlie had gezegd. In de stilte die volgde, toen Gabriel met Charlies hand in de zijne had gezeten en het feit vervloekte dat hij ondanks zijn medische achtergrond niets kon doen om Charlies lijden te verlichten, had Charlie fluisterend het laatste gedeelte van zijn wrede boodschap overgebracht: *Dit is haar schuld. Ze had het niet mogen doen.* En toen: *Hij had het me niet moeten vertellen.*

De houten deur ging schrapend open. Gabriel keek op en zag Iris met twee dampende mokken koffie balancerend op een klein dienblad de tuin in komen. Hij glimlachte dankbaar, blij dat zijn gedachten niet naar die eeuwige vraag zouden terugkeren: wat kon Maggie Ingram in hemelsnaam hebben gedaan om haar zoon zoveel leed te bezorgen?

'Je had geen beter moment kunnen uitkiezen,' zei hij terwijl hij zijn groene tuinhandschoenen uittrok en met de rug van zijn hand zijn voorhoofd afveegde. Zijn blik viel op Iris' zwarte joggingshort en T-shirt. 'Lekker gelopen?'

'Ja, heerlijk,' zei ze terwijl ze hem een mok aanreikte.

'Dank je.' Hij keek achter haar. 'Waar is je schaduw?'

'Onder de douche. Ik weet nu precies hoe ik het moet aanpakken. Als we terugkomen van een hardlooprondje ga ik niet meteen douchen, maar wacht ik tot zij heeft gedoucht en daarna ga ik pas. Op die manier heb ik een halfuur rust. En hoef ik haar niet naakt te zien,' voegde ze eraan toe.

Gabriel glimlachte. 'Slim.'

Ze maakte een hoofdgebaar naar het omgevallen boompje. 'Dat zal veel werk zijn geweest.'

'Absoluut. Maar het was een mooie uitdaging.' Hij zweeg even. 'Ik heb besloten om Pierre te gaan opzoeken.'

'Heeft hij op je bericht gereageerd?' vroeg Iris, want nadat Laure hun had verteld dat ze niet naar Parijs zou terugkeren, had Gabriel geprobeerd Pierre te bereiken. Zoals tegenwoordig gebruikelijk had hij niet opgenomen, dus had Gabriel zijn voicemail ingesproken en aangeboden maar hem toe te komen.

'Nee, en daarom ga ik juist. Ik word gek van deze hele situatie tussen Laure en hem. Ik begrijp niets van Laures besluit om niet terug te gaan. Wil ze Pierre niet eens zien?'

'Ik denk dat ze bang is voor wat Pierre haar misschien wel zal vertellen. Wanneer ga je?'

'Vrijdag, zodat ik het weekend met hem kan doorbrengen. Ik had al eerder moeten gaan, helemaal in het begin.' Hij liep naar het bankje, zette zijn mok op de armleuning, ging met zijn ellebogen op zijn knieën zitten en staarde naar de grond. 'Die toestand met Charlie... Die heeft me minder scherp gemaakt.'

'Je hoeft jezelf niets te verwijten. Pierre heeft je gevraagd niet te komen en je hebt zijn wens gerespecteerd.'

'Dat weet ik, maar nu neem ik het mezelf kwalijk. Pierre is mijn beste vriend, ik had er voor hem moeten zijn.'

'Dat was je ook,' protesteerde Iris. 'Denk eens aan de keren dat je hebt gebeld, al die berichtjes die je hebt gestuurd en ingesproken. Hij heeft maar één keer het fatsoen gehad om je terug te bellen en hij heeft amper op je berichten gereageerd.'

'En dat is niets voor hem, dus ik had het als teken aan de wand moeten opvatten.'

'Hou op. Je ziet hem binnenkort. Heb je je ticket al geboekt?' Gabriel knikte. 'Goed zo.' Ze deed haar mond open om nog iets te zeggen, maar aarzelde toen.

'Wat is er?' vroeg hij.

Iris kreeg een kleur. 'Er is iets wat ik je zou willen voorleggen.'

'Ga je gang.'

'Weet je nog dat ik gisteren bij Esme langs ben gegaan? Nou, zij vertelde dat er niet genoeg voor Joseph te doen was en...'

'Joseph?' onderbrak Gabriel haar. 'O ja, de tuinman. Ik dacht even dat je het over Hugh had.'

'Nee, Joseph. Hoe dan ook, Esme zei dat ze eigenlijk niet genoeg werk voor hem hebben, dus heb ik gezegd dat hij misschien wel drie dagen per week hier kon komen om jou een handje te helpen.'

'Wat?' Gabriel staarde haar aan. 'Maar ik heb geen hulp nodig. Sterker nog: ik wil geen hulp. Ik vind het prettig om hier in mijn eentje bezig te zijn.'

'Hij zou hier niet de hele tijd zijn.'

Er borrelde een onverwachte woede in hem op. Zag ze dan niet in dat de ommuurde tuin zijn toevluchtsoord was, zijn heiligdom? 'Ik wil hem hier helemáál niet hebben!'

Hij wachtte tot Iris zou terugkrabbelen, tot ze zou zeggen dat ze Esme ging vertellen dat ze Josephs hulp toch niet nodig hadden.

'Nou, het spijt me,' zei ze stijfjes. 'Het is al afgesproken. Hij begint morgen.'

'Nee.' Hij schudde koppig zijn hoofd. 'Er zijn mensen genoeg in het dorp die wél een tuinman nodig hebben. Laat Joseph maar voor hen gaan werken.'

'Ik dacht dat je er blij mee zou zijn. Ik dacht dat je wel wat mannelijk gezelschap kon gebruiken.'

'Of misschien wilde je alleen maar dat ik met iemand opgescheept zou zitten omdat jíj met Laure zit opgescheept,' kaatste hij terug.

'Dat is belachelijk.'

Hij realiseerde zich dat ze gelijk had en trok haar naar zich toe. 'Sorry, sorry. Dat had ik niet mogen zeggen.' Ze bleef verstard in zijn armen staan en hij wist dat hij zou moeten toegeven, niet alleen omdat het Iris in een lastig parket zou brengen als ze de boodschap aan Esme moest overbrengen, maar ook omdat hij haar wel wat verschuldigd was. Vanwege alles wat hij haar had laten doorstaan sinds hij Charlie in de groeve had gevonden. 'Goed dan,' zei hij, en hij probeerde niet te onwillig te klinken. 'Laat Joseph maar komen.'

# 18

Joseph tuurde over Iris' schouder naar haar ontwerpen voor de ommuurde tuin, die ze over de keukentafel had uitgespreid.

'Deze zijn erg goed, Iris,' zei hij.

Haar wangen werden rood door de warmte in zijn stem.

'Dank je.'

Hij liep naar de tafel en leunde op zijn onderarmen, die koperkleurig waren door het werk in de buitenlucht, om beter te kunnen kijken.

'Dit vind ik een prachtig idee,' zei hij, wijzend naar het gedeelte dat ze voor een vijvertje met lelies had bestemd. 'Een heel bijzonder element.'

Iris had gisteren de hele dag aan haar ideeën voor de tuin gewerkt, waarbij Laure het grootste deel van de tijd over haar schouder had meegekeken. Als die niet had besloten om een wandeling te maken, zou ze nu ook weer over haar schouder gebogen staan.

'Wat vind jij van het stroompje dat erdoorheen loopt?' vroeg Iris aan Joseph. 'Zou dat haalbaar zijn?'

Hij hield zijn hoofd schuin. 'Ik zou niet weten waarom niet, zolang we het water van de ondergrondse bron kunnen gebruiken waar Gabriel het over had. Het is een geweldig concept, veel beter dan het fonteintje waar eerst sprake van was.'

'Ik ben blij dat je je erin kunt vinden.'

Joseph ging rechtop staan. 'Zeker weten. En ik kijk er enorm naar uit om hier te werken.' Hij gebaarde met zijn hoofd naar haar ontwerpen. 'Mag ik deze meenemen? Ik zou ze graag nog eens goed bekijken.'

'Natuurlijk.'

'Dank je. Tot later, Iris.'

Iris zag hem over het pad weglopen en voelde zich opnieuw schuldig dat ze hem hiernaartoe had gehaald. Het was goedbedoeld geweest, ze had werkelijk gedacht dat Gabriel prijs zou stellen op zijn hulp, aangezien hij de tuin af wilde hebben voordat Beth eind augustus zou terugkomen. Daarom had ze ook wat schetsen gemaakt van de tuin zoals die eruit zou kunnen komen te zien. Ze was blij dat Joseph ze goed leek te vinden, maar misschien had ze ze eerst aan Gabriel moeten voorleggen. Ze zuchtte. Nóg iets om zich schuldig over te voelen.

'Ik ben er weer!' Laures stem werd gevolgd door het dichtslaan van de voordeur. Iris pakte automatisch een fles water en schonk zichzelf een glas in om zich geestelijk voor te bereiden op wat Laure haar ging vertellen. Ze kende Laures stemmingen inmiddels zo goed dat ze het kon horen dat ze ergens opgewonden over was.

Laure verscheen in de deuropening in de mooie blauwe jurk die ze hadden gekocht toen ze waren gaan winkelen. Iris staarde haar aan: Laure had haar haar in een schouderlange bob laten knippen, zodat ze nu hetzelfde kapsel had als zij.

'Je bent naar de kapper geweest,' zei ze.

'Ja.' Laure draaide zwierig rond. 'Vind je het mooi?'

Iris probeerde te glimlachen. 'Jawel, aangezien het helemaal mijn stijl is.'

'Ik vond dat ik verandering nodig had. En raad eens? Ik heb net een bericht van Pierre gekregen. Hij wil me niet kwijt en heeft me gevraagd of ik zaterdag naar ons appartement wil komen om met hem te praten.' Ze plofte in een stoel. 'Ik wist wel dat ik er goed aan deed vorig weekend niet naar Parijs te gaan.'

'Dat is heel fijn, Laure!' zei Iris terwijl ze naar haar toe liep en haar omhelsde.

Laure knikte blij. 'Hij zei dat hij niet meer met leugens kan leven en dat hij me alles gaat vertellen.'

Iris rechtte haar rug. 'Maar... weet je het zeker, Laure? Ik dacht dat je tijd nodig had om na te denken?'

'Dat klopt. Maar ik besef dat ik dat alleen zal kunnen als Pierre me de hele waarheid heeft verteld.' Ze liep verder het vertrek in. 'Ik moet mijn ticket boeken.'

Iris hield de fles omhoog om haar water aan te bieden, maar Laure schudde haar hoofd, want ze wilde voortmaken. 'Ik heb met Pierre afgesproken dat ik er om één uur zal zijn, dus ik moet een vroege Eurostar nemen. Kun jij me naar het station brengen?'

'Natuurlijk.'

Laure liep naar het raam, ineens afgeleid. 'Is dat Joseph?'

'Ja.'

'Is hij hier dus begonnen met werken?'

'Vandaag is zijn eerste dag. Hij komt hier vanaf nu op dinsdag, donderdag en zaterdag.'

'Vindt Gabriel het niet erg?'

Iris fronste. 'Hoezo, heeft hij iets gezegd?'

'Nee, maar ik had de indruk dat hij het fijn vond om in zijn eentje bezig te zijn, dat hij het als therapeutisch ervoer.'

Iris voelde een steek van ergernis omdat Laure iets van Gabriel had begrepen waar zij niet bij had stilgestaan. 'Hij kan er nog steeds veel tijd alleen doorbrengen.'

Haar mobiele telefoon ging. Ze wierp een blik op het schermpje en stak het toestel omhoog. 'Het is Beth. Sorry.'

Maar Laure griste de telefoon uit haar hand en nam het telefoontje aan. 'Beth! Hoe gaat het met je?'

'Laure! Ik dacht dat je al wel weer in Parijs zou zijn.' Beths stem weerklonk door de keuken en Iris realiseerde zich dat haar dochter niet wist dat Laure tijdelijk bij Pierre weg was. 'Waarom ben je daar nog?'

Omdat ze wist dat ze Beth minstens vijf minuten lang niet te spreken zou krijgen, liep ze de tuin in, snakkend naar frisse lucht. Op dat moment kwam Joseph de schuur uit met een blik op zijn handen, die bedekt waren met iets zwarts.

'Er is een kraan achter de schuur!' riep ze.

'Oké, bedankt.' Hij stak zijn handen in de lucht. 'Olie.'

'Nou, succes!' zei ze lachend.

Ze liep naar de tafel met glazen blad en zonk neer in een rieten stoel. Ze hoorde het geluid van stromend water en een paar minuten later kwam Joseph weer vanachter de schuur tevoorschijn. Hij stak zijn handen weer op om haar te laten zien dat ze schoon waren, en zij lachte en stak haar duimen op.

'Ik geef je nu aan je moeder,' hoorde ze Laure zeggen. 'Dag, Beth.' Laure verscheen op het terras en gaf Iris haar telefoon.

'Hoi mam. Ik heb je al een tijdje niet gesproken en ik wilde vragen hoe het met je gaat.'

Haar woorden brachten een golf van blijdschap in Iris teweeg. Beth en Gabriel waren zo hecht met elkaar dat zij zich vaak een buitenstaander voelde als ze met z'n drieën waren. Gabriel was degene geweest op wie Beth zich als kind het meest richtte, en nu ze jongvolwassen was, bleef ze vooral op hem gericht. Als ze facetimede belde ze gewoonlijk Gabriels nummer, niet dat van Iris. Soms deed dat pijn, maar Iris had het aan zichzelf te wijten. Door het trauma van haar zwangerschap had ze het moeilijk gevonden een band te krijgen met Beth toen ze was geboren, en ze leek de afstand die vervolgens was ontstaan nooit te kunnen overbruggen.

'Het gaat goed,' vertelde ze Beth. 'Het is lief dat je om me denkt,' voegde ze er met een glimlach aan toe.

Beth dempte haar stem. 'Ik ga nog veel meer om je denken nu ik weet dat Laure nog bij jullie is. Ik mag haar graag, maar ze kan wel erg aanwezig zijn.'

'Dat is nog zwak uitgedrukt,' mompelde Iris, om zich heen kijkend of Laure wel buiten gehoorsafstand was. Maar die stond verderop met Joseph te praten, blijkbaar zonder zich nog druk te maken over het Eurostar-ticket dat ze zo dringend wilde kopen.

'Laure heeft me over Pierre verteld,' ging Beth verder. 'Ze komen er toch wel doorheen? Ze gaan toch niet scheiden of zo?'

'Dat weet ik niet,' zei Iris. 'Het hangt van verschillende dingen af. Maar ze gaat zaterdag met hem praten, dus hopelijk boeken ze dan wat vooruitgang.'

'En papa? Hoe gaat het met hem?'

'Best aardig. Hij lijkt een passie voor tuinieren te ontwikkelen.'

'Dan houdt hij zich dus aan zijn belofte. En hopelijk leidt het hem af van Charlie. Zelfs ik moet vaak aan hem denken, hoewel ik hem al jaren niet had gezien.'

'Ik weet eigenlijk niet waarom het zoveel met je vader doet,' gaf Iris toe. 'Natuurlijk zal het een afschuwelijke ervaring zijn geweest, maar ik dacht dat hij het inmiddels wel achter zich zou hebben gelaten. Niet dat hij Charlie zou moeten vergeten,' voegde ze er snel aan toe, 'maar het zou niet zijn hele leven moeten beïnvloeden.'

'Hij heeft een nieuwe hond nodig,' zei Beth.

'Ik weet het. Ik heb het er met hem over gehad, maar hij zegt dat zijn hoofd er nu nog niet naar staat.'

Beth trok een meelevend gezicht. 'Arme jij, dat je niet alleen dat op je bordje hebt, maar ook Laure.' Ze verzamelde haar lange bruine haar in haar handen en draaide het in een knot op haar hoofd. Die hield ze met één hand vast terwijl ze een clip met schildpadmotief van een kastje pakte en die vastklemde.

'Je hebt een pony laten knippen,' zei Iris. 'Mooi.'

'Dank je.' Beth draaide haar hoofd zodat Iris haar kapsel van alle kanten kon bekijken. 'Ik was toe aan iets anders. Laure kennelijk ook. Die bob staat haar goed. Hoe gaat het met je werk? Heb je al iets gehoord over dat herenhuis?'

'Nog niet. Ik had gedacht dat ik de opdracht inmiddels binnen zou hebben. Het lijkt me niet erg hoopvol dat ze niets heeft laten weten.'

'Ga erachteraan,' zei Beth. 'Geef haar een duwtje in de rug.'

'Misschien doe ik dat wel. Hoe dan ook, hoe gaat het met jou? En met Loki? Heb je hem al voor je kunnen winnen?'

'Ik maak vorderingen. Hij deinst niet meer achteruit als ik naar hem toe kom, zoals in het begin.'

Terwijl Beth over haar werk vertelde, zag Iris hoe levendig ze keek, vol voldoening, en werd ze overvallen door een gevoel van verlies bij het besef dat ze zelf nooit zo gepassioneerd over iets was geweest. Ze had plezier in haar werk, maar ze straalde niet zoals Beth als ze erover praatte.

'Ik ben blij dat je het zo naar je zin hebt,' zei ze toen Beth stopte om adem te halen.

'Ja. Een paar andere meiden en ik hebben een groepje van rond onze leeftijd uit Thessaloniki ontmoet. Daar gaan we mee om op onze vrije dagen, zodat we ook een beetje Grieks leren.'

'Dat klinkt leuk.'

Beth wierp een blik op de rechterbovenhoek van haar schermpje. 'We hebben een afspraak met ze, dus ik ga ophangen. Ik hou van je, mam, tot binnenkort.'

'Ik ook van jou.'

Beth verbrak de verbinding en Iris bleef even zitten en dacht na over Laures afspraak met Pierre. En op dat moment bedacht ze dat Gabriel Pierre vrijdag helemaal niet zou hoeven opzoeken als Laure hem op zaterdag zou spreken.

# 19

Gabriel trok zijn tuinhandschoenen uit, liep naar het bankje en pakte een paar flesjes water. Hij moest zich nu even van zijn goede kant laten zien. Joseph was het grootste deel van de dag samen met hem aan het werk geweest en hij had amper een woord tegen hem gezegd.

Josephs aanwezigheid in de ommuurde tuin was niet het enige wat Gabriel dwarszat. Nu Laure zaterdag naar Parijs ging, had hij zijn reisje van vrijdag gecanceld. En hij was toch een beetje teleurgesteld, want hij had zich erop verheugd Pierre te zien en zijn geweten te kunnen sussen omdat hij niet eerder was gegaan. Het was bijna alsof Pierre lucht had gekregen van zijn verrassingsbezoek en had besloten dat het beter was om met Laure te praten voordat Gabriel hem de waarheid zou ontfutselen. Waar het op neerkwam, vermoedde Gabriel, was dat Laures besluit om haar baan op te zeggen en in Engeland te blijven Pierre het zetje had gegeven dat hij nodig had.

En toen was daar Iris.

'Je zou vrijdag toch naar Pierre gaan?' had ze gisteravond gezegd. 'Nou, ik had afgesproken om met Jade in de buurt van het St. Pancras Station te gaan lunchen, zodat ik met je mee die kant op kon gaan. Ik dacht dat je het gezelschap wel zou kunnen gebruiken. Ik was ook van plan om in Londen te wachten voor het geval Pierre je niet zou willen spreken of niet zou willen dat je bleef slapen. In dat geval hadden we een nachtje in Londen kunnen blijven en er de volgende dag kunnen lunchen. Al was het maar om even aan Laure te ontsnappen,' had ze er fluisterend aan toegevoegd.

'Ik kan nog steeds meegaan en je na je lunch met Jade ontmoeten, en we kunnen ook wel een nachtje blijven,' had hij aangeboden, met weer dat knagende gevoel dat hij haar teleurstelde.

'Dat hoeft niet. We hebben de hele zaterdag voor onszelf. Misschien wel langer, als Laure besluit het hele weekend in Parijs door te brengen.'

'Als het goed gaat, besluit ze misschien wel om helemaal niet terug te komen,' had Gabriel met een knipoog gezegd.

Gabriel nam de flesjes mee naar de plek waar Joseph aan het werk was en stak hem er eentje toe. 'Wil je wat water?'

'Graag.' Joseph zette zijn schop in de grond, pakte het flesje aan, haalde de dop eraf en nam een flinke slok. Terwijl hij met de rug van zijn hand zijn mond afveegde, knikte hij naar de border die ze hadden vrijgemaakt. 'We schieten lekker op.'

'Zeker.' Gabriel moest met tegenzin toegeven dat Joseph meer zou kunnen bijdragen dan hij had gedacht. De vijftien jaar die ze ongeveer scheelden – hij schatte Joseph halverwege de dertig – maakte wel degelijk verschil bij het slopende, zware tuinwerk.

'Iris heeft een paar goeie ideeën voor de tuin,' zei Joseph.

'Ja, ik had nooit gedacht dat interieur- en tuinontwerp zoveel raakvlakken zouden hebben, maar ik denk dat het allemaal draait om oog voor kleur en ordening.' Gabriel schermde met zijn vrije hand zijn ogen af tegen de zon, zodat hij Josephs gezicht kon zien. 'Waar werkte jij eigenlijk voor je bij Hugh en

Esme aan de slag ging?' vroeg hij. Hij herinnerde zich te laat dat Joseph zijn baan was kwijtgeraakt omdat hij veel te veel dronk. 'Ik bedoel, was het een baan als tuinman?'

'Hovenier.'

'Juist. In Winchester?'

'Ja, daar in de buurt.'

Gabriel wachtte tot Joseph verder zou vertellen, en toen hij dat niet deed, vervolgden ze het gesprek door terug te komen op de plannen voor de ommuurde tuin.

Ze werden onderbroken door het gezoem van Gabriels telefoon, dat aangaf dat er een bericht binnenkwam. Hij haalde zijn toestel uit zijn zak en zag dat het van Iris afkomstig was, die vroeg of ze hem even kon spreken. Hij fronste; ze had blijkbaar iets te zeggen waarvan ze niet wilde dat Joseph het zou horen.

'Sorry, Iris heeft me even nodig. Ik ben zo terug.'

Hij liep naar het huis, waar Iris op hem wachtte in de keuken.

'Doe de deur dicht, alsjeblieft.'

Ze klonk zo ernstig dat Gabriel zich afvroeg wat Laure had gedaan om haar zo van streek te maken.

Hij leunde achterover tegen het aanrecht, zijn armen over zijn borst geslagen. Hij had haar nog nooit zo nerveus gezien. Een plotselinge angst overviel hem. Was het Beth?

'Ik was de was aan het doen,' zei ze, 'en ik vond dit in de zak van je short.'

Hij was zo opgelucht dat het niet om Beth ging dat het even duurde voordat hij de verfrommelde brief in haar hand herkende. Hij staarde ernaar alsof hij hem kon laten verdwijnen door ernaar te blijven kijken. Hij kreeg het eerst warm en toen koud. Iris wachtte tot hij iets zou zeggen.

'O, ja,' zei hij, zich herpakkend. 'Die kan bij het oud papier.

Het is reclame voor een pensioenplan.'

Iris droeg een rood T-shirt en het scheen Gabriel toe dat hij die kleur in haar ogen gereflecteerd zag, als uiting van haar woede om de leugen. Hij corrigeerde zichzelf: ze had de brief niet gelezen, want die was aan hem gericht en ze lazen elkaars post nooit.

'Het punt is,' zei Iris op geforceerd kalme toon, 'dat ik hem heb gelezen.'

Hij nam zijn toevlucht tot woede om zijn angst te verbergen. 'Waarom?' ontplofte hij. 'Hij was aan mij geadresseerd, dus het is privé!'

'Dat weet ik, en het spijt me. Maar ik had de brief weken geleden in de keuken zien liggen, waar Laure de post had neergelegd die was binnengekomen toen wij in Schotland waren. Als het reclame was geweest, had je hem niet al die tijd bij je gehouden. En ik heb hem gelezen omdat ik dacht dat hij misschien van een dokter kwam. Ik was bang dat je ziek was en je me dat niet wilde vertellen.'

'Dan nog had je hem niet mogen lezen. Waarom heb je me er niet gewoon naar gevraagd?'

'Had je me dan de waarheid verteld?'

Gabriel streek met een hand door zijn haar. Nee, dat zou hij niet hebben gedaan, want zij zou niet begrijpen waarom hij er zo tegen op zou zien om Charlies moeder te ontmoeten. De brief was van Maggies rouwcoach, die uitlegde dat zo'n ontmoeting kon helpen in het rouwproces. Maggie wilde graag kennismaken met degene die Charlies laatste momenten had meegemaakt.

'Ik ga haar niet ontmoeten, mocht je je dat afvragen. Het heeft geen enkele zin.'

Iris keek hem bezorgd aan. 'Maar Gabriel, kan het jullie allebei niet helpen om het af te sluiten, zodat jullie verder kunnen?'

‘Absoluut niet. Ik zou het me allemaal weer voor de geest moeten halen en dat wil ik niet.’

‘Ik begrijp dat het pijnlijk zou zijn. Maar Maggie dan?’

‘Ja?’

‘Misschien helpt het haar om het een plek te geven?’

‘Ik zie niet in hoe een gesprek over de hartverscheurende laatste minuten van Charlies leven haar kan helpen het een plek te geven.’

‘Nee, maar ze wil vast toch graag horen wat hij heeft gezegd.’

‘Ze weet wat hij heeft gezegd! Dat heb ik de hulpverleners en de politie verteld, en die zullen het aan haar hebben doorgegeven. En zo niet, dan heeft het altijd nog in de kranten gestaan,’ voegde hij er bitter aan toe, nog steeds kwaad dat iemand zo ongevoelig was geweest om *Vertel mijn moeder dat ik van haar hou* naar de pers te lekken.

‘Nou, misschien heeft ze het nodig om het uit jouw mond te horen.’ Iris zweeg even; ze begreep inderdaad zijn tegenzin om Maggie te ontmoeten niet. ‘Misschien wil ze je alleen maar bedanken.’

‘Ik hoef geen bedankje,’ bromde Gabriel. ‘Ik heb gedaan wat ieder ander zou doen: ik ben bij hem gebleven tot er hulp kwam.’

Iris sloeg haar armen over elkaar. ‘Waarom doe je toch zo?’

Voor de eerste keer in hun huwelijk wilde Gabriel tegen haar tekeergaan, haar vertellen dat een ontmoeting tussen hem en Charlies moeder hem alleen maar oneindig veel verdriet en spijt zou opleveren. Het was één ding om tegen de hulpverleners en de politie te liegen, maar het was heel iets anders om tegen een moeder te liegen over de laatste momenten van het leven van haar zoon.

‘En je kent haar nota bene ook nog,’ ging Iris verder toen hij geen antwoord gaf.

'De laatste keer dat ik haar zag, was haar zoon springlevend en trapte hij tegen een voetbal.'

'Oké,' zei Iris. 'Je bent kennelijk vastbesloten. Maar heb je weleens geprobeerd je in Maggie te verplaatsen?'

Ze liep de keuken uit, en niet voor het eerst wenste Gabriel dat hij eerlijk tegen Iris kon zijn en haar de waarheid kon vertellen over Charlies laatste woorden. Hij wist dat het in de ogen van sommige mensen geen groot ding zou zijn; dat artsen, verpleegkundigen en hulpverleners vast wel vaker een leugen om bestwil vertelden om dierbaren meer leed te besparen. Maar Iris kon geen leugens verdragen, ook niet als ze met de beste bedoelingen waren verteld.

# 20

Iris verliet het huis en zag uit naar haar afspraak met Esme. Het was vandaag koeler. Ze stak haar handen in de zakken van haar vest en grimaste toen ze er een tissue en een haarklemmetje in aantrof, die allebei van Laure waren. Laure leende nog steeds haar kleding, zelfs haar sandalen, al waren die een maat te groot.

Ze kwam aan bij het huis van Esme. De voordeur was open, maar ze klopte toch maar aan. Er werd niet gereageerd, dus liep ze aarzelend de hal in. Esme verwachtte haar, ze had eerder gebeld om te zeggen dat ze langs zou komen.

Omdat ze dacht dat Esme misschien wel een dutje deed, liep Iris door de hal en keek ze zonder te roepen door de open deur de enorme keuken in. Haar blik werd meteen naar de rechterkant van het vertrek getrokken en ze bleef abrupt staan. Esme lang languit op de bank, haar rode haar in een waaier op een kussen achter haar hoofd, en Joseph zat op de salontafel met zijn hand op haar opbollende buik. Terwijl Iris bleef staren, verbaasd over hun intieme gedrag, mompelde Esme iets tegen Joseph, waarop hij zich vooroverboog en zijn hoofd op de plek legde waar zijn hand een paar seconden geleden nog lag.

Met bonzend hart draaide Iris zich om en snel liep ze naar de voordeur, met het voornemen te vertrekken. Ze zou Esme bellen als ze thuis was en haar vertellen dat ze wat later zou zijn. Maar iets in haar wilde onderbreken wat ze zojuist had gezien – wat dat ook precies geweest was.

Ze haalde diep adem en draaide zich weer om. 'Waar ben je, Esme? Ik ben het, Iris!'

'In de keuken!' riep Esme terug.

Iris verwachtte het geluid te horen van Joseph die zich weghaastte. Maar ze hoorde niets en liep naar de keuken, waar ze bijna niet naar binnen durfde te lopen voor het geval hij daar nog zou zitten met zijn hoofd op Esme's buik. Tot haar opluchting was Esme echter alleen en duwde ze zich op de bank omhoog.

'O, sorry, lag je te rusten?' vroeg Iris.

'Vijf minuten met de voeten omhoog, meer niet,' zei Esme met een glimlach.

'Zal ik wat water voor je halen?'

'Ik heb zin in thee. Maar die kan ik wel zetten.'

'Laat mij maar.'

Iris vond het prettig dat Esme er niet op stond het zelf te doen. Ze kende haar nog niet zo lang, maar ze voelde zich bij haar op haar gemak, en terwijl ze theezette verdrong ze de gedachte aan wat ze net had gezien. Had Esme niet gezegd dat Joseph en zij elkaar al heel lang kenden? Het was vast onschuldig, en het zou verkeerd zijn om er iets achter te zoeken.

'Joseph zei dat je geweldige ideeën hebt voor de indeling van de tuin,' zei Esme boven het gefluit van de ketel uit.

'Ja, hij leek er wel van gecharmeerd te zijn.' Iris nam de ketel van het fornuis en maakte de thee op dezelfde manier als ze Esme bij hun eerste kennismaking had zien doen. 'Het is een interessant project. En Laure heeft beloofd mee te helpen in de tuin. Dan heeft ze iets waar ze zich op kan richten. Tenzij ze besluit in Parijs te blijven.' Ze keek Esme aan. 'Pierre heeft gevraagd of ze met hem wil praten. Ze gaat zaterdag.'

'Ja, dat weet ik.'

Iris fronste. 'Heeft Laure je dat al verteld?'

'Ja, ze is hier vanochtend geweest.'

'O, dat wist ik niet. Ze heeft het er niet over gehad.' Iris nam de theepot mee naar de tafel en liep terug om de mokken te pakken. 'Ze zei dat ze ging wandelen, maar niet dat ze jou zou opzoeken.'

'Ze wilde blijkbaar met een buitenstaander praten, iemand die Pierre en haar niet kent.'

'Wat lief dat je haar advies geeft.'

'Dat heb ik niet gedaan, niet echt. Ik heb vooral gefungeerd als praatpaal. Ze is daarna nog Joseph gaan zoeken, misschien kon die meer voor haar betekenen.' Esme knikte naar de theepot. 'Dank je. Het is fijn als er eens iemand voor je zorgt.'

'Hoe voel je je?'

Esme trok een gezicht. 'De misselijkheid is vreselijk.' Ze schonk Iris een meelevende glimlach. 'Laure heeft me verteld dat jij tijdens je zwangerschap zo ziek bent geweest dat je het niet aankon om nog meer kinderen te krijgen.'

'Ja, dat klopt,' zei Iris, die grote ergernis voelde jegens Laure, niet alleen omdat ze Esme had verteld over haar verlammende misselijkheid, maar ook omdat ze haar niet had verteld dat ze bij Esme was geweest. Waarom zou ze daar geheimzinnig over doen? Had Laure gedacht dat zij er bezwaar tegen zou hebben?

Terwijl Esme haar mok pakte, gleed er een zilveren armband met een prachtig knopje als sluiting over haar arm naar haar pols. 'Denk je dat het tokofobie was?'

'Ik denk het wel, in zekere zin. Maar niemand kende dat verschijnsel toen, alsof de angst voor een bevalling, of een weerzin tegen zwanger zijn, niet zou kunnen bestaan. Maar het is twintig jaar geleden. Inmiddels zijn we een stukje verder, mag ik hopen.'

Maar het gesprek bracht de nare herinneringen terug, en in de lichte paniek die ze voelde zocht ze naar iets om Esme af te leiden. 'Wat een mooie armband is dat. Is die nieuw?'

Esme bloosde. 'Ja, ik zag hem online en heb hem besteld.'

Er viel een ongemakkelijke stilte, die Iris niet helemaal kon plaatsen.

'Hoe gaat het met Joseph? Voelt hij zich al thuis?'

'Volgens mij wel.' Esme tilde haar arm op en schudde even. Iris vroeg zich onwillekeurig af of ze hiermee iets verraadde, of het onderwerp Joseph in Esme's gedachten onbewust verband hield met de armband. Dat zou Esme's blozende wangen verklaren toen ze erover begon. 'Waar ik me de meeste zorgen over maakte was de nabijheid van The Watershed,' ging Esme verder. 'Als we aan de andere kant van het dorp zouden wonen, zoals jullie, zou de pub misschien niet zo'n verleiding zijn. Maar hij lijkt die tot nu toe te hebben weerstaan.'

'Gelukkig maar.'

'Hoe gaat het met Gabriel? Raakt hij er al aan gewend dat hij thuis is?'

'Hij lijkt veel beter in zijn vel te steken sinds hij heeft besloten in de ommuurde tuin aan de slag te gaan. Dat biedt de nodige afleiding.'

'Hugh heeft me verteld dat Gabriel die jongen in de steengroeve heeft gevonden.'

'Ja... Dat heeft hem veranderd,' zei Iris. 'Wat begrijpelijk is. Maar je zou denken dat hij zich... ik weet het niet... van waarde zou voelen omdat hij op het laatst bij Charlie was, dat hij blij zou zijn dat Charlie niet alleen hoefde te sterven. Maar hij heeft er helemaal geen positieve gevoelens over. Alleen een soort schuldgevoel.'

'Omdat hij arts is en hij Charlie niet heeft kunnen redden?'

'Dat is het voor een deel, hoewel hij van de hulpverleners te horen heeft gekregen dat hij niets voor hem had kunnen doen. Maar er is nog iets. Iets waarover hij niet met me wil praten. Hij nam vroeger Pierre weleens in vertrouwen, en dat is nog een reden waarom ik kwaad op hem ben – niet alleen om wat hij Laure heeft aangedaan, maar ook omdat hij er niet is voor Gabriel.' Ze zweeg even. 'Ik ben blij dat hij met Hugh kan praten.'

'Hugh zei nog dat ze samen eens naar de pub zouden moeten gaan. Ik vraag wel of hij Gabriel belt.'

'Dat zou hij leuk vinden.' Iris wierp een blik op haar telefoon. 'Ik moet gaan.'

Esme stond op en stak haar voeten in een paar fuchsiaroze sandalen. 'Ga je dit weekend nog iets leuks doen?'

'Ik ga vrijdag met een vriendin lunchen en winkelen in Londen. En Laure vertrekt zaterdag.' Ze keek Esme aan. 'Heb je zin om zondag met Hugh bij ons te komen lunchen? Als haar gesprek met Pierre niet goed gaat en ze terugkomt, kan ik misschien wel wat hulp gebruiken.'

Esme glimlachte. 'Dat lijkt me leuk. Graag, Iris.'

Iris liep naar huis en dacht aan wat ze had gezien: Joseph met zijn hoofd op Esme's buik. Hugh had op de avond van het etentje gezegd dat hij het grootste deel van januari weg was geweest, toen Esme's baby zou zijn verwekt. Esme had hem eraan herinnerd dat ze met hem mee was gegaan en een paar dagen was gebleven, en het was uiteraard een grapje geweest. Maar... Iris vermaande zichzelf. Maar niets.

# 21

Gabriel liep naar de dorpspub, blij dat Iris vandaag in Londen was. Hij was nog steeds kwaad op haar omdat ze de brief van Maggie Ingrams rouwcoach had gelezen. Hij had zijn kwaadheid proberen te rechtvaardigen door zijn privacy als reden aan te voeren, maar diep vanbinnen was zijn woede op hemzelf gericht, op zijn eigen slordigheid. Nu Iris op de hoogte was van de brief kon hij er niet meer onderuit en moest hij Maggie wel ontmoeten, tenzij hij het niet erg vond om in Iris' achting te dalen.

Haar vraag of hij zich in Maggie kon verplaatsen had een snaar geraakt. Als Beth in zulke omstandigheden was overleden, zou hij degene die bij haar sterven aanwezig was geweest ook willen ontmoeten. En hij zou Beths laatste woorden willen horen uit de mond van de persoon die ze daadwerkelijk zelf had gehoord. En misschien zou hij hopen dat er nog andere woorden waren geweest, die pas later weer in het geheugen van diegene waren opgedoken.

Gabriels grootste angst was dat Maggie hem niet wilde zien omdat ze hem persoonlijk wilde bedanken, maar omdat ze wist dat Charlie nooit zou hebben gezegd dat hij van haar hield. Misschien hadden ze helemaal niet zo'n relatie. Gabriel had uit Charlies woede om wat Maggie had gedaan – wat dat ook was – opgemaakt dat er een ruzie moest hebben plaatsgevonden voordat hij was weggefietst. Als Maggie hem zou vragen wat nou écht Charlies boodschap was geweest, hoe kon hij haar dan de waarheid vertellen? Hoe kon hij haar voor de rest van haar leven met die last opzadelen? Aan de andere kant: hoe kon hij de leugen volhouden als ze voor hem zou staan?

Zijn telefoon ging. Hij wist dat het Beth was, zijn toestel had een speciale beltoon voor haar.

'Hoi pap, ik bel even om zeker te weten dat je onze afspraak niet laat versloffen,' zei ze, naar hem glimlachend vanaf het scherm.

Gabriel lachte. 'Ik beken schuld. Ik ga wat drinken met Hugh.'

'Ik dacht al dat ik het dorp op de achtergrond zag. Is mama er ook?'

'Nee, die is naar Londen om met Jade te lunchen.'

'O, leuk, die zal zich dus wel vermaken. Ik hoop dat ik mijn jeugdvriendinnen over dertig jaar ook nog heb.' Ze zweeg even. 'Wat gebeurt er aan het Laure-en-Pierre-front?'

'Hopelijk leggen ze het morgen bij en komt Laure alleen nog maar terug om haar tas te pakken.' Hij trok een meesmuilend gezicht. 'Ze valt best mee, hoor. Ik zal haar waarschijnlijk missen als ze weg is. Maar het duurt nu al vier weken. Ik bedoel maar.'

Beth glimlachte. 'Mama en jij zouden naar Griekenland moeten komen als Laure is vertrokken. Ik weet dat het eerder niet kon vanwege je werk, maar je hebt er nu tijd voor. Ik heb jou en mama nu al bijna een jaar niet gezien. Ik mis jullie.'

'Waarschijnlijk niet zo erg als dat mama en ik jou missen. We komen zeker, het zal fijn zijn om er even tussenuit te knijpen. Ik zal het er met mama over hebben. Sorry, Beth, ik ben bij The Watershed. Ik moet ophangen.' Hij draaide de camera, zodat ze de pub kon zien. 'Hugh wacht op me.'

'Je mag hem graag, hè?'

'Ja, hij en Esme zijn geweldig. Esme is precies wat je moeder nodig heeft: een vriendin in het dorp.'

'Dan laat ik je nu met rust, pap. Veel plezier. Niet dronken worden!'

'Komt goed. Ik hou van je.'

'En ik van jou.'

Hij trof Hugh aan de bar. Ze bestelden ieder een biertje en liepen naar de tuin.

'Mis je de praktijk?' vroeg Hugh nadat hij en Gabriel hadden vastgesteld dat het goed met hen ging en dat ze beiden blij waren om even het huis uit te zijn.

Het verraste Gabriel dat hij over het antwoord moest nadenken.

'Minder dan ik had gedacht,' gaf hij toe. 'De eerste dagen waren het ergst, omdat ik me schuldig voelde dat ik er niet was. Ik vroeg me steeds af of ze het wel zouden redden en hoe het met mijn patiënten was. Maar eerlijk gezegd zijn er nu dagen dat ik vergeet dat ik dokter was. Het is de tuin: ze zeggen dat tuinieren goed is voor de ziel, en in mijn geval klopt dat helemaal. Als ik me daar niet op kon richten, zou ik dolgraag weer aan het werk gaan. Wat niet per se gunstig zou zijn.'

Hugh knikte. 'Hoe doet Joseph het?'

'Prima. Hij is een harde werker,' voegde Gabriel eraan toe in een poging genereus te klinken in plaats van onwillig.

'Ja, ik heb ook veel aan hem.' Hugh tikte met zijn bierglas tegen dat van Gabriel. 'Op de jeugd!'

Gabriel lachte en nam een lange slok bier. 'Iris vertelde me dat hij een paar maanden geleden in de problemen zat. Het is aardig van jullie om hem deze kans te geven.'

'Ja. Hij is ontslagen bij Jarmans omdat hij met drank op achter het stuur had gezeten, en Esme's vader was bang dat hij helemaal zou ontsporen. Daarom heeft hij ons gevraagd om hem in te huren.'

'Jarmans?' Gabriel herkende de naam van een prestigieuze tuinarchitectenfirma. 'Ik vroeg me al af voor wie hij had gewerkt. En, vertel, wat vind je van het dorpse leven?'

'Het is een hele verandering ten opzichte van de stad, maar wel ten goede. En het mooie is dat we zo dicht bij Londen zitten dat we er makkelijk een dagje naartoe kunnen.'

Ze bleven een paar uur zitten om de wereldproblemen te bespreken en toen Gabriel naar huis liep, had hij het gevoel dat hij in Hugh een echte vriend had gevonden. Hij dacht terug aan wat Hugh hem over Joseph had verteld.

Op de een of andere manier vond hij dat Joseph wat al te gereserveerd was. Hij had misschien nog maar twee dagen met hem gewerkt, maar elke poging om een gesprek aan te knopen was gestrand. Hij was zo geïntrigeerd dat hij na thuiskomst googelde op Jarmans, hoofdschuddend om zijn eigen gedrag. Joseph zou heus niet op hun website staan als hij was ontslagen. En ze hadden waarschijnlijk honderden mensen in dienst. Hij bekeek hun projecten en vroeg zich af aan welk project Joseph had gewerkt toen hij zijn auto in de prak reed. Er waren een golfclub en een stadspark en het terrein van een school, St. Cuthbert's, vlak buiten Winchester.

Gabriel staarde naar zijn scherm. St. Cuthbert's was de school waar Charlie Ingram op had gezeten.

# 22

Iris droeg een schaal heerlijk rijpe tomaten en een versgebakken uientaart het terras op, zette ze op de tafel en liep over het pad naar de ommuurde tuin. Rode bloemen – lobelia's, nagelkruid en salvia's – kropen langs de zijkant, zo felgekleurd dat het haar duizelde. Ze bleef even staan, haalde een paar keer diep adem en liep verder. Bij de ingang van de ommuurde tuin keek ze hoe Joseph een kruiwagen met grote stenen naar de hoek reed waar ze een rotspartij hadden gepland. Daar tilde hij ze er een voor een uit, waarbij zijn armspieren zich spanden terwijl hij ze naast de stenen legde die er al lagen. Ze wachtte tot hij klaar was.

'Tijd voor de lunch!' riep ze.

Joseph rechtte zijn rug en schonk haar een opgeluchte glimlach. 'Dank je, Iris, ik kan wel een pauze gebruiken.'

'Het wordt prachtig.'

'Nog maar een stuk of vijftig kruiwagens te gaan. Jammer dat Laure vandaag in Parijs is, anders had ze kunnen helpen,' voegde hij er lachend aan toe. 'Heb je al wat van haar gehoord?'

'Nog niet. Ze zal rond deze tijd ook nog maar net bij hun appartement zijn aangekomen.'

Ze liepen naar het terras en Joseph waste zijn handen bij de kraan.

'Luncht Gabriel niet mee?' vroeg hij toen hij zich bij Iris voegde en naar de tafel gebaarde, die voor twee personen gedekt was.

'Die is naar de stad om wat boodschappen te halen en ik verwacht hem niet snel terug.'

Joseph trok een stoel achteruit en nam plaats. 'Dit ziet er heerlijk uit, Iris. Ik verwachtte een broodje of zoiets. Je had niet zoveel moeite hoeven doen. Zelfs ik weet hoeveel uien je moet schillen om een uientaart te maken.'

Iris pakte een tomaat en begon hem in plakjes te snijden. Onverwacht steeg het bloed naar haar hoofd. Verblind door een vlaag van adembenemende duizeligheid liet ze het mes op de grond vallen.

'Gaat het wel?' Josephs bezorgde stem klonk ver weg.

Iris knikte met gesloten ogen. 'Te veel zon. Het was gisteren in Londen snikheet en vandaag is het alweer zo warm.'

'Drink maar een beetje water.' Hij duwde haar een glas in de hand. 'En laat mij dat maar doen.' Hij pakte de tomaat.

Iris' hand beefde terwijl ze het glas naar haar lippen bracht. Ze nam kleine slokjes tot ze kalmeerde.

'Sorry,' zei ze gegeneerd. 'Ik had een hoed moeten opzetten in die felle zon.'

'Je hoeft je niet te verontschuldigen. Maar een hoed is wel een goed idee.'

Iris liet hem de uientaart aansnijden. Ze waren nog maar net aan het eten toen Gabriel verscheen.

'Het spijt me,' zei hij. 'Die boodschappen zullen moeten wachten. Het verkeer was zo druk dat ik terug ben gegaan. Ik ga vanavond wel, als het rustiger is.'

Iris schoof haar stoel achteruit. Ze had geen trek meer.

'Hier, ga maar zitten. Ik heb toch geen honger.'

Ze hoorde niet meer wat hij zei terwijl ze naar binnen ging en de trap op liep. Ze ging op het bed liggen en viel in slaap bij het gemurmel van hun stemmen.

Ze werd wakker van het geluid van haar mobiele telefoon. Suffig tuurde ze naar het scherm. Het was Laure. Snel pakte ze haar telefoon.

'Laure. Hoe is het gegaan?'

'Ik ben op het Gare du Nord.' Laures stem klonk schor van de tranen. 'Ik heb mijn ticket kunnen omboeken naar een vroegere trein. Die vertrekt nu, dus ben ik rond halfzes op St. Pancras. Ik heb opgezocht hoe laat de treinen vanaf Waterloo gaan en ik ben om zeven uur in Markham. Kun je me ophalen?'

Iris keek hoe laat het was. Het was drie uur. 'Natuurlijk. Maar Laure, wat is er gebeurd? Waarom ben je alweer op de terugweg?'

'Hij was er niet. Pierre was er niet.'

'Hoe bedoel je? Je had toch met hem afgesproken in jullie appartement?'

'Ja, om één uur. Maar hij kwam niet opdagen.' Laure barstte in tranen uit.

'Rustig maar, Laure, het komt goed,' suste Iris. 'Laat me maar weten hoe laat je de trein vanaf Waterloo neemt en dan kom ik je van het station halen.'

'Oké. Dank je, Iris.'

Iris deed haar ogen dicht. Ze voelde een overweldigende behoefte om te kalmeren. Na een paar keer diep ademhalen liep ze naar de badkamer om water in haar gezicht te spatten. Terwijl ze zich droogdepte met een handdoek zag ze zichzelf in de spiegel boven de wastafel. Het leek wel of ze naar een onbekende keek. Ze voelde zich vreemd. Wie was die vrouw die haar aanstaarde?

De gedachte dat ze Gabriel het laatste nieuws moest vertellen bracht haar terug naar de werkelijkheid. Ze liep naar beneden. De lunch was afgeruimd en Gabriel en Joseph waren nergens te bekennen. Ze onderdrukte een zucht en liep naar de ommuurde tuin. Gabriel had haar gemeden sinds ze hem met de gevonden brief had geconfronteerd, maar hij zou haar nu niet kunnen ontwijken.

Hij zat op het bankje met zijn ellebogen op zijn knieën voor zich uit te kijken. Plotseling raakte ze geïrriteerd: ja, Charlies dood was tragisch geweest, maar hij zou er toch troost uit moeten putten dat Charlie in eenzaamheid gestorven zou zijn als hij er niet was geweest? 'Het staat je goed,' zei ze, zoekend naar een milde opening voordat ze hem het nieuws zou vertellen dat Laure Pierre niet had gesproken.

Heel even keek hij beduusd, tot hij zich realiseerde dat hij het flesgroene poloshirt droeg dat ze de vorige dag voor hem in Londen had gekocht.

'Dank je,' zei hij met een glimlach, en een moment lang leek hij op zijn oude zelf, van voor Charlie. 'Het was lief van je om cadeaus voor mij en Laure te kopen.'

'Daardoor voelde ik me minder schuldig dat ik zoveel voor mezelf kocht,' grapte ze, want ze was beladen met tassen thuisgekomen. 'Over Laure gesproken: die heeft net gebeld.'

Hij schoof opzij op het bankje om plaats voor haar te creëren. 'Heeft ze je verteld hoe het is gegaan?'

'Pierre was niet in het appartement.'

Met een diepe rimpel in zijn voorhoofd keek hij haar aan. 'Hoe bedoel je? Ze zou hem daar toch treffen?'

'Ja, om één uur.'

'En hij was er niet?'

'Dat zei Laure. Ze huilde zo hard dat ze me verder niets kon vertellen. Ze is op de terugweg.'

Gabriel wreef over zijn kin. 'Maar als ze nu alweer onderweg is, hoelang heeft ze dan gewacht? Misschien is Pierre wel even weggegaan en werd hij opgehouden of zo.'

'Dan had hij haar wel gebeld om het haar te laten weten. En dat heeft hij blijkbaar niet gedaan. Sorry dat ik het zeg, maar ik denk dat hij haar de waarheid niet durft te vertellen. Ik ben ontzettend kwaad op hem. Laure verdient dit niet.'

Gabriel vloekte zachtjes en stond op. 'Oké, ik ga hem bellen. En ik blijf bellen tot hij opneemt.'

'Succes,' zei Iris. Maar hij was al weg.

Iris bleef zitten en bereidde zich mentaal voor op de gevolgen van Pierres wegblijven. Ze had medelijden met Laure; zij had gedacht dat ze de overhand zou hebben door zonder bagage te komen, om Pierre te laten weten dat ze het hem niet zo makkelijk zou vergeven. Maar haar kleine daad van protest had geen publiek gekregen. Ze zou met lege handen terugkeren, nog geknakter dan ze al was.

'Gaat het wel?' Josephs stem onderbrak haar gedachten.

Met haar hand boven haar ogen tegen de zon keek ze op.

'Ja hoor, ik maak me alleen zorgen om Laure. Haar man Pierre is niet komen opdagen, dus ze is op de terugweg.'

'Bedoel je dat ze voor niets helemaal naar Parijs is gegaan? Waarom is hij niet gekomen? Heeft hij dat laten weten?' Hij stak zijn handen omhoog, met de handpalmen naar haar toe. 'Sorry, het zijn mijn zaken niet.'

Ze verborg haar verbazing over wat hij allemaal bleek te weten. Laure had hem kennelijk in vertrouwen genomen. 'Ik geloof dat ze helemaal niets van hem heeft gehoord. Geen uitleg, geen verontschuldiging – niets.'

'Dat is hard. Die arme Laure. Ze zal wel van slag zijn.'

Maar toen Iris haar later ophaalde van het station was Laure minder terneergeslagen dan ze had verwacht.

'Ik raakte in de trein met iemand in gesprek,' verklaarde ze terwijl ze haar zonnebril op haar hoofd schoof. 'De man tegenover me zag dat ik van streek was, en ik heb mijn hart bij hem uitgestort. Als Pierre me helemaal naar Parijs had laten komen, zei hij, en niet het fatsoen had om er zelf te zijn, wil dat zeggen dat hij onze relatie geen serieuze kans meer wil geven. Ik denk dat hij gelijk heeft.'

'Maar waar denk jij dan dat Pierre was?' vroeg Iris, die de onbekende man dankbaar was dat hij Laure had weten te kalmeren.

'Geen idee. Ik dacht misschien bij Claire, dus ik heb geprobeerd haar te bellen, maar ze nam niet op. Ik heb overwogen naar haar appartement te gaan, maar Pierre heeft me al genoeg vernederd. Ik moet verder met mijn leven, accepteren dat mijn huwelijk verleden tijd is.' Ze keek opzij naar Iris. 'Hoe kon ik hem zo verkeerd inschatten, Iris? Hoe heeft Pierre dit kunnen doen? Dat had ik in geen duizend jaar verwacht.'

'Gabriel probeert hem te bellen,' zei Iris terwijl ze de motor startte.

'Dat kan hij net zo goed laten. Pierre heeft zijn keus gemaakt en nu moet ik hetzelfde doen. En ik kies een nieuw leven voor mezelf.'

In Frankrijk of in Engeland, wilde Iris vragen.

# 23

Het was zo'n moment waarop Gabriel de oude telefoons miste waarbij je de hoorn hard op de haak kon smijten om je ergernis uit te drukken.

Aan Pierres kant van de lijn zou het niet uitmaken; hij zou aan Gabriels stem wel horen hoe woedend hij was. Maar Gabriel zelf had behoefte aan een fysieke uiting van de frustratie die hij voelde. Hij gooide de telefoon dus maar op de leunstoel.

Pierre gedroeg zich zo anders dan anders dat Gabriel bang was dat hij een enorme inzinking had. Hij had hem niet in staat geacht tot zulk kwetsend gedrag, en al helemaal niet tegenover Laure. Hij had haar altijd aanbeden. Gabriel kon alleen maar vermoeden dat Pierre – op dezelfde manier als hijzelf zich tegenover Iris schuldig voelde over zijn leugen – zich zo schuldig voelde tegenover Laure dat hij haar niet onder ogen durfde te komen. Het enige wat hij kon doen, nu Pierre niet leek te willen opnemen, was zijn oorspronkelijke plan weer van stal halen en naar Parijs gaan. En dan maandag, want het had geen zin om morgen al te gaan, omdat Pierre misschien wel voor het weekend de stad uit was. Bovendien zouden Hugh en Esme komen lunchen.

Gabriel zuchtte. In elk geval had de noodzaak om Pierre

te bereiken hem een excuus gegeven om de tuin uit te gaan en na te denken. Eerder vandaag, toen Iris zo plotseling bij de lunch was weggelopen – hij dacht dat het was omdat hij zonder boodschappen was teruggekomen, tot Joseph zei dat ze duizelig was geweest – had hij de gelegenheid aangegrepen om erachter te komen of Joseph aan het schoolterrein van St. Cuthbert's had gewerkt voordat hij bij Jarmans wegging.

'Hugh zei dat je bij Jarmans hebt gewerkt voordat je hiernaartoe kwam,' had hij gezegd terwijl hij een stuk nam van de uientaart die Iris had gemaakt.

Joseph had zijn glas gepakt en een slok genomen – duidelijk een vertragingstactiek, had Gabriel geconcludeerd.

'Dat klopt.'

'Heb je er lang gewerkt?'

'Een jaar of drie.'

'Je hebt vast aan interessante projecten gewerkt.'

'Ja.'

Het had iets gehad van trekken aan een dood paard. Maar dat had hem er niet van weerhouden verder te graven.

'Toen ik besloot om iets te gaan doen met de ommuurde tuin heb ik Jarmans' website bekeken,' had hij gezegd, al was dat een leugen. 'Maar toen ik zag dat ze momenteel onder andere bezig zijn met de inrichting van de tuinen van een school, kwam ik erachter dat mijn project veel te klein was om Jarmans in te schakelen.'

'Dat zou je nog verbazen. We werkten ook aan heel kleine projecten.'

'Jij komt uit de buurt van Winchester, toch?' Gabriel had het laten klinken alsof hij het zich ter plekke realiseerde. 'De school die op de website werd genoemd – St. Cuthbert's geloof ik – ligt in Winchester. Heb je je daar ook mee beziggehouden?'

'Nee. Mijn laatste klus was de tuin van een particulier.'

'O.' Hij had zijn teleurstelling moeten inslikken. Als Joseph wél op het terrein van St. Cuthbert's had gewerkt, had Gabriel over Charlie kunnen beginnen. Maar zelfs dan was de kans dat Joseph hem had gekend heel klein. Op een school als St. Cuthbert's liepen honderden leerlingen rond, en als hovenier zou Joseph weinig contact met ze hebben gehad.

Hij liet de gedachten aan Joseph voor wat ze waren, pakte zijn telefoon van de leunstoel en belde Pierre nog een laatste keer. Weer kreeg hij de voicemail, en met een zucht van ergernis verbrak hij de verbinding zonder een bericht achter te laten.

# 24

'Heb je gemerkt hoe hyper Laure vanavond was?' vroeg Iris toen Laure naar bed was gegaan. 'Bijna alsof ze koorts had.'

'Dat is begrijpelijk,' zei Gabriel, die hun lege wijnglazen afspoelde boven de gootsteen. 'Ze is kwaad.'

Toen Iris zweeg, draaide hij zich naar haar om. 'Wat is er?'

'Je vindt vast dat ik er te veel achter zoek.'

'Vertel toch maar.'

'Nou, toen Laure terugkwam, droeg ze andere kleren dan toen ze vanochtend vertrok.'

Hij schonk haar een ironisch lachje. 'Dat heb ik natuurlijk niet opgemerkt. Maar misschien heeft ze zich omgekleed in hun appartement.'

'Dat dacht ik eerst ook. Maar toen ik haar een compliment gaf over de jurk, zei ze dat ze die in Parijs had gekocht. En het vestje ook. Zelfs haar sandalen waren nieuw.'

'Dan had ze dus zin om zichzelf te trakteren.' Iris fronste en Gabriel trok zijn wenkbrauwen op. 'Wat ontgaat mij in dit verhaal?'

'Ze zei dat ze de kleren had gekocht voordat ze de Eurostar terug naar Londen had genomen. Maar toen ze me belde vanaf het Gare du Nord, was ze van streek.'

'En?'

'Ik zou niet gaan winkelen als ik van streek was.'

'Hm.' Gabriel dacht even na. 'Misschien is ze daarna pas overstuur geraakt? Zo van: ze liep witheet het appartement uit, ging kleren kopen om zichzelf op te beuren, en toen ze op het station aankwam, werd het haar allemaal te veel, en al helemaal toen ze jouw stem hoorde.'

Iris knikte. 'Je zult wel gelijk hebben.'

Gabriel keek naar de deur en dempte zijn stem. 'Ik ga maandag naar Parijs, maar ik wil niet dat Laure het weet.'

'Oké. Maar waarom niet?'

'Omdat ik denk dat ze het de vorige keer aan Pierre heeft laten weten, ook al had ik haar gevraagd dat niet te doen. En ik denk ook dat hij op dat moment besloot om die afspraak met Laure te maken.'

'Dus misschien was het nooit zijn bedoeling om te komen opdagen,' zei Iris peinzend. 'Misschien was het een tactiek om jou tegen te houden. Laure denkt dat hij bij Claire was. Ze is ervan overtuigd dat Pierre de vader van Mathilde is.'

'Wat denk jij?'

'Nou ja, zoals ik al eens heb gezegd, klopt het qua leeftijd.' Ze dacht een ogenblik na. 'Als jij Laure niet wilt vertellen dat je naar Parijs gaat, zul je een zogenaamde bestemming moeten verzinnen, anders vraagt ze zich af waar je bent. Je kunt zeggen dat je een afspraak op de praktijk hebt om te overleggen over je re-integratie.' Hij leek zich overdonderd te voelen. 'Je bent nu zes weken thuis, Gabriel, dus het is aannemelijk.'

'Echt? Ja, daar heb je wel gelijk in.' Even zag hij eruit als een dier dat in de val was gelokt.

'Je hoeft alleen maar te doen alsof tegenover Laure,' zei Iris op milde toon. 'Je hoeft nog niet na te denken over terugkeren.'

'Ik heb ingestemd met een paar maanden omdat ik dacht dat ik niet meer tijd nodig zou hebben. Maar ik ben er nog niet klaar voor om over twee weken weer te beginnen. Er is te veel aan de hand: het hele gedoe met Pierre, en dan wil Maggie me ook nog eens ontmoeten...'

Zijn stem stierf weg. Het was de eerste keer dat hij het over Maggie had sinds ze hem afgelopen dinsdag met de brief had geconfronteerd. 'Het is goed, Gabriel,' zei ze. 'Je mag zo lang vrij nemen als je nodig hebt, dat hebben ze gezegd.'

Hij knikte, maar ze zag hoezeer hij van slag was geraakt door het vooruitzicht weer aan het werk te moeten gaan.

'Heb je al een besluit genomen over Maggie?' Er verscheen een gesloten blik op zijn gezicht. 'Je kunt het niet weigeren, Gabriel.'

'Formeel gezien wel,' zei hij. En zonder verder nog een woord te zeggen beende hij de kamer uit en deed de deur achter zich dicht.

# 25

Iris keek door het keukenraam naar de afsluiting van een perfecte zondagmiddag: Gabriel en Hugh die samen aan de tafel zaten, Gabriel die lachte om iets wat Hugh hem vertelde, Esme die breeduit op een ligstoel onder de appelboom zat, met een beschermende hand op haar bolle buik en een strohoed op om de vingers van de zon die door de takken porden tegen te houden. Het enige wat ontbrak was Laure, die na de lunch een uurtje in de zon had gelegen en toen met een fikse hoofdpijn naar bed was gegaan.

Het was niet alleen de zon geweest waardoor het in Laures hoofd was gaan bonken, wist Iris. Voor de lunch had ze een paar gin-tonics gedronken en tijdens de lunch een paar glazen witte wijn, waarna ze was overgegaan op rode. Iris kon haar niet kwalijk nemen dat ze het op een zuipen had gezet. Ze hield zich sterk, maar haar houding van 'Pierre doet me niets meer' was puur zelfbehoud. Inwendig stortte ze in.

Iris zette een pot koffie op het dienblad en stond op het punt het terras op te lopen toen ze Josephs stem hoorde. Ze verstijfde en alleen haar ogen bewogen terwijl ze de tuin afspeurde. Daar stond hij te praten met Esme. Ze draaide zich om en liep terug de keuken in, waar ze het dienblad beverig weer op het aanrecht zette.

'Doe normaal, Iris,' siste ze. Maar ze kon het beeld niet uit haar hoofd krijgen.

Gisteren, nadat ze Laure van het station had gehaald, had ze haar even bij Gabriel achtergelaten om Joseph te gaan zoeken en ook hem voor de lunch van vandaag uit te nodigen. Op weg naar de ommuurde tuin had ze het geluid van stromend water gehoord en ze had aangenomen dat hij zijn handen waste. Maar ze trof hem spiernaakt aan onder een geïmproviseerde douche die hij had gemaakt door de tuinslang over een grote ijzeren haak te hangen.

Haar eerste neiging was geweest om weer weg te lopen, maar iets had haar tegengehouden. Joseph had haar niet gezien: zijn ogen waren gesloten geweest, en zijn gezicht was gericht naar het water dat op hem neerklaterde. Als aan de grond genageld door zijn pure lijfelijkheid hadden haar voeten dienst geweigerd. Het was niet de eerste keer geweest dat ze een naakte man zag, maar wel de eerste keer dat ze een man zag die zo mooi was als Joseph. Pas toen hij zijn hand omhoogbracht om het water uit zijn haar te strijken, was ze weggelopen.

Nu ze eraan terugdacht werden haar wangen vuurrood. Ze gaf zichzelf een ogenblik, pakte een extra mok, zette die op het dienblad en liep ermee de tuin in. Joseph zat inmiddels bij Gabriel en Hugh aan de tafel en keek op toen ze naderbij kwam.

'Ha, Joseph!' riep Iris achteloos.

'Iris.' Hij bracht een hand omhoog om zijn ogen af te schermen. 'Ik hoop dat je het niet erg vindt dat ik langskom. Ik moet Hugh ergens over spreken.'

Iris zette het dienblad neer. 'Geen probleem.' Ze waagde het hem aan te kijken en hield met moeite haar ogen op hem gericht. 'Heb je tijd voor koffie?'

Hij aarzelde, maar Hugh gaf antwoord. 'Ja, dat heeft hij.'

Hij keek Joseph aan. 'Je zei net dat je het lek voorlopig hebt gedicht, dus neem een kop koffie, dan gaan we er straks samen naar kijken.'

Hij trok Esme op van haar ligstoel en ze gingen allemaal aan de tafel zitten – Joseph naast Iris. Ze was zich voortdurend bewust van de warmte die zijn lichaam uitstraalde. De zon was intens en er vormde zich een stroompje zweet tussen haar borsten. Ze drukte de stof van haar jurk ertegenaan om het droog te deppen.

'Hoe gaat het met Laure?' vroeg Joseph zacht terwijl Gabriel de koffie inschonk.

'Dat is moeilijk te zeggen.'

'Heeft ze haar man gesproken, weet ze waarom hij niet is komen opdagen?'

'Niemand heeft hem kunnen bereiken, dus we weten niet wat er is gebeurd of waarom hij van gedachten is veranderd,' antwoordde Iris. 'Ik wil Pierres gedrag niet vergoelijken, maar hij maakt duidelijk een crisis door. Hij zou zich normaal nooit zo gedragen.'

'Het is wel sneu voor Laure dat ze hoop kreeg en dat die weer de grond in werd geboord. Ze heeft geluk met jou en Gabriel.'

Gabriel wendde zich tot hen. 'Hoorde ik mijn naam noemen?' vroeg hij, en Iris voelde een steek van ergernis om de onderbreking.

'Ik zei dat Laure zich gelukkig mag prijzen dat jij en Iris er voor haar zijn,' legde Joseph uit.

'Dat hoort gewoon zo,' zei Gabriel, een beetje al te gewichtig, vond Iris. 'Laure is praktisch familie, we zullen er altijd voor haar zijn.'

Iris kon het niet laten. 'Over "hoe het hoort" gesproken: heb je al besloten of je met Charlies moeder gaat praten?'

Gabriel keek haar met zoveel ongeloof aan dat Iris wilde dat ze haar woorden kon terugnemen. De ongemakkelijke stilte werd doorbroken door Esme, die een hand op zijn arm legde.

'Je hoeft er niet over te praten als je dat niet wilt. Maar misschien kunnen we helpen?'

Zijn handen klemden zich ineen, en even dacht Iris dat hij zich tegen de tafel zou afzetten. Maar toen liet hij zijn schouders zakken.

'Ik heb een brief gekregen van de rouwcoach van Charlies moeder. Het schijnt dat ze – Charlies moeder dus – me wil ontmoeten.'

'En hoe voelt dat voor jou?' vroeg Hugh voorzichtig.

'Ik weet het niet.' Gabriel wreef over zijn kin. 'Ik bedoel, ik zie niet in wat voor zin het heeft. Het zou pijnlijk zijn voor ons allebei.'

'Maar misschien kunnen jullie het een plek geven en zo het hoofdstuk afsluiten,' kwam Iris tussenbeide, waarmee ze herhaalde wat ze al eerder tegen Gabriel had gezegd.

'Ik geloof niet dat het hoofdstuk ooit afgesloten kan worden. We zullen Charlie geen van beiden ooit vergeten.'

'Maar het is wel begrijpelijk dat zijn moeder degene wil ontmoeten die bij haar zoon was toen hij stierf,' hield Iris vol.

'Als moeder zou ik dat wel willen, denk ik,' zei Esme mild. 'Alleen al om je te bedanken dat je bij hem bent gebleven, dat hij niet eenzaam is doodgegaan.'

'Ze heeft me al bedankt, via de politie. Bovendien hoeft ze me niet te bedanken, ik heb in feite niets gedaan.'

'Je hebt het hem mogelijk gemaakt om zijn moeder te vertellen dat hij van haar hield,' zei Iris. 'Dat is van enorme waarde.'

Gabriel keek haar met zoveel minachting aan dat ze ineenkromp. Ze wist niet waarom, maar ze was te ver gegaan.

'Je bent niet verplicht om zijn moeder te ontmoeten, toch?'

zei Joseph, die de volgende ongemakkelijke stilte onderbrak.

Gabriel keek alsof hij een reddingslijn toegeworpen kreeg. 'Nee, het is geen verplichting.'

'Zet jezelf dan niet langer onder druk. Doe wat voor jou het beste is.'

Iris fronste. 'Zou een mens in zo'n geval niet moeten doen wat het beste is voor de moeder die haar zoon is verloren?' Even was er een flits van paniek in Gabriels ogen te zien. 'Sorry,' zei ze snel. 'Ik had er niet over moeten beginnen. Ander onderwerp?'

'Goed idee.' Hugh gaf Gabriel een klap op zijn schouder. 'Waarom laten Joseph en jij me niet even zien hoe de ommuurde tuin vordert?'

Iris wachtte tot ze weg waren. 'Ik had er niets over moeten zeggen,' kreunde ze terwijl ze haar hoofd in haar handen legde. 'Maar ik vind het ongelooflijk dat Gabriel weigert om met Charlies moeder af te spreken. Het komt me zo wreed voor. En Gabriel is verre van wreed, hij is de zachtmoedigste man die ik ken.'

'Je hoeft je niet schuldig te voelen,' zei Esme op ferme toon. 'Het heeft hem waarschijnlijk geholpen om verschillende meningen te horen.' Ze zweeg een moment. 'Ik had je trouwens willen vragen... Ik zou je hulp bij de keuze voor de stoffering en kleurenschema's in ons huis goed kunnen gebruiken. Als betalende klant, uiteraard. Zou je daarvoor in zijn?'

Er verspreidde zich een warme gloed door Iris' lichaam. 'Zeker weten.'

'Ik weet dat je nog niets hebt gehoord over de opdracht voor dat herenhuis. En ik dacht dat je ons huis misschien als overbrugging kunt gebruiken terwijl je daarop wacht.'

'Graag, dank je wel.'

'Super.' Esme glimlachte. 'Misschien kunnen we een dagje

naar Londen gaan om meubels uit te zoeken voor de babykamer. Heb je de komende week een vrije dag beschikbaar?'

'Wat dacht je van donderdag?'

'Helemaal goed.'

'Perfect,' zei Iris. En dat was het inderdaad – zolang Laure maar niet mee wilde.

# 26

Gabriel zag het Franse landschap voorbijsnellen, blij dat hij een dag van huis was. Bij Iris vandaan. Hij begreep nog steeds niet waarom ze gisteren bij de lunch over Maggie was begonnen. Hij wist dat ze er gefrustreerd over was, maar wat had ze verwacht? Dat iedereen haar kant zou kiezen en hem zou vertellen dat hij Charlies moeder moest ontmoeten? Dat was niet gebeurd. Hoewel Esme leek te vinden dat hij Maggie wél in haar wens tegemoet zou moeten komen, had Joseph gezegd dat hij moest doen wat voor hemzelf het beste was, en Hugh had geen partij gekozen.

Diep vanbinnen wist Gabriel dat hij door de zure appel heen zou moeten bijten, omdat Iris gelijk had. Wat Joseph ook gezegd had, hij moest doen wat het beste was voor Maggie, niet wat het beste was voor hemzelf.

De conducteur riep om dat ze bijna bij het Gare du Nord waren. Gabriel trok zijn weekendtas van het rek en stopte zijn oortjes in zijn zak. Hij verheugde zich erop zijn vriend te zien, maar hij zag er ook tegen op. Het was vanaf het station nog een halfuur lopen naar het appartement van Pierre en Laure, en omdat het nog maar vijf uur was en Pierre niet voor zeven uur zou thuiskomen, laste Gabriel een tussenstop in bij een café aan het Place de la Republique, waar hij met een espresso op het terras ging zitten.

Terwijl hij voor zich uit zat te staren, keerden zijn gedachten terug naar Maggie. In de trein had hij een plan bedacht. Als ze hem alleen maar wilde bedanken en Charlies laatste momenten de revue wilde laten passeren, zou hij het *Vertel mijn moeder dat ik van haar hou*-scenario volhouden. Als ze zou zeggen dat Charlie dat nooit gezegd zou hebben, zou hij haar vertellen dat Charlie helemaal niets had gezegd, maar dat hij het had verzonnen in de hoop dat zij er troost uit zou putten. Als Maggie een van die versies zou accepteren en er gelukkiger door zou zijn, zou hij zich van blaam gezuiverd voelen.

Toen hij zijn koffie op had liep Gabriel naar Oberkampf, de wijk waar Pierre en Laure woonden. Hij stapte onderweg een boulangerie binnen voor een *pain au chocolat*. Hij voelde zich verbazingwekkend ontspannen, als je in aanmerking nam wat er voor hem lag, want hij twijfelde er niet aan dat het een moeilijk gesprek zou worden met Pierre.

Hij arriveerde bij het appartementengebouw van Pierre en Laure. De code voor de buitendeur was niet veranderd, dus Gabriel hoefde niemand te vragen hem binnen te laten. Hij wierp een blik op de rijen brievenbussen aan de linkerkant van de hal, drukte op de knop voor de binnendeur en liep de trap op naar de eerste verdieping. Hij had nooit begrepen waarom hun vrienden ervoor hadden gekozen om in zo'n sfeerloos gebouw te gaan wonen terwijl ze zich een appartement in een van de mooie panden aan de boulevard hadden kunnen veroorloven.

Op de eerste verdieping belde hij aan bij hun woning. Zoals hij al verwacht had, werd er niet opengedaan, dus ging hij met zijn rug tegen de muur op de vloer zitten wachten. Hij haalde zijn telefoon tevoorschijn, klaar om het komende uur dan maar het deprimerende wereldnieuws tot zich te nemen. Toen de deur beneden openging, keek hij op en hoopte dat hij Pierres voetstappen op de trap zou horen. In plaats daarvan hoorde hij het zoemen van de lift die naar beneden ging nadat er in de hal beneden op de liftknop was gedrukt.

Het werd zeven uur. Gabriel veranderde van houding en strekte zijn benen voor zich uit. Hij begon te twijfelen. Stel dat Pierre vanavond buiten de deur zou eten? Stel dat hij, zoals Laure vermoedde, bij Claire was, of wie de moeder van zijn kind ook mocht zijn? Tijdens Laures afwezigheid was hij misschien wel bij haar ingetrokken. Gabriel vervloekte zijn vriend. *Laat me niet in de steek, Pierre. Je kunt maar beter komen opdagen.*

De deur beneden ging weer open, en deze keer hoorde Gabriel iemand de trap op komen. Hij kwam overeind, maar de man die verscheen was niet Pierre en na een nieuwsgierig *bonsoir* liep hij verder naar de tweede en vervolgens de derde verdieping. Er klonk gerammel van sleutels, gevolgd door het dichtslaan van een deur. En stilte.

Het was nu acht uur. Als Gabriel de sleutel van hun appartement had gehad, zou hij in de verleiding zijn gekomen om naar binnen te gaan en daar te wachten. Maar hij had er niet aan gedacht ze mee te nemen. Het was één ding om het appartement te gebruiken met de toestemming van Laure en Pierre, maar het was heel wat anders om er binnen te lopen zonder dat ze het wisten.

Gabriel keek rond. Er waren nog vijf andere appartementen op deze verdieping, en hij wist dat Pierre en Laure amper met hun buren omgingen. Daarom hadden ze ervoor gekozen om in zo'n onpersoonlijk gebouw te gaan wonen, had Pierre met een knipoog gezegd. Hij wilde niet wonen op een plek waar buren bij elkaar in en uit liepen. Pierre was in dat opzicht een raadsel. Hij kon uitstekend met mensen omgaan, praatte in gezelschap met iedereen en kon dan het levendige middelpunt zijn, maar hij hield niet van koetjes en kalfjes, en zou nooit zomaar een praatje maken met een onbekende. Introvert en extravert tegelijk.

Iris en hij waren de oudere overbuurvrouw een paar keer tegengekomen toen ze het appartement gebruikten. Hij stond op, klopte zich af en drukte op haar deurbel.

Even was het enige geluid dat weerklonk dat van de televisie, die zo hard stond dat Gabriel kon horen dat ze naar het nieuws keek. Na een poosje hoorde hij iemand aan de andere kant van de deur; hij vermoedde dat ze door het kijkgaatje keek om te checken wie er had aangebeld. Er klonk geschuif van grendels en daarna ging de deur op een kier.

'Sorry dat ik u stoor,' begon Gabriel. Hij bukte om haar te kunnen aankijken. Hij sprak redelijk Frans en wat hij wilde vragen was niet moeilijk, dus hij ging verder. 'Ik ben op zoek naar Pierre.' Hij wees naar de deur van het appartement van Pierre en Laure.

Ze knikte, en hij wist dat ze hem had herkend.

'Ik heb hem al een tijdje niet gezien,' zei ze. 'Zijn vrouw was hier zaterdag, ik heb haar naar binnen zien gaan. Maar zonder hem.'

'Wanneer hebt u hem voor het laatst gezien?'

Ze dacht even na. 'Vorige week, toen ik mijn afval naar de container op de binnenplaats bracht. Hij was op weg naar buiten.' Ze zweeg even. 'Ik heb zijn vrouw al heel lang niet gezien, behalve zaterdag dus.'

'Ze logeert bij ons, in Engeland.'

'Ah!' Er gleed een glimlach over haar gezicht.

Hij overwoog haar te vragen om tegen Pierre te zeggen, als ze hem later vanavond zou horen thuiskomen, dat hij naar hem op zoek was. Maar hij wilde haar er niet mee belasten.

'Als ik hem zie, zal ik zeggen dat u geweest bent,' zei ze, alsof ze zijn innerlijke strijd had aangevoeld.

Hij glimlachte. 'Dank u. Een fijne avond nog.'

Gabriel wachtte tot ze de deur had dichtgedaan, haalde zijn telefoon tevoorschijn en belde Pierre. Weer de voicemail. *Pierre, met mij, Gabe. Ik ben in Parijs en ik sta te wachten voor jullie appartement. Kun je me even terugbellen om me te laten weten wanneer je thuiskomt?* Voor de volledigheid appte hij er een bericht met dezelfde strekking achteraan.

Aan de overkant van de straat zat een brasserie. Hij stak over, koos een plaats op het terras en bestelde *steak frites* en een glas rode wijn. Hij werd zo snel bediend dat hij lang over zijn maaltijd probeerde te doen en nog een dessert en vervolgens koffie bestelde. Om halftien, toen er nog steeds geen Pierre het gebouw in was gegaan en er ook geen berichtje van hem was gekomen, besloot Gabriel de nacht in een hotel door te brengen. Er zat niets anders op. Morgen zou hij Pierre op zijn werk opzoeken.

# 27

Iris pakte haastig haar telefoon. Gabriel had haar gisteravond gebeld om haar te vertellen dat Pierre niet naar het appartement was gekomen en dat hij de nacht in een hotel in Parijs zou doorbrengen.

'Ik ga morgenochtend naar zijn werk,' had hij gezegd. 'Ik ga niet uit Parijs weg voordat ik weet waar hij is.'

'Hij is bij Claire,' had Laure verklaard toen Iris het haar vertelde.

'Dat weet je niet. Maar als je Gabriel haar adres geeft, kan hij het nagaan, als je wilt.'

Laure had haar hoofd geschud. 'Dat maakt het allemaal alleen maar erger.'

'Heb je hem gesproken?' vroeg Iris Gabriel nu. 'Pierre?'

'Nee.'

'Waarom niet?'

'Nou, dat zal ik je vertellen. Ik ben vanochtend dus langsgegaan op zijn werk en ik heb bij de balie naar hem gevraagd. De receptionist belde zijn nummer en kreeg een van zijn collega's aan de lijn, die vertelde dat Pierre op vakantie was. Ik heb gevraagd of ze ook wisten waarheen, en natuurlijk wilden ze me dat niet zomaar vertellen, tot ik zei dat ik een oude vriend van Pierre was en dat ik me zorgen om hem maakte omdat ik hem al weken niet heb gesproken. Ik heb ook gezegd dat zijn vrouw bij ons in Engeland logeert en dat ik naar Parijs was gekomen om hem op te zoeken, dus uiteindelijk was een van zijn collega's, Arnaud – ik geloof dat hij Pierres baas is – bereid om me te woord te staan.'

'Wat zei hij?' vroeg Iris ongeduldig.

'Dat hij alleen met me wilde praten omdat hij mijn naam had herkend. Kennelijk heeft Pierre het in de loop der jaren weleens over ons gehad. Waar het op neerkomt, is dat iedereen op kantoor heeft gemerkt dat Pierre een of andere crisis doormaakte, want hij gedroeg zich de laatste tijd erg afstandelijk. Hij heeft niemand in vertrouwen genomen, maar volgens een van zijn collega's gaat om met het kringetje rond Laures vriendin Victoire, en zij had via de tamtam gehoord dat Laure Parijs een paar weken geleden had verlaten en dat ze ergens in Engeland verbleef. Daaruit hebben ze opgemaakt dat er sprake was van huwelijksproblemen.'

'Heb je Arnaud nog gevraagd of hij iets wist over een dochter die Pierre zou hebben?'

'Nee, want ik wilde niet indiscreet zijn en ik weet niet eens zeker of het waar is.'

'Hoe bedoel je?'

'Nou, we hebben het in feite alleen van Laure gehoord. Stel dat het niet waar is? Stel dat er geen dochter is en dat Laure het hele verhaal heeft verzonnen om iets anders te verdoezelen?'

Iris fronste. 'Zoals?'

'Dat weet ik niet. Maar stel dat ze is vetrokken om iets wat ze zélf heeft gedaan?'

'Nee.' Iris schudde haar hoofd. 'Laure zou niet tegen ons liegen.' Ze dacht even na. 'Toch?'

'Misschien niet.' De onzekerheid bleef even in de lucht hangen. 'Hoe dan ook, het schijnt dat Pierre Arnaud een berichtje heeft gestuurd om te zeggen dat het hem speet, maar dat hij had besloten verlof op te nemen en dat hij maandag 1 augustus terug zou zijn.'

'Wanneer heeft hij dat bericht gestuurd?'

Ze hoorde Gabriel diep ademhalen. 'Vrijdagmiddag.' Hij klonk bijna triomfantelijk.

Het duurde een ogenblik voordat Iris snapte waarom. 'Dat betekent dus dat hij nooit van plan is geweest zaterdag thuis te zijn om met Laure te praten?'

'Ik denk dat het wel zijn bedoeling was, maar dat hij, zoals jij al zei, haar niet onder ogen durfde te komen. Hij was vrijdagmorgen nog op kantoor, maar hij kwam na zijn lunchpauze niet terug. Arnaud was niet enorm verrast door zijn bericht, want die ochtend had hij Pierre nog geprobeerd over te halen een paar dagen vrij te nemen. Hij had niet verwacht dat hij er onmiddellijk op zou ingaan, maar hij vond het prima.'

'Heeft hij gezegd waar Pierre naartoe zou gaan?'

'Nee, maar ik denk dat hij in Bretagne zit, en dat dacht Arnaud ook. Daar gaat hij altijd heen als hij onder de radar verdwijnt.'

'Oké. En wat ga je nu doen? Ga je naar Bretagne? Laure weet misschien wel waar hij verblijft.'

'Pierre heeft me nu wel duidelijk gemaakt dat hij me niet wil zien. Hij zal mijn berichtjes inmiddels wel hebben gelezen, dus hij weet dat ik in Parijs ben. En ik heb ook zijn voicemail ingesproken. Dus nee, ik ga niet naar Bretagne.' Hij aarzelde. 'Ik heb eens nagedacht... Stel dat hij het ons kwalijk neemt dat we Laure zo lang bij ons laten logeren? Zou hij vinden dat we haar kant kiezen? Als het verhaal over die vermeende dochter van hem een leugen is, en als hun problemen voortkomen uit iets wat Laure heeft gedaan, denkt hij misschien dat wij haar gedrag door de vingers zien.'

'Zo heb ik het nooit bekeken. Maar hoe komen we erachter of Laure het heeft verzonnen? We kennen hun vrienden in Frankrijk niet. We hebben een aantal van hen ontmoet op zijn veertigste verjaardag, maar ik weet niet waar ze wonen. Gek genoeg heb ik Laure gevraagd of ze wilde dat jij naar Claires huis zou gaan om te kijken of Pierre daar zou zijn. Maar volgens haar zou dat het allemaal alleen maar erger maken.'

'Interessant. Dan kunnen we alleen Laure nog eens vragen hoe het nou zit met die vermeende dochter. Als het een verzinsel is, zal ze zich uiteindelijk verspreken. Zo gaat dat met leugenaars.'

# 28

Iris stak haar voeten in haar hardloopschoenen en liep zachtjes de voordeur uit. Het was nog maar halfzeven in de ochtend, maar ze had een rusteloze nacht gehad. Ze ging vandaag met Esme naar Londen en wilde helder van geest zijn.

Ze klom over het overstaphek en naar een van de routes over de helling. Het terrein was steiler dan hun andere hardlooproutes, maar het uitzicht boven was schitterend. Toen ze er bijna was, vond ze een geschikte steen, waarop ze ging zitten om de eerste zonnestralen van de ochtend op haar gezicht te voelen. Hiervandaan kon ze hun kant van het dorp zien, met de groeve erachter, de velden ervoor en het bos rechts. Ze volgde de kronkelweg langs de eendenvijver, langs het huis van Esme en Hugh naar The Watershed. Het zag er allemaal uiterst vredig uit. Ze werd overspoeld door een golf van somberheid: het prachtige landschap dat voor haar lag benadrukte alleen maar de lelijkheid die ze inwendig voelde.

Laure was nu zes weken bij hen, en in die periode was Iris op zeker moment de weg kwijtgeraakt. Voorheen had ze geweten wie ze was: Iris Pelley, echtgenote van Gabriel, moeder van Beth, 'woningdecorateur'. Maar er was iets veranderd. Ze was nog steeds Gabriels echtgenote, maar niet meer op dezelfde manier. De lichamelijke kant van hun relatie was verdwenen en zijn afwijzing had gevolgen die ze verontrustend vond. Ze had nooit over iemand anders gefantaseerd, maar nu spookte Joseph door haar dromen. Als ze eerlijk was, dagdroomde ze zelfs over hem. Ze schaamde zich ervoor, want ze hield van Gabriel en dat zou genoeg moeten zijn. Maar dat was het niet. Niet meer.

Als Joseph en zij 's ochtends niet naar elkaar zouden zwaaien, zou hij misschien ook niet zoveel in haar gedachten zijn. Oppervlakkig gezien leek het onschuldig. Het was vorige week dinsdagochtend begonnen, toen ze uit het slaapkamerraam keek en hem in de tuin naar het huis had zien staan kijken. Ze had hem even gadegeslagen en zich afgevraagd waar hij aan dacht. Bewonderde hij de elegantie van het gebouw terwijl de zon over het grijze leien dak streek? Stelde hij zich voor hoe het zou zijn om er te wonen, het te bezitten? Pas toen ze naar het raam was gelopen en even naar hem had gezwaaid leek ze de betovering die het huis bij hem teweegbracht te hebben doorbroken. Hij had zijn hand naar haar opgestoken en was naar de schuur gelopen om zich voor te bereiden op de werkdag.

Ze had gedacht dat het eenmalig was, dus was ze verrast geweest toen ze hem donderdagochtend aan het begin van zijn werkdag op precies dezelfde plek zag staan. Opnieuw had ze gezwaaid en had hij teruggezwaaid. En op zaterdag stond hij er weer en had zij stiekem een tijdje achter het gordijn staan kijken, zich afvragend hoelang hij zou wachten tot ze ging zwaaien. Behoorlijk lang, zo bleek, want ze liet minstens een minuut voorbijgaan voordat ze zich liet zien. Hoewel hij vrij ver bij het huis vandaan stond, had ze gezien dat hij glimlachte, alsof hij wist dat ze hem expres liet wachten. En twee dagen geleden, op dinsdag, hadden ze het hele ritueel herhaald. Ze wist niet goed wat het betekende – of het überhaupt iets betekende. Het was niet meer dan zwaaien, maar er liep wel steeds een rilling van opwinding over haar rug. Het voelde stiekem, intiem.

En dan was Beth er nog. Hoewel Iris inmiddels had geaccepteerd dat ze nooit een hechte moeder-dochterband zouden hebben, had de fysieke afstand tussen hen – nu Beth in Griekenland was – de emotionele afstand vergroot. Pas nu, in de koele bries die de lucht om haar heen in beweging bracht, erkende Iris eindelijk dat ze teleurgesteld was geweest toen Beth aankondigde dat ze haar tussenjaar in Griekenland zou doorbrengen en pas eind augustus terug zou zijn. De drie weken die Beth in september bij hen thuis zou zijn voordat ze aan de universiteit zou beginnen, zou ze grotendeels aan haar vriendinnen besteden voordat ze weer uitvlogen, zodat er weinig tijd zou overblijven voor haar en Gabriel. Ze zou misschien een paar keer met Beth gaan winkelen, maar veel meer zat er niet in.

En Laure... Het was twee weken geleden dat ze uit Parijs was teruggekeerd, en tot Iris' verbijstering leek ze niet van plan te zijn om ooit nog terug te gaan. Integendeel, ze was nog dieper in hun leven doorgedrongen door haar besluit mee te gaan helpen in de ommuurde tuin, alsof ze doorhad dat ze haar liever kwijt dan rijk waren, en ze zichzelf daarom onmisbaar probeerde te maken.

'Heeft Laure nog iets tegen je gezegd over een mogelijk vertrek?' had Gabriel haar een paar dagen geleden gevraagd.

'Nee. Ik heb het geprobeerd. Ik heb haar gevraagd of ze al plannen heeft gemaakt, en toen antwoordde ze dat ze het voorlopig van dag tot dag bekijkt.'

'Hoelang dan nog? Een week, een maand, een jaar? Waarom kan ze het niet van dag tot dag bekijken in het appartement in Parijs? Het is niet zo dat ze nergens heen kan.'

Iris had een hand op zijn arm gelegd. 'Laten we het nog een paar weken aanzien. Als ze dan nog geen aanstalten maakt om verder te gaan, vragen we haar om te vertrekken.'

'Heeft ze wat Pierre betreft echt opgegeven?'

'Volgens mij wel. Ze is ervan overtuigd dat hij vadertje en moedertje speelt met Claire en haar dochter. De dag dat hij naar zijn werk appte dat hij de hele maand juli zou wegblijven was het begin van de zomervakantie.'

Iris slaakte een zucht bij de gedachte aan dat gesprek. Hoewel het een opluchting was dat ze Laure niet continu om zich heen had – nu was Gabriel degene die een groot deel van de dag met haar zat opgescheept – werd het des te duidelijker dat ze om werk verlegen zat. Godzijdank had ze de opdracht van Esme, want ze had nog steeds niets van Samantha Everett gehoord over het herenhuis. Beth had gezegd dat ze erachteraan zou moeten gaan, maar geen nieuws betekende ook dat er nog hoop was – en Iris kon wel wat hoop in haar leven gebruiken.

Plotseling prikten er tranen achter haar oogleden. Ze knipperde ze terug; dit was niet het moment om te breken. Ze deed haar ogen dicht en liet zich omarmen door de stilte.

Toen Iris thuiskwam, was Gabriel in de keuken koffie aan het zetten.

'Wat was je vroeg op,' zei hij met opgetrokken wenkbrauwen.

'Ik kon niet slapen, dus ik ben gaan lopen.'

'Waarom ga je niet nog even terug naar bed?'

Ze pakte een brood uit de kast en stopte een paar boterhammen in de broodrooster. 'Dat kan niet, ik ga met Esme naar Londen.'

'Dan ziet het ernaar uit dat Laure hier alleen achterblijft vandaag.'

'Waar ga jij dan heen?'

Hij reikte achter haar langs om de waterkoker te pakken. 'Ik wilde de tuin een dagje laten voor wat hij is en een stuk gaan fietsen, ergens bij een pub gaan lunchen en dan terugfietsen. Ik wil er in mijn eentje tussenuit. We zitten hier nogal op elkaars lip.'

'Ik begrijp wat je bedoelt. Neem wel genoeg water mee, het wordt warm.'

Gabriel vertrok na het ontbijt en Iris liep naar boven om zich klaar te maken. Het was bijna negen uur en ze zou Esme om halftien oppikken; dan konden ze de trein van kwart voor tien naar Londen nemen. In de slaapkamer sloop ze naar het raam en keek naar beneden. Het bloed steeg naar haar wangen. Joseph stond op de gebruikelijke plek. Haar telefoon ging. Ze draaide zich om naar haar nachtkastje, pakte het toestel en keek op het scherm. Het was Esme.

'Iris, het spijt me, ik heb zo lang mogelijk gewacht met bellen in de hoop dat ik me beter zou gaan voelen, maar helaas. Ik heb een of ander virusje opgelopen, geloof ik, en ik ben de hele nacht misselijk geweest. Ik vrees dat ik niet met je naar Londen kan gaan.'

'O nee, wat naar,' zei Iris bezorgd. 'Kan ik iets voor je doen? Is Hugh bij je?'

'Die gaat vandaag naar zijn broer, maar dat is geen probleem. Het spijt me dat ik niet mee kan.'

'Doe niet zo mal.'

'Jij gaat toch wel?'

'Eh, ik weet het niet.'

'Ik hoop het maar. Ik zou het heel erg waarderen als je foto's kunt nemen van dingen waarvan je denkt dat ik ze mooi zal vinden.'

'Ja, dat kan ik doen. Maar we kunnen ook een andere dag kiezen.'

'Dat kan, maar ik wil graag lang en breed klaar zijn voordat de baby komt.'

Iris fronste. Het was niets voor Esme om zich druk te maken. 'Oké, dan ga ik vandaag.'

'Misschien wil Laure wel mee.'

'Goed idee, ik zal het haar vragen. Weet je zeker dat ik niets voor je kan doen?'

'Ik red me wel. Ik ben de hele nacht wakker geweest, dus ik hoop dat het ergste voorbij is en dat ik kan slapen.' Ze lachte. 'Het is bijna de moeite waard als je vervolgens de hele dag in bed mag liggen.'

'Maak er het beste van. Ik bel vanavond om te vragen hoe het met je gaat.'

'Dank je, Iris. Een fijne dag gewenst.'

Iris stond op het punt Laure op te zoeken toen ze besefte dat ze niet naar Joseph had gezwaaid. Maar hij liep al over het pad met een hark over zijn schouder. Ze slikte haar teleurstelling weg. Na het bericht dat Esme niet naar Londen kon, was haar dag hiermee al slecht begonnen.

Toen ze voor Laures slaapkamer stond wachtte Iris even. Ze dacht aan Gabriels opmerking dat hij vandaag in zijn eentje wilde doorbrengen. Wilde zij eigenlijk wel dat Laure met haar mee naar Londen zou gaan? Nee. Maar op de een of andere manier was het vooruitzicht alleen te moeten gaan nog onaantrekkelijker.

Iris klopte op de deur. 'Laure? Mag ik binnenkomen?'

'Ja, natuurlijk.'

Iris deed de deur open en maakte bijna rechtsomkeert. Laure stond midden in de kamer in alleen een miniem slipje. Haar wangen waren roder dan anders, alsof ze was betrapt op iets wat ze niet had mogen doen.

'Ik geloof bijna niet dat het al zo laat is,' zei ze. 'Ik heb me verslapen.'

'Dat maakt niet uit. Ik kwam vragen of je zin hebt om vandaag met mij naar Londen te gaan. Esme is ziek, maar ze wil dat ik toch ga.'

'Die arme Esme! Wat scheelt haar? Er is toch niets met de baby?'

'Nee, het is een virusje, dacht ze.'

Laure knikte langzaam. 'Dank je, Iris, maar als je het niet erg vindt, blijf ik hier. Ik ga op zoek naar een echtscheidingsadvocaat.'

'O Laure. Wat spijt me dat. Wil je dat ik bij je blijf?'

'Nee, nee, het is iets wat ik zelf moet doen. Waarom gaat Gabriel niet met je mee naar Londen? Het zou goed voor jullie zijn om een dagje samen uit te zijn.'

'Hij is al weg, op zijn fiets.'

'Echt?'

'Ja, maar het is niet erg, ik ga gewoon alleen. Ik heb de trein van kwart voor tien gemist, dus ik neem die van kwart over. Ik drink nog even een kop koffie voor ik ga.'

'Ik zal me aankleden, dan drink ik een kopje met je mee.'

Tegen de tijd dat Laure zich bij Iris in de keuken voegde, was de koffie klaar en schonk Iris hun beiden een kop in. Ze dronken hun koffie staand voor het raam.

'Hoe laat denk je dat je terug bent?' vroeg Laure.

'Waarschijnlijk aan het eind van de middag.'

'En Gabriel?'

'Ook rond die tijd, denk ik. Hij zei dat hij onderweg ergens zou gaan lunchen.'

'Ik kan eten koken, als je wilt.'

'Dat zou fijn zijn. Maar dan moet je ook boodschappen doen, want de koelkast is bijna leeg.'

'Dan doe ik dat.' Maar Laure klonk verstrooid en Iris legde zich er in stilte bij neer dat er geen eten zou klaarstaan als ze terugkwam.

'Als je geen tijd hebt om boodschappen te doen, laat me dat dan weten.'

Laure knikte. 'Moet jij niet gaan? Anders mis je de volgende trein ook nog.'

Iris dronk haar kop leeg en zette hem in de gootsteen. 'Tot later.'

Laure omhelsde haar. 'Maak er wat leuks van.'

Ze liep met Iris mee naar de deur en deed hem achter haar dicht, en Iris stelde zich voor hoe ze de trap op zou lopen om haar laptop te halen, zodat ze een echtscheidingsadvocaat zou kunnen zoeken. Ze was verbaasd dat Laure nu al aan een scheiding dacht, maar als ze de afgelopen zes weken iets over Laure te weten was gekomen, was het dat ze grillig was. Over een paar dagen wilde ze het misschien weer bijleggen.

# 29

Iris reed door het dorp naar het station. Toen ze langs Esme's huis kwam keek ze naar de oprit, en ze schrok toen ze Esme in haar auto zag stappen.

Ze minderde vaart en stopte verderop aan de kant van de weg. Een uur geleden had Esme haar verteld dat ze zich niet goed genoeg voelde om weg te gaan. Misschien ging ze naar de dokter.

Ze stond op het punt uit te stappen en tegen Esme te zeggen dat zij haar wel zou brengen, toen Esme's auto de weg op draaide. Maar tot haar verrassing reed Esme in de andere richting, naar haar kant van het dorp. Iris fronste. Misschien voelde Esme zich beter en wilde ze toch met haar naar Londen. Maar in dat geval zou Esme haar toch gebeld hebben? En waarom zou ze naar haar huis rijden, terwijl het logisch was dat Iris haar ophaalde, zoals ze hadden gepland? Ze haalde haar telefoon uit haar tas om te kijken of ze hem misschien niet had horen overgaan. Maar er waren geen gemiste oproepen, alleen een berichtje van Laure met de vraag of ze op tijd was voor de trein van kwart over tien.

Iris startte de auto weer en reed naar het station. Ze vond een parkeerplek en stuurde Laure een bericht terug om haar te laten weten dat ze ruim op tijd was om de trein te halen. Maar ze liep niet naar het perron en bleef in de auto zitten. Ze had het gevoel dat er iets niet klopte. Dat Esme erop had gestaan dat ze zonder haar naar Londen zou gaan was vreemd. Ze had gezegd dat ze alles op tijd klaar wilde hebben voor de komst van de baby, maar ze had nog zeven weken te gaan. En dan was er nog Laure: die had haar niet alleen aangespoord op tijd te vertrekken, maar ook dat berichtje gestuurd om te checken of ze haar trein wel haalde. Het leek wel alsof Esme en Laure de dag samen wilden doorbrengen, zonder haar. Maar waarom zouden ze dat niet gewoon zeggen? Waarom zou Esme doen alsof ze ziek was? Ja, ze zou zich misschien gekwetst voelen dat zij een gezellig dagje met z'n tweeën hadden gepland. Maar dat er tegen haar werd gelogen, was erger.

De warmte overviel haar toen ze uit de auto stapte. Ze keek langs het spoor en zag de trein naderen. Eigenlijk zou ze zich moeten haasten – maar ze bleef waar ze was. Ze wist niet zeker waardoor ze met haar voeten aan de grond gelijmd stond: de gedachte aan rennen in de hitte of de behoefte te weten wat er gaande was. Zelfs Gabriels besluit om een dagje te gaan fietsen was ongebruikelijk. Hij had sinds Charlie Ingram niet meer op de fiets gezeten, dus waarom vandaag ineens wel?

Ze stapte de auto weer in en reed langzaam naar huis. Zachtjes liet ze zichzelf binnen en spitste haar oren. Er was niets te horen, wat betekende dat Laure al buiten was. Ze liep naar boven en keek uit het raam. Laures zonnehoed hing aan de boom bij de ingang van de ommuurde tuin. Ze zou haar gaan vertellen dat ze had besloten toch niet naar Londen te gaan.

Ze verruilde haar jurk voor een short en een T-shirt. De grond glinsterde in de warme zon terwijl ze over het pad liep. De stilte was tastbaar, alsof geen levend wezen de energie had om te bewegen. Toen ze langs de schuur liep, hoorde ze een geluid. Even dacht ze dat het Joseph moest zijn die pauze nam, dus liep ze naar de deur om gedag te zeggen. Ze stond op het punt de deur open te doen toen ze gekreun hoorde. Ze wachtte. Was Joseph ziek, had hij misschien hetzelfde virus opgelopen als Esme? Er klonken meer geluiden, en toen ze besefte waar ze naar stond te luisteren zette ze met gloeiende wangen een stap achteruit. Hoe had ze zo stom kunnen zijn? Esme had het natuurlijk allemaal zo bedacht om seks te kunnen hebben met Joseph. Alle signalen waren aanwezig geweest: het aandringen dat Iris zonder haar naar Londen zou gaan en Laure zou meenemen; haar mededeling dat Hugh vandaag weg zou zijn. Er trok een vlaag van woede door Iris heen. Het liefst zou ze de deur open willen gooien en tegen hen tekeergaan, ze te schande maken. Maar ze kon zichzelf er niet toe brengen.

Terwijl ze nog een paar stappen achteruit zette, realiseerde ze zich twee dingen. Ten eerste dat ze Esme's auto niet geparkeerd had zien staan, ten tweede dat Esme niet kon weten dat Gabriel vandaag weg was. Op dat moment klonken er herhaaldelijk woorden vanuit de schuur – woorden van hartstocht, van verlangen, van passie – en niet in het Engels maar in het Frans.

# 30

Gabriel zette zijn fiets in de garage en liep het huis binnen. Dit was de beste dag geweest die hij in lange tijd had gehad.

Het zonlicht dat vanochtend zo mooi door het raam had geschenen, had hem verleid om weer eens de fiets te pakken – plus het onaantrekkelijke vooruitzicht de dag anders met Joseph te moeten doorbrengen en oppas te spelen voor Laure, die had besloten zich ook aan het tuinieren te wagen. Zijn uitstapje had hem de ruimte gegeven om na te denken. Hij had nog steeds niet gereageerd op het verzoek van Maggies rouwcoach. Ergens hoopte hij dat het probleem vanzelf zou verdwijnen. Maar dat was natuurlijk niet zo, en hij kon zijn antwoord niet oneindig blijven uitstellen. Dat was niet eerlijk tegenover Maggie en hij had immers al bedacht wat hij zou zeggen. Toen hij was gestopt voor een biertje en een broodje had hij zijn telefoon gepakt en gebeld.

Op de terugweg naar huis was hij langs de praktijk gegaan om te praten over extra verlof. Hij had zijn partners naar waarheid verteld dat hij het nog niet zag zitten om over twee weken weer te gaan werken. Tot zijn opluchting hadden ze dat ook niet van hem verwacht. Ze hadden hem er fijntjes op gewezen dat hij degene was die bij hoog en bij laag had beweerd dat twee maanden genoeg moesten zijn.

Hij trof Iris in de keuken aan, waar ze in een pan stond te roeren.

'Heb je een goeie dag gehad?' vroeg hij terwijl hij zijn handen waste boven de gootsteen.

'Niet echt.'

Hij schudde het water van zijn handen en pakte de handdoek.

'O, wat is er gebeurd?'

'Esme was ziek, dus ben ik in mijn eentje naar Londen gegaan.' Haar stem klonk afgemeten.

'Je had Laure kunnen vragen om mee te gaan.'

'Dat heb ik gedaan. Maar ze wilde hier blijven om een echtscheidingsadvocaat te regelen.'

Gabriel keek haar aan, blij dat er een reden was voor haar bedrukte stemming. 'Misschien komt het niet van een scheiding.'

'Het kan me eerlijk gezegd niet schelen.'

Gabriel fronste. 'Dat meen je toch niet?'

'Jawel. Laure en Pierre hebben al te veel van onze tijd en energie gevraagd.'

Het was niets voor Iris om zo chagrijnig te zijn. Hij probeerde iets te bedenken om haar op te beuren. 'Ik heb de rouwcoach van Maggie Ingram gebeld. Zij neemt contact op met Maggie en regelt een datum voor onze ontmoeting.'

Ze draaide zich om bij het fornuis en schudde haar hoofd, alsof ze teleurgesteld in hem was. 'Ik vind het ongelooflijk dat je er zo lang over hebt gedaan om de juiste keuze te maken.' Ze haalde de pollepel uit de pan en gooide hem in de gootsteen. 'Nou, ik ga in bad. Tot straks.'

Gabriel staarde haar na. Er was iets gebeurd en hij vermoedde dat het met Laure te maken had. Er verscheen een rimpel in zijn voorhoofd. Ze was gewoon veel te lang gebleven. Plotseling was hij kwaad dat ze misbruik maakte van hun vriendschap en dat ze het zover had laten komen dat ze haar nu moesten vragen om te vertrekken. Maar hij zou niet toelaten dat Laure Iris zo van streek maakte. Als Iris geen actie zou ondernemen... nou, dan deed hij het, verdomme.

# 31

Iris stond in de slaapkamer om zich klaar te maken om naar Esme te gaan toen ze uit het raam keek en Laure en Joseph over het pad in de tuin zag lopen, een paar meter achter Gabriel. Terwijl ze keek vertraagde Laure haar pas, wierp een snelle blik op Gabriel, greep Joseph vast en zoende hem vol op de mond zonder dat Gabriel het merkte.

Ze wendde zich af en voelde weer die akelige gêne die ze nu telkens ervoer als ze Joseph zag. Hoe had ze zo stom kunnen zijn om te denken dat hij naar háár achter het raam keek? Hij had naar Laure gekeken, wist ze nu. Hun slaapkamers lagen naast elkaar. De ochtend dat ze Laures slaapkamer was binnengelopen om te vragen of ze meeging naar Londen en haar nagenoeg naakt had aangetroffen, had Laure, vermoedde ze nu, voor hem achter haar raam lopen paraderen.

Er was een week verstreken sinds ze Laure en Joseph in de schuur bezig had gehoord, en als ze hen vanachter het raam zag, was zo duidelijk aan Laures gedrag te zien dat ze iets met elkaar hadden dat Iris bijna niet kon geloven dat Gabriel er niets van had gemerkt. Ze hoorde hem het huis binnenkomen. Misschien was het tijd om hem op de hoogte te brengen.

Ze liep naar beneden en trof hem met zijn hoofd in de koelkast aan.

'Heb je trek?' vroeg ze.

Hij schrok van haar stem. 'Ik moet even iets eten waarmee ik het volhoud tot de lunch,' zei hij terwijl hij zich met een schuldbewuste glimlach naar haar toe draaide.

Ze wurmde zich langs hem heen en haalde een in folie gewikkeld pakketje tevoorschijn. 'Een stuk pastei met varkensvlees, is dat goed?'

'Perfect.' Hij pakte het uit met het enthousiasme van een kind dat een verjaarscadeautje openmaakt.

Ze wachtte tot hij een paar happen had genomen.

'Ik denk dat Laure en Joseph iets met elkaar hebben.'

Gabriel stopte met kauwen en slikte snel. 'Zei je nou wat ik dacht dat je zei?' Iris knikte. 'Maar… hoe kan ze zo gauw over Pierre heen zijn?'

'Dat weet ik niet. Misschien denkt ze niet goed na, misschien probeert ze zich beter te voelen door het met Joseph aan te leggen.'

Gabriel krabde op zijn hoofd. 'Weet je het zeker – dat ze iets hebben samen? Ik breng een groot deel van de dag met ze door en ik heb niets gemerkt.'

'Ik heb ze een paar keer gezien,' zei ze. 'Vanachter het raam. Als ze dachten dat er niemand keek.'

'Hoelang is het al gaande?'

'Ik kwam er ongeveer een week geleden achter. Maar ik ga ervan uit dat het al eerder is begonnen.'

Ze wilde Gabriel niet vertellen dat ze had gehoord dat Laure en Joseph seks hadden. Ze was die dag snel weer weggegaan, had uren in een café in Markham gezeten en was om vijf uur terug naar huis gegaan. Iedereen had aangenomen dat ze in Londen was geweest, zelfs Esme – Iris had wat foto's van meubels en stoffen van websites geplukt en haar toegestuurd –, en ze had geen reden gehad om hen uit de droom te helpen.

Vooralsnog wilde ze niet dat Laure wist dat zij wist van haar relatie met Joseph. Ze wilde nagaan of ze het haar zelf zou vertellen. Dat was Laure haar toch op z'n minst verschuldigd.

Gabriel legde de rest van zijn pastei terug in de folie. Hij had geen trek meer. 'En wat doen we nu?'

'We kunnen niets doen,' zei ze geïrriteerd. 'Het zijn twee volwassen mensen, Gabriel.'

Hij fronste. 'Het voelt niet goed. Pierre...'

'Heeft geen recht van spreken.'

'Dat is waar. Als het tenminste waar is, van die dochter.'

Hij wierp een blik op de tuin. 'Ik heb nu geen zin meer om terug te gaan. Denk je dat Hugh en Esme het weten?'

'Ik heb geen idee.'

'Moeten we het hun vertellen?'

'We hebben er feitelijk niets mee te maken.'

Hij haalde de pastei weer uit de folie en nam een halfslachtige hap. 'Denk je dat het al gaande was voordat ze naar Parijs ging? Misschien dat ze daarom niet lang op Pierre heeft gewacht, omdat ze al iets met Joseph had.'

Iris vulde de waterkoker. 'Ik weet het niet. Ze was er kapot van dat Pierre niet was komen opdagen.'

'Maar ze was niet van streek toen ze terug was, alleen toen ze jou belde vanuit Parijs. En zei je niet dat ze had gewinkeld voor ze op de trein stapte? Dat vond je vreemd.'

Ze draaide zich naar hem om. 'Wat zeg je nu eigenlijk?'

'Dat ze misschien deed alsof ze van streek was toen ze je belde. Misschien had ze Pierre wél gesproken, misschien had ze hem wel verteld dat hun huwelijk voorbij was omdat ze op dat moment al iets met Joseph had.'

'Wauw.' Ze dacht er even over na. 'Dat zou haar bizarre gedrag van die dag wel verklaren, én haar besluit om niet een nachtje in Parijs te blijven. Ik vond het raar dat ze meteen terugkwam voordat ze wist hoe het zat met Pierre. Het zou helpen als we Pierre konden bereiken, als we zijn kant van het verhaal konden horen. Maar dat gaat niet gebeuren, hè?'

'Pas als hij aan het eind van de maand terugkeert naar Parijs.' Gabriel zweeg even. 'Wat doe jij de rest van de dag? Heb je zin om uit lunchen te gaan, alleen wij tweeën? Om er even uit te zijn.'

'Op zich graag, maar mag het een andere keer? Ik heb met Esme afgesproken.'

'Natuurlijk. Hoe gaat het met haar?'

'Ze verveelt zich stierlijk.'

'Dat kan ik me voorstellen. Het is voor iemand als Esme vast niet gemakkelijk om aan bed gekluisterd te zijn.'

Esme had haar op de dag nadat ze naar Londen zouden zijn gegaan gebeld om te bekennen dat ze geen virusje had gehad, maar vroegtijdige weeën. Ze had die ochtend de verloskundige gebeld, die in het dorp woonde, en die had Esme gevraagd om langs te komen. Naar haar was ze onderweg geweest toen Iris haar het huis had zien verlaten.

'Het spijt me, ik had je de waarheid moeten vertellen,' had Esme gezegd. 'Maar ik wilde niet dat je je zorgen zou maken. Het was nogal een wake-upcall. De baby hoort pas over zeven weken geboren te worden.'

'Wat zei de verloskundige?'

'Ze heeft een echo laten maken en alles is in orde, maar ik moet rust houden. Ik mag niet weg, dus ik lig de hele dag op de bank. Het is frustrerend, want er is nog zoveel te doen. De rest van het huis kan wel wachten, maar ik zou me beter voelen als de babykamer klaar zou zijn.' Ze zweeg even. 'Denk je dat je hiernaartoe kunt komen met wat gordijnstalen? Dan kan ik ze laten maken.'

'Natuurlijk. Ik kom vanmiddag meteen even.'

Sindsdien was ze bijna elke dag bij Esme geweest. Ze vond het fijn haar vriendin te zien en Hugh te ontlasten, want Esme mocht helemaal niets doen. 's Morgens liep ze rustig van haar bed naar de bank in de keuken, maar verder mocht ze niet lopen.

Iris had het met Esme niet over Laure en Joseph gehad, want ze wachtte tot Esme erover zou beginnen. Als zij en Joseph zo close waren als ze leken te zijn, zou hij haar toch wel over zijn relatie met Laure hebben verteld? Tenzij hij niet wilde dat ze het wist. Ze had het geprobeerd, maar ze kon het beeld van zijn hoofd op Esme's buik niet van zich afzetten – de intimiteit die het had uitgestraald. Er waren vast niet veel zwangere vrouwen die zo'n gebaar van een man zouden toestaan, of zelfs aanmoedigen, als hij alleen maar een vriend was. Dus als Joseph meer was dan dat, verdiende Esme het dan niet om te weten dat hij iets had met Laure?

Ze bleef zo veel mogelijk in de schaduw terwijl ze door het dorp liep. Esme's voordeur stond open, maar Iris klopte toch aan.

'Kom binnen!'

Ze liep naar de keuken en trof Esme daar aan op de bank.

'Goed om te zien dat je ligt te rusten. Hoe gaat het met je?'

'Ik verveel me dood. Maar verder gaat het goed.'

'Dat is fijn om te horen. Zal ik wat te drinken voor je maken?'

'Ik heb zin in koffie, een echte espresso. Er staat zo'n Italiaans ding in dat kastje daar.'

Iris haalde de percolator tevoorschijn.

'Hoe gaat het met Laure?' vroeg Esme.

'Heel goed. De laatste tijd komt ze veel gelukkiger over.'

'Mooi zo. Heeft ze echt besloten om definitief bij Pierre weg te gaan?'

'Ik denk het wel.'

'Dat zal wel moeilijk zijn voor jou en Gabriel.'

'Ja.' Ze zweeg een ogenblik. 'Ik kan het Laure niet kwalijk nemen dat ze verder wil met haar leven, hoewel ik me afvraag of ze er zoveel vaart achter zou zetten als ze Joseph niet had leren kennen.' Toen ze Esme zag fronsen, ging ze snel verder. 'Ze praat veel met hem, vraagt hem vaak om advies.'

Esme's frons verdween. 'Ik dacht even dat je suggereerde dat ze samen iets hadden.'

De koffie was klaar en Iris liep ermee naar Esme. 'Zou je daar bezwaar tegen hebben?'

'Ja.'

'Waarom?' vroeg ze terwijl ze de koffie op de salontafel zette. 'Ik bedoel, ze zijn allebei volwassen.'

'Dat is zo. Maar Laure moet geen verhouding met Joseph beginnen.'

'Waarom niet? Sorry, ik ben gewoon nieuwsgierig.'

'Omdat het niet goed voor haar zou zijn.' Esme pakte haar espresso en nam een slokje. 'Precies wat ik nodig had, dank je, Iris. Zeg eens, hoe gaat het met Gabriel? Weet hij al of hij Charlies moeder wil ontmoeten?'

Iris, die merkte dat Esme wel erg snel op een ander onderwerp overging, maskeerde haar ongemak met een glimlach en bracht haar op de hoogte van Gabriels besluit. Voor het eerst voelde ze zich opgelaten in het gezelschap van Esme, en toen ze een uur later naar huis liep, wist ze niet goed of dat kwam doordat ze niet eerlijk tegen haar was geweest over Laure en Joseph, of doordat Esme's woorden – *omdat het niet goed voor haar zou zijn* – als een dreigement hadden geklonken.

# 32

Gabriel zou bijna willen dat Iris het hem niet had verteld. Eerst dacht hij dat ze het zich misschien had verbeeld, want Laure had veel tijd in de tuin doorgebracht en hij had niets gezien wat erop wees dat zij en Joseph meer dan vrienden waren. Maar nu hij het wist waren de signalen er wel degelijk.

Wat hem nog het meest ongemakkelijk toescheen was dat de relatie van één kant leek te komen, met Laure die Joseph verlangende blikken toewierp, of zich verleidelijk over haar spade boog voordat ze hem riep om haar ergens mee te helpen. Zij dacht blijkbaar dat Gabriel zowel blind als doof was, maar Joseph was meer op zijn hoede. De afgelopen week had Gabriel een paar keer gezien dat hij afstand schiep tussen hemzelf en Laure als ze te dichtbij kwam en dat hij haar van zich af schudde wanneer ze haar armen om hem heen sloeg. En eerder vandaag had hij Joseph tegen haar horen zeggen dat ze hem met rust moest laten. Hij begreep het wel. Joseph was een knappe kerel die het soort charisma bezat dat vrouwen enorm aantrekkelijk leken te vinden. Wat hem voor Laure nog onweerstaanbaarder maakte, dacht Gabriel, was dat Joseph niet zo hevig in haar geïnteresseerd was als zij in hem. Hij vond het idee dat Joseph Laure gebruikte niet prettig. Ze was momenteel kwetsbaar. Joseph kon elk moment een einde aan hun affaire maken zonder stil te staan bij de uitwerking die dat op haar zou hebben.

Al was hij Laure nog zo beu – ze was hier nu al twee maanden, in godsnaam –, Iris en hij hadden de plicht om haar te beschermen. En als iemand Laure tegen Joseph kon beschermen, was het Pierre. Als hij hem zou vertellen dat Laure haar leven weer had opgepakt, dacht Gabriel, zou hij misschien wel actie ondernemen. Juli was bijna ten einde en Pierre zou dit weekend terugkeren naar Parijs om zich klaar te maken voor zijn werkdag op maandag. De timing was perfect.

Hij pakte zijn telefoon en stuurde Pierre een bericht, waarin hij hem vertelde dat Laure iemand anders had ontmoet en dat hij haar voorgoed zou verliezen als hij niet hiernaartoe zou komen om de puinhoop die hij ervan had gemaakt op te ruimen.

Gabriel keek uit het raam naar de wolken die zich samenpakten. Er werd vanavond een zware storm verwacht. Misschien was het een voorteken.

# 33

Iris keek naar haar computerscherm. Ze had eindelijk de moed gevat om Samantha Everett te mailen met de vraag of ze al had besloten welke interieurontwerper ze wilde inhuren voor haar herenhuis. Ze klikte op 'verzenden' en ging achterover zitten. Ze kon nu alleen maar afwachten.

Het weer was eindelijk omgeslagen. De storm van gisteravond had de verstikkende hitte van de afgelopen weken verdreven. Ze was blij met de plotselinge temperatuurdaling. Het was negen uur in de ochtend en de regenwolken hingen laag aan de hemel. Er werd nog een storm voorspeld voor vanavond, heviger dan de vorige.

Ze had Esme sinds donderdag niet meer gezien en ze wist niet of ze vandaag wel naar haar toe wilde. Esme's reactie toen ze erop had gezinspeeld dat Laure en Joseph misschien wel iets met elkaar hadden, had haar bange vermoeden dat zij en Joseph meer dan vrienden waren weer doen oplaaien. De eerste keer dat ze bij hen hadden gegeten, herinnerde Iris zich, had Esme een hand op haar buik gelegd toen ze zei dat Joseph alle reden had om niet meer aan de drank te gaan. Dat, gekoppeld aan Hughs grapje dat hij van huis was geweest rond de tijd dat de baby was verwekt, maakte dat ze zich afvroeg of Joseph de vader van de baby was.

Vanuit haar ooghoeken zag ze Joseph de schuur in lopen. Twee minuten later liep Laure het huis uit en volgde ze hem naar binnen. Ze droeg Iris' rubberlaarzen.

Haar telefoon ging. 'Iris? Met Samantha Everett.'

Iris' hart begon te bonzen. Dit kon het telefoontje zijn waar ze op wachtte. Het was goed dat ze had gemaild.

'Samantha, hoi. Ik hoop dat je het niet erg vindt dat ik mailde. Ik vroeg me af of je al een besluit hebt genomen.'

'Ja, dat heb ik. Heel jammer dat je je offerte niet kon aanpassen.'

'O, maar ik kan er heus nog wel een keer naar kijken.'

Er viel een verbaasde stilte. 'Ik denk dat er sprake is van een misverstand. Ik heb gezegd dat als je iets aan de offerte kon doen ik dat graag binnen een paar dagen wilde weten. En dat was een maand geleden.' Samantha zweeg even. 'Ik was er vrij duidelijk over.'

'Wanneer was dat?' Iris begon verwoed door haar e-mails te scrollen. 'Kun je me zeggen op welke datum dat was? Ik heb zo te zien geen e-mail ontvangen over een eventuele aanpassing van mijn offerte.'

'Het was geen e-mail. Ik heb je 's middags gebeld op – wacht, ik heb het genoteerd – op 29 juni. Ik heb een vriendin gesproken die op dat moment bij jullie logeerde. Ze zei dat je er niet was en vroeg of ze een boodschap kon doorgeven. Ik heb haar verteld dat ik je ontwerpen prachtig vond, maar dat ik je offerte graag met je wilde bespreken. Ik heb gevraagd of je me zo snel mogelijk terug kon bellen als je bereid was je offerte aan te passen. Toen ik niets meer van je hoorde, nam ik aan dat je niet meer geïnteresseerd was.'

'Maar… ik heb die boodschap niet doorgekregen. Mijn vriendin… Ze heeft me niet verteld dat je had gebeld. Ik wachtte dus steeds en vroeg me al af waarom ik nog niets van je had gehoord.' Iris wist dat ze ratelde, maar ze kon niet stoppen. 'Ik kan het niet geloven... Ik... Ik weet niet wat ik moet zeggen. Ik vind het heel vervelend dat je dacht dat ik niet geïnteresseerd was. Ik zou dolgraag aan je herenhuis werken, ik was er enorm enthousiast over.' Ze zweeg en drong haar tranen terug. 'Het zal nu wel te laat zijn.'

'Ja, ik vrees van wel. Het spijt me, ik vind het heel naar dat het zo is gelopen.'

'Nee, jij kunt er niets aan doen. Misschien – ik heb geen idee – als je iemand kent die een interieurontwerper nodig heeft, kun je die dan met mij in contact brengen?'

'Ja, natuurlijk. Het spijt me echt heel erg. Mocht het een troost zijn: ik was zeer teleurgesteld toen je me niet terugbelde.'

'Dat is goed om te horen, dank je. Nou, succes met alles. Je huis wordt vast prachtig.' Iris wist amper wat ze zei.

'Ik hoop het. Dag Iris, misschien dat onze paden elkaar in de toekomst nog eens kruisen.'

Iris verbrak de verbinding en barstte in tranen uit met de telefoon nog in haar hand.

# 34

Gabriel zocht Iris op in haar kantoor.

'Ik denk dat ik vandaag weer een eind ga fietsen en onderweg in een pub ga lunchen, net als de vorige keer.'

'Oké.'

'Is alles in orde?' vroeg hij, verbaasd door haar starende blik in de verte, alsof ze nauwelijks in de gaten had dat hij er was.

'Ik heb Samantha Everett gemaild.'

'Goed zo. Dan kom je tenminste te weten waar je staat.'

'Dat weet ik al. Ze heeft gebeld.'

'O.' Hij ging op de rand van haar bureau zitten. 'Wat zei ze?'

'Dat ik de opdracht zou hebben gekregen als ik mijn offerte had kunnen aanpassen.'

'Kon dat dan niet?'

'Jawel, ik zou het hebben gedaan als ik de kans had gehad.' Ze keek hem aan. 'Ze heeft op 29 juni gebeld. Laure heeft haar telefoontje op mijn toestel beantwoord en Samantha heeft het uitgelegd en haar verzocht mij te vragen of ik haar zo snel mogelijk wilde bellen. Ik heb die boodschap nooit doorgekregen.' Haar stem werd luider. 'Een maand geleden, Gabriel. Samantha heeft een máánd geleden gebeld en Laure heeft het niet gezegd. En dus is de opdracht naar een ander gegaan.'

'Wat?! O god, wat erg, Iris. Laure... Ik neem aan dat ze het gewoon vergeten is?'

'Waarschijnlijk.'

'Wat ga je nu doen?'

'Er valt niet veel te doen. Het is te laat.'

'Ja, maar Laure... Ze mag hier niet zomaar mee wegkomen. Je gaat toch wel iets tegen haar zeggen?'

Iris haalde haar schouders op. 'Wat heeft dat voor zin? Ze is het vergeten omdat ze op dat moment veel aan haar hoofd had. Ze zou zich alleen maar schuldig voelen.'

'En terecht,' zei Gabriel verontwaardigd. 'Ze heeft een opdracht aan jouw neus voorbij laten gaan, Iris, een opdracht die je heel graag wilde hebben. Je hebt er heel veel moeite in gestoken, inclusief twee bezoeken aan Samantha Everett.'

'Ik weet het.'

'Wil je dat ik er iets over zeg tegen haar?'

'Nee, maar dank je voor het aanbod.'

'Ik vind dat ze het moet weten.'

'Misschien wel, maar nu niet. Ik heb behoefte aan een rustig dagje. Als je het haar vertelt, voelt ze zich er rot over en blijft ze om me heen hangen om zich steeds weer te verontschuldigen.'

'Ga anders met mij mee,' zei hij op dringende toon. 'We hoeven niet op de fiets te gaan, we kunnen ook de auto nemen en naar de kust rijden.'

'Het gaat echt wel.'

'Dan blijf ik hier, ik hoef niet per se weg.'

Iris glimlachte. 'Ga lekker fietsen, Gabriel. Ik ruim hier een beetje op en daarna neem ik een heerlijk lang bad. Ik zie je later.'

'Als je het zeker weet. Maar ik vind nog steeds dat Laure het moet weten,' voegde hij er met een boze frons aan toe. 'En het zou een goed excuus zijn om van haar af te komen, om haar te vertellen dat het tijd is om te vertrekken. Voor zover ik er iets van meekrijg, heeft zelfs Joseph genoeg van haar. Pierre komt dit weekend terug naar Parijs en ze hebben het nodige te bespreken.'

Iris knikte. 'Oké, we gaan vanavond met haar praten.'

'Beloofd? Ze heeft genoeg inbreuk gemaakt op ons leven, Iris.'

'Beloofd.'

Hij vertrok. Zijn verlangen om Laure te gaan vertellen dat ze de boel had verprutst was zo sterk dat hij, als Iris hem niet had gadegeslagen, rechtstreeks naar de ommuurde tuin zou zijn gelopen in plaats van naar het huis. Hij vond het niet prettig om Iris alleen te laten, maar hij kende haar goed. Als zij zei dat ze geen behoefte aan gezelschap had, dan hád ze geen behoefte aan gezelschap. Het ergerde hem dat zij nu de hele dag zou inzitten over haar gemiste kans, terwijl Laure de dag zou doorbrengen met Joseph, zich niet bewust van de schade die ze had aangericht. Er sloop een nare gedachte in zijn hoofd: dat Laure misschien wel expres had verzwegen dat Samantha had gebeld.

De wegen waren nog nat van de regen van gisteravond, en terwijl hij fietste, zijn benen al bespat met modder uit de plassen waar hij doorheen reed, dwaalden zijn gedachten af naar Pierre. Hij had geen reactie gekregen op zijn appje dat Laure iemand anders had ontmoet en toen hij op zijn telefoon had gekeken, was er alleen maar een grijs vinkje: Pierre had het berichtje niet gelezen en dus zijn telefoon uitgezet. Hij begon harder te trappen, leefde zijn frustratie uit op zijn fiets, nu denkend aan Maggie en zijn ontmoeting met haar, die dinsdag zou plaatsvinden. Sinds Maggies rouwcoach hem een datum en tijdstip had doorgegeven hing het vooruitzicht als een donkere wolk boven zijn hoofd. Het was wel fijn dat hij het zo had kunnen regelen dat Maggie bij hem thuis zou komen en dat hij niet naar het kantoor van de rouwcoach hoefde te gaan. Daar had de rouwcoach mee ingestemd omdat Maggie en hij elkaar van vroeger kenden en omdat Maggie er geen problemen mee had. Hij hoopte dat hij, als het eenmaal voorbij was, eindelijk zou kunnen terugkeren naar zijn oude leven.

# 35

Het geluid van luide stemmen dreef Iris van de badkamer naar het raam van de slaapkamer. Vanachter het gordijn zag ze Laure en Joseph beneden op het terras. Ze stonden tegenover elkaar, maar op een afstandje, alsof Laure een stap achteruit had gezet.

'Ik kan het niet.' Laures stem zweefde door het open raam.

'Je zult wel moeten,' zei Joseph, die haar arm vastgreep.

'Nee.' Ze maakte zich los. 'Niet nu. Ik ga hardlopen.'

'Laure!' Maar Laure rende al in de richting van het hek.

Joseph keek haar na en haalde toen zijn telefoon uit zijn zak. Hij stond met zijn rug naar Iris toe, maar ze zag dat hij zijn hoofd over het scherm boog. Het volgende moment begon hij te rennen en verdween hij rond de zijkant van het huis. Geïntrigeerd haastte Iris zich naar de slaapkamer aan de voorkant, waarvandaan ze hem door het hek zag wegsnellen.

Ze had Laure niet meer gezien sinds lunchtijd, toen ze Iris was komen vragen of ze met haar en Joseph samen een broodje wilde eten. Inwendig huiverend bij de gedachte had ze haar met een glimlach bedankt en gezegd dat ze geen trek had. Ze zag Laure nauwelijks op de dagen dat Joseph hier kwam werken, want dan bracht ze al haar tijd in de tuin door. Iris had geen idee of ze zich werkelijk nuttig maakte.

'Wat dacht je van een hardlooprondje vanmiddag?' had Laure gevraagd. Misschien vond ze dat ze haar had verwaarloosd nu ze zoveel tijd met Joseph doorbracht.

'Dank je, maar ik moet nog wat opruimen en daarna ga ik in bad,' had ze geantwoord.

Ze was in de verleiding gekomen om te zeggen dat ze op een telefoontje van Samantha Everett wachtte, om te kijken of Laure iets te binnen zou schieten. Maar wat had dat voor zin? Er was niets meer aan te doen.

'Oké.' Laure leek het niet erg te hebben gevonden, en Iris had bedacht hoeveel er sinds haar komst was veranderd.

'Pierre komt dit weekend terug naar Parijs. Heb je plannen om met hem te gaan praten?'

'Voorlopig niet. Ik wacht eerst tot hij contact met mij opneemt.'

Terwijl Iris nu over de overloop terug naar hun slaapkamer liep, ging haar telefoon. Het was Gabriel.

'Ik wilde even vragen hoe het met je gaat,' zei hij.

'Dat is lief van je. Het gaat goed. Ik sta op het punt om in bad te gaan.'

'Oké. Heb je Laure al gesproken?'

'Ja.'

'En?'

'Ik heb het niet over Samantha Everett gehad, als je dat bedoelt.' Ze zweeg even. 'Ik geloof dat ze ruzie met Joseph heeft gehad.'

'Echt? Dat klinkt niet best. Ik hoop dat we niet nog meer scherven zullen moeten oprapen. Ik heb hem al eens horen zeggen dat ze hem met rust moest laten.'

'Ze hoort bij Pierre, niet bij Joseph. Ik heb haar gevraagd of ze van plan was om hem te gaan opzoeken, nu hij dit weekend terug zal zijn in Parijs. Ze zei van niet. Soms vraag ik me af of ze voorgoed bij ons zal blijven.'

'Geen sprake van,' zei Gabriel, zo fel dat Iris zich zijn misnoegde gezicht kon voorstellen. 'Dat ze heeft vergeten jou over Samantha te vertellen is de druppel. We kunnen niet langer op onze tenen blijven lopen.'

'En jij?' vroeg Iris haastig. 'Hoe is jouw dag?'

'Niet slecht. Maar ik had me beter tot de wat grotere wegen kunnen beperken, want de kleinere weggetjes en paden zijn een ramp na de storm van gisteravond. Overal liggen afgebroken takken. Hoe dan ook, ik ben onderweg naar huis.'

Hij zweeg even. 'Waar is Laure nu?'

'Ze is gaan hardlopen. Waarschijnlijk in de richting van de groeve, aangezien ik niet mee ben.'

'Dan kun je in elk geval rustig badderen.'

'Inderdaad.'

Iris lag nog in bad toen Gabriel een uur later thuiskwam.

'Is Laure al terug?' vroeg ze.

Hij liet water in de gootsteen stromen en boog voorover om uit zijn handen te drinken. 'Ik heb haar niet gezien toen ik binnenkwam.'

'En Joseph?'

Gabriel kwam weer overeind. 'Die zal nog wel in de tuin zijn. Het is vijf uur, hij heeft nog een uur te gaan.'

'Ik dacht dat ik hem achter Laure aan zag gaan.'

'Ik ga wel even kijken als ik heb gedoucht. Zal ik de andere badkamer gebruiken?'

'Nee, het water is koud, ik kom eruit.'

Hij stak zijn hand in het badwater. 'Het is ijskoud. Geen wonder dat je kippenvel hebt.'

Ze stond op, waardoor het water tegen de rand klotste, en

stapte uit het bad. Gabriel gaf haar een handdoek.

'Bedankt. Vertel: waar ben je vandaag geweest?'

'Ik ben naar Faradale gefietst.'

'Zo ver? Heb je daar geluncht?'

'Nee, daar had ik geen zin in. Ik had een broodje bij me.'

Iris verruilde de handdoek voor haar ochtendjas. 'Oké. Nou, ik ga me aankleden en dan schenk ik mezelf een glas wijn in. Wil jij ook?'

'Ja, na mijn douche. Ik zal mijn kleren meteen in de wasmachine doen, er was zoveel modder op de weg dat ze erg smerig zijn.'

'Goed. Ik zie je in de tuin. Het is lekker buiten.'

'De stilte voor de volgende storm.'

Iris glimlachte. 'Laten we er dan maar het beste van maken.'

# 36

'Laure neemt haar telefoon niet op,' zei Iris, in de hoop dat het zou leiden tot een gesprek met Gabriel. 'Vind je dat ik Esme moet bellen?'

Het eten was al sinds zeven uur klaar, maar Iris had erop gestaan dat ze op Laure zouden wachten. Er was taal noch teken van haar geweest sinds ze was gaan hardlopen.

Ze wist niet zeker of Gabriel zo chagrijnig was omdat Joseph vanmiddag niet was teruggekomen om te werken, of dat zijn afspraak met Maggie Ingram, die dinsdag zou plaatsvinden, hem door het hoofd spookte. Hij had amper een woord gezegd nadat hij had gedoucht.

Hij pakte zijn glas wijn. 'Waarom zou je Esme bellen?'

'Om te vragen of ze Laure heeft gezien.'

'Weet zij af van Laure en Joseph?'

'Nee, volgens mij niet.'

'Pas dan wel op je woorden als je haar belt.'

Maar ook Esme nam haar telefoon niet op.

'Ze zullen daar wel gezellig zitten eten zonder hun telefoon te horen,' zei Iris, een tikje wrevelig. 'Laure had het me op z'n minst kunnen laten weten.' Het bleef een moment stil. 'Probeer jij Hugh anders even.'

'Als Esme niet opneemt, zal Hugh ook wel niet bereikbaar zijn.'

'Alsjeblieft, Gabriel. Ik wil alleen weten of Laure daar inderdaad is.'

Hij onderdrukte een zucht, haalde zijn telefoon tevoorschijn en belde Hugh.

'Je hebt gelijk, ze zullen wel aan het eten zijn,' zei hij toen Hugh niet opnam.

'Hoe komt ze in vredesnaam thuis? Het regent dat het giet!'

'Hugh brengt haar vast wel even. Of misschien kan ze bij Joseph blijven slapen,' voegde hij eraan toe. 'Zullen we nou maar gaan eten?'

Ze aten hun maaltijd zonder veel te zeggen. Het enige moment waarop Gabriel met iets van enthousiasme reageerde, was toen Iris over Beth begon. Maar ze was zelf ook maar half bij het gesprek, en na nog een paar belpogingen naar zowel Laure als Esme kon ze de onzekerheid niet meer verdragen.

'Gabriel, zou jij Joseph willen bellen?'

Hij fronste. 'Liever niet, nee.'

'Alsjeblieft. Ik bedoel, we nemen aan dat Laure bij hem is. Maar we zijn er toch niet zeker van?'

'Waar zou ze anders moeten zijn?'

'Ik weet het niet. Het is modderig. Stel dat ze over de velden is gaan hardlopen? Dan kan ze zijn uitgegleden en gewond zijn geraakt.'

'Goed dan. Maar als ze inderdaad bij hem is, zal het voor iedereen ongemakkelijk zijn.'

'Zet hem maar op de luidspreker, dan kan ik ook horen wat hij zegt.'

Tot haar verbazing nam Joseph meteen op.

'Joseph, met Gabriel. Even een korte vraag. We proberen Esme en Hugh al een tijdje te pakken te krijgen. Ben jij toevallig bij hen?'

'Nee, ze zijn gaan eten in The Watershed.'

'Weet je of Laure met hen mee is? We proberen haar ook te bereiken, maar ze neemt niet op.'

'Nee, volgens mij niet.'

'Hebben ze misschien nog gezegd dat ze haar hebben gezien, dat ze langs is geweest of zo?'

'Nee. Maar ik wil het ze straks wel vragen. Ik denk dat ze snel thuis zullen zijn.'

'Dat zou fijn zijn, dank je.' Hij zweeg. 'Heb jij haar zelf toevallig nog gezien?'

'Laure? Nee, niet na vanmiddag bij jullie thuis.'

'Oké, dank je.'

Gabriel hing op. 'Nou, dat verklaart waarom Esme en Hugh niet opnamen. Ze zitten te eten in The Watershed. Laure zal wel bij hen zijn.'

'Daar ben ik niet zo zeker van. Ik kan me niet voorstellen dat ze ergens anders is gaan eten zonder ons op de hoogte te stellen.' Iris zweeg even. 'En het verbaast me ook dat Esme het huis uit is terwijl de dokter heeft gezegd dat ze moet rusten.'

'Maak je nou niet zo bezorgd over alles. Joseph zei dat hij het Esme en Hugh zal vragen zodra ze terug zijn.'

'Dat kan nog wel een tijdje duren. Misschien moet ik naar de pub lopen om te kijken of ze daar inderdaad is.'

'Als dat je geruststelt.'

Maar nog voor Iris de deur uit liep, belde Joseph terug.

Zijn stem klonk weer door de luidspreker. 'Ik ben naar The Watershed gelopen. Laure is daar niet.'

Iris pakte haar telefoon. 'Oké, dan bel ik de politie.'

'Bedankt voor de moeite,' zei Gabriel tegen Joseph.

'Hoorde ik Iris nou zeggen dat ze de politie gaat bellen?'

'Ja.'

'Waarom?'

'Omdat we Laure niet meer hebben gezien sinds ze vanmiddag is gaan hardlopen. We waren eerst niet ongerust omdat we dachten dat ze bij Esme en Hugh zou zijn – of bij jou.' Hij zweeg even om de woorden te laten doordringen. 'Maar toen ze niet voor het eten kwam opdagen,' ging hij verder, 'werden we toch wat bezorgd.'

'Dus niemand heeft haar gezien sinds ze haar hardlooprondje is gaan doen – en dat zal wel een uur of zes geleden zijn?'

'Ja.'

'Dan moet er iets zijn gebeurd.' Iris hoorde de ongerustheid in zijn stem. 'Ik ga haar zoeken. Weten jullie welke kant ze op is gegaan?'

'Ik ga mee,' zei Gabriel, alsof hij plotseling de ernst van de situatie inzag. 'Kom hiernaartoe, dan proberen we na te gaan welke route ze kan hebben genomen. Iris en zij nemen meestal het pad over de velden.'

'Ik ben er over tien minuten.'

Gabriel hing op. Hij was eerder misschien nog niet bezorgd, maar inmiddels wel.

# 37

Iris stond rillend met haar armen om haar lichaam geslagen bij het raam naar de storm te kijken. Ze had een knoop in haar maag. Gabriel en Joseph waren al een uur weg en ze had Gabriel om het kwartier gebeld om te checken of ze Laure hadden gevonden.

'Het is ondoenlijk!' had hij de laatste keer dat ze belde over het geraas van de wind en regen heen geschreeuwd. 'We zijn op de terugweg. We gaan weer verder als de wind gaat liggen!'

De politie was behulpzaam geweest toen ze belde dat Laure vermist werd, maar niet zo behulpzaam dat ze meteen een zoekactie waren gestart. Dat kwam misschien deels doordat ze vermoedden – nadat ze had verteld wie Laure was en waarom ze bij hen logeerde – dat Laure heel goed zou kunnen hebben besloten naar Parijs terug te gaan. Iris had gezegd dat Laure dat nooit zou doen zonder het hun te laten weten, maar ze leken daar niet van overtuigd.

Ze hoorde iets en drukte haar gezicht tegen het glas. Ze zag Gabriel, die zich, diep gebukt tegen de wind, over de oprit een weg naar het huis baande. Ze haastte zich naar de deur om open te doen. Gabriel kwam half strompelend binnen en ze sloeg de deur achter hem dicht.

'Kom, ik help je wel.' Ze trok zijn kletsnatte jasje van zijn schouders. Zijn haar zat op zijn voorhoofd geplakt en er druppelde water over zijn gezicht. 'Ik zal een handdoek voor je halen.'

'We zijn niet verder dan bovenaan de heuvel gekomen,' zei hij met hese stem. 'We hebben geroepen en geroepen, maar al was ze drie meter verderop geweest, dan betwijfel ik nog of ze het had gehoord. Het is niet te doen.' Hij boog voorover om zijn laarzen uit te trekken. 'Laat die handdoek maar zitten, ik ga wel onder de douche, ook om de kou uit mijn botten te verdrijven. Maar ik zou een moord doen voor iets warms te drinken.'

Terwijl Gabriel onder de douche stond, zette Iris thee. Even later zaten ze aan de keukentafel en at Gabriel van een rol biscuitjes.

'De politie zei iets,' vertelde Iris, 'wat mij onzin leek, maar nu vraag ik het me toch af. Ze zeiden dat Laure misschien wel had besloten om terug te gaan naar Parijs. Maar dat zou ze ons toch hebben laten weten?'

Gabriel fronste. 'Dat lijkt me wel.'

'Ze weet dat we ons ongerust om haar zouden maken als ze zomaar zou verdwijnen. En ze zou het Joseph toch ook hebben verteld als ze zou vertrekken?'

'Niet als ze ruzie hebben gehad. Misschien is ze wel naar aanleiding daarvan vertrokken.'

'Maar waar kan ze in dat geval anders naartoe zijn gegaan, als ze niet bij Esme en Hugh is? Ze kent hier verder niemand.'

'Misschien zit ze in een hotel.'

'Maar dan nog zou ze het ons laten weten.'

Gabriel verfrommelde de lege biscuitjesverpakking in zijn hand. 'Laten we maar proberen te gaan slapen. Zodra het licht is ga ik weer zoeken.'

'En als ze thuiskomt wanneer wij in bed liggen? Hoe weten we dat dan?'

Hij krabde op zijn hoofd. 'Ik blijf wel op. Ga jij maar slapen.'

'Weet je het zeker?'

'Ja, natuurlijk. En ik zal haar blijven bellen. Als ik iets hoor, maak ik je wakker.'

# 38

Slaapdronken duwde Iris de deur naar Laures slaapkamer open. Haar bed was nog leeg.

'Iris?' Gabriels stem kwam van beneden. Hij stond in de hal en wreef in zijn ogen. 'Is ze terug? Ik ben even ingedommeld.'

Ze liep naar het trapgat. 'Nee. Hoe laat is het?'

'Ik weet het niet. De laatste keer dat ik keek was het vier uur, en ik denk niet dat ik lang heb geslapen, dus misschien halfvijf? Ik kijk even.' Hij liep de zitkamer weer in. 'Het is kwart voor vijf!' riep hij. 'Het wordt al licht, ik ga haar zoeken.'

'Ik ga mee. Wacht even tot ik me heb aangekleed.'

Onder een waterig blauwe hemel liepen ze over de velden. De lucht was helemaal stil, alsof de wind zichzelf had uitgeput met al dat blazen en razen in de nacht. De storm had overal sporen nagelaten: er lagen twijgjes op de voetpaden en ze moesten een paar keer wat grote takken uit de weg slepen. Ze namen de route door de velden, maar een uur later – zo lang duurde het om dat traject in wandeltempo te lopen – hadden ze nog geen spoor van Laure gevonden.

'Misschien moeten we de groeve proberen,' zei Iris terwijl ze naar huis liepen.

Gabriel bleef abrupt staan. 'Waarom?'

'Ik weet het niet. Nou ja, zoals ik je wel heb verteld probeerde ze me altijd over te halen om daarheen te gaan.'

Hij streek met een hand door zijn haar. 'Het is verboden terrein. Bovendien...' Hij zweeg, maar Iris wist dat hij had willen zeggen dat hij er niet naartoe wilde.

'Het is al goed,' zei ze, en ze legde een hand op zijn arm. 'Ik ga wel.'

'Waarom laten we het niet over aan de politie?'

Ze trok geïrriteerd haar hand weg. 'Omdat het tegen de tijd dat ze daar in actie komen te laat kan zijn! Stel dat ze daar wél naartoe is gegaan en is gevallen en haar enkel heeft gebroken of zo? Stel dat ze daar de hele nacht in de stromende regen heeft gelegen?'

Ze zag dat Gabriel slikte. 'Je hebt gelijk. We gaan erheen.'

Zwijgend namen ze de route door het bos en daarna het pad naar de steengroeve. Ze riepen Laures naam en speurden het dichte geboomte af, dat als barrière tussen het pad en de rand van de groeve diende, voor het geval ze daar was gaan schuilen. Er droop water in hun nek terwijl ze de zware, natte takken opzijduwden. Op een gegeven moment werd de bebossing dunner en was de rand van de groeve nog maar een meter bij hen vandaan.

'Hier ergens moet Charlie van het pad zijn geraakt,' zei Gabriel met een asgrauw gezicht.

Iris huiverde onwillekeurig. 'Is dat de plek waar je hem hebt gevonden, daar beneden?' Ze boog zich voorover.

Hij greep haar bij de arm. 'Blijf van de rand weg!'

'Niks aan de hand.'

'Jawel! Heb je gezien hoe glad het hier is?'

Ze hoorde de angst in zijn stem. 'Sorry.'

'Kom, we gaan naar huis. Ze is hier niet. De politie had vast gelijk. Ze is naar Parijs teruggegaan.'

Ze schudde haar hoofd. 'Als Laure onverwacht was vertrokken om naar Pierre te gaan, had ze ons dat laten weten. Ik denk dat haar iets overkomen is.' Iris versnelde haar pas. 'Een politiebureau gaat niet dicht, toch?'

# 39

Gabriel deed de slaapkamerdeur zachtjes achter zich dicht, opgelucht dat Iris eindelijk sliep, uitgeput van het urenlange huilen.

Hij kon het nog steeds niet geloven. Hoe vaak hij de woorden ook herhaalde, ze drongen niet helemaal tot hem door.

Laure was dood.

Iris was helemaal van de kook. Ze gaf zichzelf de schuld omdat Laure haar had gevraagd of ze mee ging hardlopen, maar ze liever in bad was gegaan. Ze zei dat Laure samen met haar niet naar de groeve zou zijn gelopen.

Tijdens het gesprek met de politie had Iris verteld dat Laure altijd nieuwsgierig was geweest naar de plek waar Charlie Ingram was gevallen. Dus nu gingen ze ervan uit dat Laure een kijkje was gaan nemen en over de rand was gestruikeld.

De politie had haar gevonden, niet ver van de plek waar Gabriel Charlie had gevonden. Maar haar lichaam had achter een rotsblok verscholen gelegen. Anders dan Charlie was ze niet over het rotsblok gelanceerd door de snelheid van een fiets; ze was recht naar beneden gevallen.

Gabriel kon de gedachte niet verdragen. Het was te verschrikkelijk.

# 40

Er werd aangebeld. Iris sloot haar ogen.

'Laat het alsjeblieft Laure zijn,' mompelde ze. 'Laat het alsjeblieft een grote vergissing zijn geweest.'

Gabriel gaf haar een kneepje in haar schouder en liep naar de voordeur. Toen Iris haar ogen weer opendeed, stond er een politieagent voor haar neus.

'Hoe gaat het met je, Iris?' vroeg de lange vrouw met de blonde paardenstaart – agent Locke, meende Iris zich te herinneren.

Iris schudde haar hoofd. 'Ik blijf maar hopen dat er sprake is van een vreselijke vergissing.'

Agent Locke schonk haar een meelevende glimlach. 'Mag ik even gaan zitten? Ik wil je graag wat vragen stellen.'

'Ja, natuurlijk. Maar ik stond op het punt Beth te bellen.' Iris keek naar Gabriel, die achter agent Locke stond. 'Ik heb eens nagedacht over wat ze zei: dat ze morgen naar huis wil komen. Zou het niet beter zijn als ze wacht tot de dag van de uitvaart? We weten natuurlijk nog niet wanneer die gaat plaatsvinden, maar ze zou hier alleen maar zitten wachten. In Griekenland heeft ze tenminste haar werk nog als afleiding.'

Gabriel knikte. 'Daar heb je gelijk in.'

'Gisteren vertelde je dat Laure de peettante van Beth is,' zei agent Locke.

'Ja, ze is enorm van streek. Bel jij haar, Gabriel?'

'Natuurlijk.' Iris voelde hoe opgelucht hij was dat hij de kamer uit kon.

Agent Locke wachtte tot hij weg was. 'Het spijt me dat ik jullie stoor, maar ik wil je graag nog een paar vragen over Laure stellen.'

'Weet Pierre het al?'

'Voor zover ik weet, was hij niet thuis toen de politie bij het appartement kwam. Ze praten met de buren en maken een lijst van zijn vrienden.'

Iris boog zich naar voren. 'Hebben jullie de naam Claire de Vaillant doorgegeven? Zij was zijn beste vriendin. Het kan zijn dat hij bij haar is.'

'Ja, we hebben alle informatie die jullie ons hebben gegeven doorgestuurd. Ze doen wat ze kunnen om hem te vinden.'

Iris knikte en zakte achterover in haar stoel.

'Kunnen we even terugkeren naar de laatste keer dat je Laure hebt gezien?' Agent Locke keek op haar iPad. 'Dat was twee dagen geleden, op zaterdagmiddag. Je was boven in de slaapkamer en je zag door het raam dat ze met Joseph praatte, jullie tuinman. Daarna vertrok ze.'

'Ja. Ze had me eerder verteld dat ze zou gaan hardlopen.'

'Gisteren zei je dat je wilde dat je was meegegaan.'

'Ja, ik voelde me schuldig dat ik nee had gezegd. Maar ik was van plan een lekker lang bad te nemen, iets waar ik niet vaak de kans toe krijg.'

'Hoe kwam ze over?'

Iris aarzelde. 'Gewoon.'

'Je lijkt niet erg zeker van je zaak.'

'Nou ja, ik hoorde luide stemmen. Daarom liep ik naar het

raam, om naar buiten te kijken.' Haar woorden volgden elkaar snel op.

'Hadden Laure en Joseph ruzie?'

'Daar leek het wel op. Ik dacht dat het misschien om liefdesproblemen ging.'

'Hadden Laure en Joseph een verhouding?'

'Ja.'

'Hoelang al?'

'Een paar weken. Misschien langer, dat weet ik niet zeker.'

'Dus toen je uit het raam keek, was dat omdat je ze hoorde bekvechten?'

'Ja.'

'Heb je verstaan wat ze zeiden?'

'Laure zei dat ze iets niet wilde doen en Joseph zei dat ze wel zou moeten. Hij greep haar arm vast en Laure trok zich los en zei dat ze ging hardlopen.'

'Wat deed Joseph?'

'Hij riep haar na, maar ze kwam niet terug en toen ging hij ook weg.'

'Meteen?'

'Niet meteen, want hij haalde zijn telefoon tevoorschijn en keek er even naar. Daarna ging hij weg. Ik was daar verbaasd over, omdat hij eigenlijk moest werken.'

'Hoe kwam hij over?'

'Haastig.'

'En toen hij met Laure sprak, hoe klonk hij toen?'

Iris dacht even na.

'Geërgerd.'

'Niet kwaad.'

'Nee.' Ze vlocht haar handen ineen. 'Ik voel me niet zo goed.'

'We zijn bijna klaar. Je zei dat Laure rond vier uur van huis vertrok?'

'Ja. Ik weet nog dat ik keek hoe laat het was voor ik in bad stapte en toen was het tien over vier. Ik had de kraan vlak nadat ze weg was opengezet en het duurt ongeveer vijf minuten tot het bad gevuld is, dus het zal inderdaad rond vier uur zijn geweest.'

'Gabriel vertelde dat hij een fietstocht maakte, dat hij naar Faradale was gefietst. Herinner je je hoe laat hij terug was?'

'Dat zal rond kwart over vier zijn geweest, want ik lag nog maar net in bad.'

Agent Locke knikte. 'Bedankt voor je tijd, Iris. Zodra we Pierre hebben bereikt, laat ik het jullie weten.'

Gabriel wachtte tot agent Locke weg was voor hij weer de kamer in liep.

'Alles in orde?' vroeg hij.

'Niet echt. Hoe gaat het met Beth?'

'Die is nog van streek. Maar ze vindt het zelf ook beter om te wachten tot de uitvaart en niet halsoverkop terug te komen.' Hij schudde zijn hoofd, alsof hij het leeg wilde maken. 'De uitvaart... Ik bedoel, dat is toch onvoorstelbaar: de uitvaart van Laure?'

Iris keek hem nerveus aan. 'Ik ben bang dat ik iets tegen agent Locke heb gezegd dat ik beter voor me had kunnen houden. Ze vroeg wat over Joseph en ik heb haar verteld over de ruzie die ik heb opgevangen en ik heb gezegd dat hij daarna is vertrokken.'

Gabriel ging zitten en pakte haar handen.

'Je hebt alleen maar verteld wat je hebt gehoord.'

'Maar het klonk akelig, naar Joseph toe. Stel dat ze denken...'

'Ze denken waarschijnlijk van alles, dat is hun taak. Tot ze weten wat er precies is gebeurd worden we vermoedelijk allemaal verdacht.'

Iris sloeg haar ogen naar hem op. 'Agent Locke stelde ook vragen over jou. Ze vroeg hoe laat je terug was van je fietstocht. Ik heb kwart over vier gezegd, net nadat ik in bad was gestapt. Maar je was pas terug om vijf uur.'

Hij fronste. 'Waarom heb je gelogen?'

'Nou, als er – God verhoede – inderdaad opzet in het spel is, begrijp ik hoe het anders zou kunnen overkomen.'

Hij keek voor zich uit en wreef over zijn kin. 'Shit,' zei hij zacht.

'Precies.'

# 41

Gabriel zat op het houten bankje in de ommuurde tuin, zijn hoofd achterover, zijn ogen gesloten tegen de zon.

Als hun wereld niet plotseling was geïmplodeerd, zou hij nu zitten wachten tot Maggie Ingram zou komen. Hij voelde zich schuldig over de opluchting die hem had overspoeld toen hij zich realiseerde dat Laures dood hem een excuus had gegeven om de ontmoeting uit te stellen. De rouwcoach had haar condoleances overgebracht en gevraagd of hij contact wilde opnemen als hij zich weer in staat achtte met Maggie af te spreken. Dat zou voorlopig niet het geval zijn.

Hij was naar de ommuurde tuin gegaan om zijn gedachten op een rijtje te zetten. Het huis was te beladen met het zuchten en kreunen van Iris' verdriet – haar vertrokken gezicht, haar roodomrande ogen, haar zachte gesnik met nu en dan een schreeuw van ongeloof – om er helder te kunnen nadenken.

Eerst had hij gedacht dat Laures dood een ongeluk was geweest, vanwege haar ongezonde fascinatie voor de groeve. Maar toen begon hij na te denken over haar geestelijke toestand. Haar dag in Parijs was een emotionele ramp geweest. Door niet op te komen dagen had Pierre haar in feite afgewezen. Van de weeromstuit had ze zich in een relatie met Joseph gestort. En dan was er de ruzie die Iris had gehoord – waarbij Laure had gezegd dat ze iets niet wilde doen en Joseph zei dat er niets anders op zat. Misschien had Joseph weer gezegd dat ze hem met rust moest laten. Zoals die keer dat hij Laure ook fysiek van zich af had geschud toen ze te dichtbij kwam. Dat suggereerde volgens Gabriel dat hij genoeg van haar had gehad.

Iris voelde zich schuldig dat ze de politie over de ruzie had verteld, maar hij vond dat ze er goed aan had gedaan omdat de politie het instinctief aanvoelde als iemand iets probeerde te verbergen. Godzijdank stond Pierres telefoon uit en had hij het berichtje niet gezien dat hij hem donderdag had gestuurd waarin hij hem vertelde dat Laure iemand anders had ontmoet. Als hij het wel gezien had, zou de politie kunnen denken dat hij hierheen was gekomen en Laure had omgebracht. Maar hij begreep niet waaróm Pierre zijn telefoon nog steeds niet had aangezet. Vandaag was het 1 augustus, dus hij zou weer achter zijn bureau moeten zitten. Ergens was hij blij dat hij hem niet kon bereiken, want het was een vreselijke gedachte hem te moeten vertellen dat Laure dood was. Aan de andere kant wilde hij liever niet dat zijn vriend het van de politie te horen zou krijgen. Het aantal voicemails dat hij had achtergelaten stapelde zich op, steeds met dezelfde boodschap: *Pierre, je moet me terugbellen Het is dringend. Het gaat over Laure.*

Gabriels gedachten richtten zich op Joseph. Er klopte iets niet, er was iets vreemds aan de hand, maar hij had nog niet door wat het was. Hij dacht terug aan zaterdag, toen ze zich zorgen over Laure begonnen te maken. Ze hadden geprobeerd om Esme en Hugh te bereiken, maar dat lukte niet, en Joseph had hun verteld dat ze bij The Watershed zaten te eten. Hij had gezegd dat hij hun naar Laure zou vragen zodra ze terug waren, maar daarna belde hij met de mededeling dat hij naar

The Watershed was gelopen, en dat ze hadden gezegd dat ze haar niet hadden gezien.

'Hier ben je.' Hij deed zijn ogen open en zag Iris aan komen lopen, haar ogen roodomrand en gezwollen. 'Ik zocht je.'

Hij ging rechtop zitten. 'Is er iets gebeurd? Heeft de politie Pierre kunnen bereiken?'

'Nee.' Ze kwam naast hem zitten. 'Ik vind het gewoon niet prettig om alleen te zijn. Het huis is zo stil zonder Laure.' Hij hoorde de snik in haar stem en trok haar naar zich toe. 'Waar zat je aan te denken?' vroeg ze.

'Joseph,' bekende hij. 'Er zit me iets dwars.'

'Wat dan?'

'Hij zei dat hij naar The Watershed was gegaan om Esme en Hugh te spreken.' Ze keek verbaasd. 'Toen ze hun telefoon niet opnamen. Je weet wel, zaterdag.'

'Eh… ja. Hoezo?'

'Ik denk dat hij niet is gegaan.'

'Hoe bedoel je?'

'Er zat niet genoeg tijd tussen, dat weet ik zeker.' Hij liet haar los, haalde zijn telefoon uit zijn zak en scrolde door zijn oproepen. 'Zeven minuten. Joseph belde zeven minuten later om te zeggen dat hij naar The Watershed was gegaan om Esme en Hugh te spreken. Dat is niet genoeg tijd om heen en terug te lopen, zelfs niet als hij zou hebben gerend.'

'Misschien belde hij vanuit de pub. Of onderweg naar huis.'

Hij schudde zijn hoofd. 'Er waren geen achtergrondgeluiden. En er is nog iets anders. Nu ik erover nadenk heeft noch Hugh, noch Esme ons gebeld toen ze thuiskwamen om te vragen of Laure al terug was. Ze hebben gisteren pas een berichtje gestuurd. Een berichtje. Ze hebben niet gebeld.'

Iris fronste. 'Wat wil je daarmee zeggen?'

'Dat ze pas gisteren wisten dat Laure vermist was omdat

Joseph het ze om de een of andere reden niet had verteld. Ik weet het niet, maar het is wel een beetje raar.'

Iris' ogen vulden zich met tranen. 'Alles is raar. Ik vind het akelig dat Pierre nog van niets weet.'

Gabriel sloeg zijn armen stevig om haar heen en vervloekte zichzelf omdat hij haar overstuur had gemaakt door indirect Joseph te beschuldigen. Straks zou hij Hugh en Esme nog verdenken. Maar zo ging dat als er iemand onverwacht overleed. Als het niet overduidelijk een ongeluk bleek te zijn, was het menselijk om te kijken naar degenen die het slachtoffer hadden gekend. Voor hetzelfde geld keken de mensen uit het dorp naar hém en vroegen ze zich af of hij er iets mee te maken had. Voor een buitenstaander was het een vreemde situatie dat Laure bij hen was ingetrokken. De mensen vroegen zich misschien wel af of er iets tussen hem en Laure had gespeeld.

Daarom was hij blij dat Iris de tegenwoordigheid van geest had gehad om de politie te vertellen dat hij drie kwartier vroeger was thuisgekomen van zijn fietstocht dan feitelijk het geval was. Toen de politie hem later nog naar het verloop van zijn dag had gevraagd, had hij bevestigd wat Iris had gezegd: dat hij om kwart over vier thuis was gekomen. Maar nu vroeg Gabriel zich af of dat wel zo verstandig was geweest, want als de politie zou denken dat er moord in het spel was, en ze een buurtonderzoek zouden starten, kon het zijn dat iemand hem tegen vijven naar huis had zien fietsen, nadat hij volgens eigen zeggen al thuis was.

En dan zou hij diep in de problemen zitten.

# 42

'Hebben jullie hem gevonden?' vroeg Iris aan agent Locke toen die de volgende ochtend bij hen op de stoep stond. 'Pierre?'

'Ik heb alleen van de Franse politie te horen gekregen dat hij gisteren niet op zijn werk is verschenen.'

Iris liet haar schouders zakken. 'Waar kan hij dan zijn?'

'Dat proberen ze uit te zoeken.'

'Ik vind het een vreselijke gedachte dat hij het niet weet, van Laure. Dat voelt verkeerd.'

'Ik begrijp hoe moeilijk dit voor je is, Iris, dus ik zal het kort houden. Ik ben alleen hier om jullie te laten weten dat meneer Sullivan door ons wordt verhoord en vandaag dus niet kan komen werken.'

'Meneer Sullivan?'

'Joseph.'

Iris keek haar geschokt aan. 'Hebben jullie Joseph gearresteerd?'

'Nee, we willen hem alleen maar een paar vragen stellen.'

Iris begroef haar hoofd in haar handen. 'Had ik maar niets gezegd.'

'Je hebt er goed aan gedaan ons te vertellen wat je hebt gehoord,' zei agent Locke beslist. 'We willen hem gewoon kunnen wegstrepen van ons lijstje.'

'Maar Laures dood was toch zeker een ongeluk?'

'Het is onze taak om alle mogelijkheden na te gaan. Zodra ik nieuws heb, neem ik contact op.' Ze draaide zich om en liep weg.

Iris wachtte tot ze weg was en ging terug naar de keuken.

'Wat kwam ze doen?' vroeg Gabriel.

Ze plofte neer op een stoel. 'Wat een puinhoop. Ze ondervragen Joseph vandaag.' Ze keek hem aan. 'Denk je dat Joseph te horen krijgt dat ik heb gezegd dat ik hem en Laure ruzie heb horen maken?'

Voor hij antwoord kon geven, ging haar telefoon. Ze griste hem van de tafel.

'Het is Esme,' zei ze met het hart in de keel.

'Neem maar gauw op dan.'

Iris knikte en accepteerde het telefoontje.

'Iris, hoe gaat het met jullie?' Esme's stem klonk zowel warm als bezorgd.

Iris wierp Gabriel een blik toe. 'Niet geweldig, maar het gaat. Bedankt voor jullie berichtjes, het was fijn te weten dat jullie meeleefden.'

'We vinden het heel erg, van Laure. Het is verschrikkelijk.'

'Ja.'

'Iris, het spijt me dat ik je in deze moeilijke tijd bel, maar Hugh heeft me net verteld dat de politie Joseph heeft opgehaald om hem te ondervragen. Weet jij waarom?'

'Nee.' Iris zocht naar iets wat ze kon zeggen. 'Maar misschien omdat hij bij Laure was vlak voor ze ging hardlopen?'

'Ik begrijp het niet. Haar dood was toch een ongeluk?'

'Ja, voor zover ik weet.'

'Hoe weet jij dat Joseph bij haar was voordat ze vertrok?'

'Omdat ik ze heb gezien vanuit onze slaapkamer, vlak voordat ze wegging. De politie zal wel willen weten waar ze het over hebben gehad om een idee te krijgen van haar gemoedstoestand.'

'Waarom konden ze hem dat hier niet vragen? Waarom zouden ze hem meenemen naar het bureau?'

Iris wist dat ze eerlijk moest zijn. 'Ik heb ze horen ruziemaken.'

'Ruziemaken?'

'Misschien heb ik het verkeerd gehoord,' zei ze haastig. 'Maar in dat geval zal Joseph het wel uitleggen. Maar vertel eens: hoe gaat het met jullie?'

'Nou, ik ben niet meer zwanger.' Iris hoorde de glimlach in haar stem, maar het duurde even voordat Esme's woorden tot haar doordrongen.

'De baby is geboren?'

Gabriels mond vormde een 'wat?'.

'Ja!'

'Wanneer?'

'Nou, op zaterdag,' zei Esme behoedzaam, en Iris voelde een golf van emotie door zich heen gaan. De dag dat Laure stierf.

'Wat geweldig!' zei ze, zich herpakkend. 'Gefeliciteerd, Esme! Is het een jongen of een meisje?'

'Een prachtig jongetje. Hamish.'

Gabriel kwam naast haar zitten. 'Gefeliciteerd, Esme!' riep hij door de telefoon. 'Ook aan Hugh. Wat een heerlijk nieuws, dat kunnen we wel gebruiken.'

'Maar hoe is het gegaan?' vroeg Iris. 'Toe, vertel!'

'Nou, ik kreeg 's ochtends weeën. Tegen de tijd dat ik het idee kreeg dat ik naar het ziekenhuis moest, was Hugh op zijn wandeling nog halverwege een berghelling. Dus heb ik Joseph gebeld, die me meteen naar het ziekenhuis heeft gebracht. En dat was maar goed ook, want Hamish is vrij snel na aankomst geboren. Ik vond het wel heel moeilijk dat het me niet lukte om te wachten, want daardoor heeft Hugh de geboorte gemist. Maar gelukkig was Joseph bij me.'

'Je had het ons moeten laten weten,' zei Iris.

'We wilden jullie 's avonds al bellen, maar toen belde Joseph Hugh in het ziekenhuis om te zeggen dat jullie op zoek waren naar Laure omdat ze niet was teruggekomen van haar hardlooprondje, en dat jullie bezorgd waren, dus het leek wat misplaatst om het op dat moment te laten weten. En daarna, toen Laure was gevonden, werd het nog moeilijker.' Esme zweeg even. 'Ik wist niet eens of ik het jullie nu wel moest vertellen.'

Iris onderdrukte een snik. Ze moest nu aan Esme denken, niet aan Laure. 'Natuurlijk wel! Gabriel heeft gelijk: goed nieuws is welkom, dat leidt af van al het andere.' Ze dacht even na. 'Maar dit betekent dat Hamish ongeveer vijf weken te vroeg is geboren, toch? Hoe gaat het met hem?'

'Goed, maar we zijn nog in het ziekenhuis. Ze houden ons hier tot hij wat is aangekomen.'

'Laat je het me weten wanneer ik jullie kan komen opzoeken?'

'Misschien is het beter om te wachten tot we weer thuis zijn. O, sorry, ik moet ophangen, Hamish moet drinken.'

'Dag Esme, geef Hamish een kus van me. Tot gauw.'

'Wauw,' zei Gabriel toen Iris de verbinding had verbroken. 'Dat had ik niet verwacht.'

'Ik ook niet.'

'Het verklaart een hoop. Zoals dat Joseph deed alsof hij naar The Watershed was gelopen. Ze waren niet in de pub, maar in het ziekenhuis, en hij heeft Hugh dus gebeld.' Hij keek haar aan. 'Je zult wel opgelucht zijn.'

'Waarom?'

'Omdat Joseph zaterdagmiddag met Esme naar het ziekenhuis is gereden en bij haar was tijdens de geboorte. Dat is het perfecte alibi voor de tijdspanne waarin Laure vermist raakte.'

# 43

Iris staarde naar het blanco scherm voor haar neus. Josephs getuigenis dat Laure die middag niet overstuur was, alleen maar geërgerd, in combinatie met het feit dat hij een onmiskenbaar alibi voor die middag had, betekende dat Laures dood hoogstwaarschijnlijk niet het gevolg was van een misdrijf. Haar obsessie met de steengroeve – haar herhaaldelijke wens om naar de plek te gaan waar Charlie Ingram was gevallen – versterkte het vermoeden dat het een ongeluk was geweest. Niemand die het hardop zei, maar op het plaatselijke nieuws werd geïmpliceerd dat het een droevig geval was van 'boontje komt om zijn loontje'. Had ze maar niet zo nieuwsgierig moeten zijn.

Soms vroeg ze zich af wat er zou zijn gebeurd als zij Gabriel geen alibi had gegeven. Als de politie wist dat hij drie kwartier later was thuisgekomen, zouden ze dan onderzoek naar hem hebben gedaan, zouden ze nu nog steeds onderzoek naar hem doen? Ze moest er niet aan denken, en ze voelde zich niet schuldig om de leugen, want ze wist hoe makkelijk het zou zijn om Gabriel te verdenken. De politie had zich kunnen afvragen of er iets speelde tussen Laure en hem. Zijzelf zou misschien ook als verdachte zijn aangemerkt. Ze hadden zich bij de politie misschien afgevraagd of zij een affaire had vermoed of hen had betrapt en van Laure af had gewild. Zelfs al ze geen bewijzen zouden hebben gevonden, zou het aan hen blijven kleven. Waar rook was, was vuur. Het was beter zo.

De deur van haar kantoor ging open en Gabriel kwam binnen, gevolgd door agent Locke.

'Vertel me alsjeblieft dat de Franse politie Pierre heeft gevonden,' zei Iris. 'Het is al drie dagen geleden.'

'Ik vrees van niet, nee.' Agent Locke trok een stoel achteruit en ging zitten. 'Je weet misschien al dat meneer Sullivan ons een bevredigende verklaring heeft kunnen geven voor de ruzie die je hebt gehoord tussen Laure en hem.' Ze zweeg een ogenblik. 'Het schijnt dat hij erop stond dat Laure jullie zou vertellen van hun relatie, en dat wilde ze niet, omdat ze dacht dat jullie het zouden afkeuren, vanwege Pierre. En daarna is hij verdwenen omdat hij onverwacht een goede vriendin naar het ziekenhuis heeft moeten brengen.'

Iris knikte. 'Esme. Ik weet het, ze heeft het me verteld.' Ze bedacht dat agent Locke misschien wel dacht dat ze had geprobeerd te verhinderen dat het recht zijn loop had. 'Het spijt me als ik jullie onbedoeld heb misleid,' voegde ze eraan toe.

'Nee, daar is geen reden toe. Het is goed dat je het hebt verteld.' Er viel weer een stilte. 'Meneer Sullivan zei dat hij de indruk had dat Laure jullie langzamerhand voor de voeten liep. Is dat zo? Liep ze jullie voor de voeten?'

'Nee, helemaal niet. We vonden het fijn om haar te logeren te hebben.'

'En jij, Gabriel? Dacht jij er ook zo over?'

'Ja, absoluut.'

Agent Locke glimlachte. 'Nou, dan zal ik jullie niet langer ophouden. Blijf zitten, ik kom er wel uit.'

# 44

Gabriel kwam de trap af denderen en stormde de keuken in.

'Daar is de politie,' zei hij. 'Ik zag hun auto aan komen rijden. Agent Locke en nog iemand, een man.'

Iris' hand vloog naar haar hart. 'Misschien hebben ze Pierre gevonden.'

'Laten we het hopen.'

Ze wachtten tot de politie aanbelde, en nog wat langer. Gabriel liep naar de deur om ze binnen te laten en Iris bleef in de keuken.

'Hallo Iris,' zei agent Locke terwijl ze in de deuropening verscheen.

'Dit is agent Ramesh, mijn collega.' Ze wendde zich tot Gabriel. 'Kunnen we misschien een kop thee krijgen?'

'Zeker.'

Er begonnen alarmbellen te rinkelen terwijl Gabriel de waterkoker pakte en hem met water vulde. Agent Locke had eerder steeds het aanbod van een kop thee afgeslagen. En ze kwam gewoonlijk in haar eentje.

Agent Locke pakte een stoel en ging tegenover Iris zitten. Agent Ramesh nam naast zijn collega plaats en liet de stoel naast Iris leeg voor Gabriel.

'Willen jullie suiker in de thee?' vroeg Gabriel, die vier mokken uit de la haalde en ze op het aanrecht zette.

Iris keek hoe hij ze op een rij zette, een teken dat ook hij het gevoel had dat er iets ernstigs aan de hand was.

'Eén klontje graag,' zei agent Ramesh.

'Nee, bedankt.' Agent Locke schonk Iris een glimlach, maar haar ogen lachten niet mee.

De waterkoker sloeg af en ze keken alle drie naar Gabriel terwijl hij water in de mokken schonk en de theezakjes erin hing en ze op en neer bewoog, waarna hij ze een voor een in de afvalbak liet vallen. Tegen de tijd dat hij de mokken op tafel had gezet, samen met een schaaltje suikerklontjes, een pak melk en vier theelepels, was de spanning in de keuken te snijden.

'Bedankt,' zei agent Locke toen Gabriel ging zitten en de melk onderling werd doorgegeven. Ze pakte haar mok en nam een klein slokje. Ze deden allemaal hetzelfde, hoewel de thee eigenlijk nog te heet was.

'De Franse politie heeft Pierre gevonden,' zei ze.

Iris liet de lucht uit haar longen ontsnappen. 'Godzijdank.'

'Het is geen goed nieuws, ben ik bang.'

'Wat wil je daarmee zeggen?' Gabriels stem klonk schril.

Iris pakte zijn hand en gaf er een kneepje in, om zowel hem als zichzelf te sussen.

'Ik zal er niet omheen draaien,' zei agent Locke. 'Het spijt me jullie te moeten vertellen dat Pierre dood is.'

Er volgde een ijzingwekkende stilte. 'Wat?'

'Onze collega's in Frankrijk hebben eerder vandaag zijn lichaam gevonden.'

Iris schoof haar stoel met kracht naar achteren.

'Nee. Nee, dat kan niet. Dat moet een vergissing zijn!'

'Iris...'

De kamer draaide en ze greep de rand van de tafel vast. Ze voelde Gabriels armen om zich heen, zodat ze niet viel, en daarna een paar handen op haar schouders.

'Ga alsjeblieft weer zitten,' zei agent Locke, die haar zachtjes terug op haar stoel duwde. 'Jij ook, Gabriel.'

Ze zakten weer op hun stoel en Gabriel begroef zijn gezicht in zijn handen.

'Hoe?' vroeg hij, een snik wegslikkend. 'Hoe kan hij nou ook dood zijn? Hoe is het mogelijk? Het is te tragisch om waar te zijn.'

'Het spijt me,' zei agent Locke op milde toon.

'Wat is er gebeurd?' Iris' tanden klapperden. Ze reikte naar haar mok, verlangend naar warmte, maar toen ze hem wilde oppakken klotste de thee over de rand.

'Kom eerst even bij,' suggereerde agent Ramesh. 'We hebben geen haast.'

Iris knikte verslagen en drukte haar handen tegen elkaar om ze te laten stoppen met trillen. Gabriel stond abrupt op, pakte de keukenrol van het aanrecht, scheurde er een vel af en snoot zijn neus.

'Oké,' zei hij met onvaste stem. 'Laat maar horen.'

Hij ging zitten. Iris vond zijn hand weer en hield hem stevig vast.

'Zijn lichaam is gevonden in de kelder van het appartementengebouw waar Pierre en Laure woonden. Het schijnt dat elke woning daar een eigen berging heeft.'

Gabriel knikte. 'Daar bewaarden Pierre en Laure hun skispullen en fietsen. En er stond een vrieskist. En gereedschap. Hij had een kettingzaag. Jezus.' Hij wreef over zijn gezicht. 'Heeft hij daar beneden een ongeluk gehad?'

'Nee, het was geen ongeluk.'

'Maar... wat wil dat zeggen? Heeft hij dan zelfmoord gepleegd?' Gabriels verhief zijn stem en brak toen. 'O god, toch niet vanwege het berichtje dat ik hem heb gestuurd?'

Agent Locke fronste. 'Wat voor berichtje?'

Gabriel keek alsof hij het liever niet wilde vertellen. 'Een paar dagen voor Laures dood heb ik hem een bericht gestuurd om hem te laten weten dat ze iemand anders had ontmoet en dat hij haar zou verliezen als hij niet hiernaartoe zou komen.'

'En heeft hij gereageerd?'

'Nee. Anders had ik het wel aan jullie verteld.' Hij staarde haar aan, duidelijk van streek. 'Is dat voor hem de druppel geweest? Het was gemarkeerd als ongelezen, dus ik dacht dat hij het niet had gezien.'

'Het verklaart waarom hij Arnaud heeft laten weten dat hij tot begin augustus afwezig zou zijn,' zei Iris schor. 'Hij wilde niet dat iemand hem zou vinden.'

Gabriel begroef zijn hoofd weer in zijn handen. 'Het is mijn schuld. Ik had dat bericht niet moeten sturen.'

'Gabriel.' Agent Locke legde een hand op zijn arm. 'Pierre heeft geen zelfmoord gepleegd.'

Gabriel tilde zijn hoofd op. 'Wat?'

'Mag ik dat berichtje zien?'

Gabriel knikte, haalde zijn telefoon tevoorschijn, zocht het bericht op en gaf haar het toestel.

'Het is nog steeds niet gelezen,' zei ze.

'Ik begrijp er niets van,' reageerde Gabriel gefrustreerd. 'Als Pierre geen zelfmoord heeft gepleegd, wat is er dan gebeurd?'

Agent Ramesh schraapte zijn keel. 'Het spijt me jullie te moeten meedelen dat hij is vermoord.'

# 45

Iris stond bij het slaapkamerraam met haar armen om haar lichaam geslagen. Het was weer een mooie dag: dertig graden, had ze op de radio gehoord. Die hadden ze nu continu aanstaan om de verstikkende stilte die in huis heerste te doorbreken.

Ondanks de hitte huiverde ze. Ze had het al koud sinds agent Ramesh hun had verteld dat Pierres lichaam in de vrieskist in de berging van het Parijse appartementengebouw was aangetroffen. Het was alsof haar eigen lichaam spiegelde wat er met Pierre was gebeurd. Hij was in zijn hart gestoken.

Ze kon niet stoppen met huilen, en dat was toch nodig, want haar tranen maakten Gabriels leed alleen maar groter. Hij was gebroken, volledig gebroken. Hij was in een paar dagen jaren ouder geworden, zijn gezicht bleek en somber, zijn haar doorspekt met grijs. Iris had gehoord dat haar door een grote schok ineens wit kon worden. Nu wist ze dat dat waar was.

Misschien was haar eigen haar ook wel grijs. Dat wist ze niet, want ze had niet meer in de spiegel gekeken. Ze had het amper kunnen opbrengen om zich aan te kleden; ze had vanochtend alleen gedoucht omdat ze haar eigen zweet kon ruiken. Ze had het voor Gabriel gedaan, niet voor zichzelf. Ze had haar legging weer aangetrokken en als ze geen koffie had gemorst op het shirt dat ze had gedragen, had ze dat waarschijnlijk ook weer aangetrokken, ondanks het zweet.

Ze dwong zichzelf naar de kledingkast te lopen. Ze pakte een sweater van een plank en trok die met moeite aan; haar lichaam was stijf van verdriet. Ze liep langzaam de trap af en greep voor de nodige steun de trapleuning vast. Er stond een ovenschotel op het aanrecht in de keuken, die door aardige buren was gebracht. Gabriel was weg om Beth van Gatwick op te halen. Ze was vanochtend uit Griekenland vertrokken, drie weken eerder dan oorspronkelijk gepland. En al hadden Iris en Gabriel geen honger, Beth misschien wel.

Ze opende de oven, zette de schaal op het rooster en deed de ovendeur weer dicht. Ze wilde gaan zitten omdat staan te veel energie vergde, maar bedacht toen dat ze de oven ook moest aanzetten. Ze draaide de knop tot halverwege en plofte vervolgens neer op een stoel.

Beth wist niet dat Pierre was vermoord. Gabriel en zij hadden het besproken en vonden het te veel voor haar om in haar eentje te doorstaan, zo snel na de dood van Laure. Ze wilden niet dat ze het via de social media zou horen voordat zij de kans hadden gekregen het haar zelf te vertellen, dus hadden ze haar laten weten dat Pierre was gevonden en dat hij dood was. Beth had niet om details gevraagd en alleen gezegd dat ze naar huis wilde komen. Ze zagen ertegen op om haar de waarheid te vertellen. Ze zou heel veel vragen hebben die zij niet konden beantwoorden.

Ze hoorde de auto stoppen op de oprit. Ze greep de tafel vast en duwde zichzelf langzaam overeind. Er werd een portier dichtgeslagen, en daarna nog een. Ze liep naar de hal en keek door het raam. De verslagenheid op Beths gezicht was duidelijk te zien en Iris slaakte een zucht van verlichting. Gabriel had het haar al verteld.

# 46

Agent Locke was er weer. Het was maandagochtend, negen dagen nadat Laure was gestorven, vier dagen nadat Pierres lichaam in de vrieskist was aangetroffen.

'Het lijkt erop dat Pierre eerder is vermoord dan de Franse politie aanvankelijk dacht,' zei ze toen ze rond de tafel in de keuken zaten, ieder op dezelfde inmiddels vertrouwde plek. 'Mogelijk al zes weken geleden.'

Iris' ogen flitsten langs de open deur naar de trap aan het eind van de hal. Ze was blij dat Beth nog in bed lag. Ze had liever dat zij de updates van haar en Gabriel te horen kreeg. Toen drongen de woorden van agent Locke pas goed tot haar door.

'Zes weken?' vroeg Gabriel, vlak voordat ze het zelf wilde vragen. 'Pierre is al zes weken dood?'

'Ja, de Franse politie denkt dat hij ergens begin juli is gedood.'

'Begin juli?' Verbijsterd wendde Iris zich tot Gabriel. 'Rond die tijd was Laure in Parijs voor die afspraak met hem, O god, is hij daarom niet komen opdagen? Omdat hij dood was?'

'Jezus,' mompelde hij.

Haar ogen vulden zich met tranen. 'Ze dacht dat hij er niet

was omdat hij niet genoeg om haar gaf. Maar stel dat hij al dood was? Het is onverdraaglijk.'

'Wanneer was dat?' Iris keek op, verbaasd over de dringende toon waarmee agent Locke de vraag stelde. 'Wanneer is Laure in Parijs geweest om Pierre te zien?'

'Eh... ik weet het niet precies meer.'

'Alsjeblieft Iris, het is belangrijk.'

Iris pakte haar telefoon en keek in haar agenda. 'Het was de dag nadat ik met mijn vriendin Jade heb geluncht. Ja, kijk, dat was op vrijdag 1 juli, dus moet Laures afspraak met Pierre op 2 juli zijn geweest.'

Agent Locke fronste. '2 juli?'

'Ja.'

Ze checkte haar iPad en er leek even een stilte over haar neer te dalen.

'Iris, kun je die dag met me doornemen, de dag dat Laure naar Parijs ging voor die afspraak met Pierre? Hoe laat is ze vertrokken?'

'Goh, dat weet ik niet meer. Ik weet dat ik vroeg ben opgestaan om haar naar het station te brengen. Ze zou Pierre om één uur in hun appartement ontmoeten en omdat het in Frankrijk een uur later is, zal ze de Eurostar van rond negen uur hebben genomen, denk ik. Ja, dat klopt, ze ging met de Eurostar van negen uur, want de reis duurt zo'n tweeënhalf uur, dus zal ze om halfeen zijn aangekomen op het Gare du Nord, op tijd om voor één uur in hun appartement te zijn.'

'Maar Pierre was er dus niet?'

'Nee.'

'Wanneer liet Laure je weten dat hij niet was komen opdagen?'

'Om ongeveer drie uur, toen ze vanaf het Gare du Nord belde.'

'Dat was dan vier uur Franse tijd.'

'Ja. Ze zei dat ze op het punt stond te vertrekken, dat ze haar ticket had omgeboekt naar een vroegere trein.'

'Zei ze verder nog iets?'

'Nee, ze vroeg alleen of ik haar op het station van Markham kon oppikken. Ik had haar pas later verwacht. Eerlijk gezegd had ik verwacht dat ze helemaal niet terug zou komen, hoewel ze had gezegd dat ze niet in Parijs zou overnachten. Ik hoopte eigenlijk dat zij en Pierre het zouden bijleggen. Ik vroeg haar hoe het met Pierre was gegaan en ze barstte in tranen uit en vertelde dat hij niet was komen opdagen.'

'Zei ze hoelang ze op hem had gewacht?'

'Nee. Maar met de metro ben je in een kwartier van hun appartement op het Gare du Nord, en toen ze me belde was ze daar al en had ze haar ticket al omgeboekt.' Met moeite rekende ze terug van vier uur Franse tijd. 'Dus moet ze het appartement om ongeveer drie uur hebben verlaten. Nee, eerder, want ze heeft ook nog gewinkeld.'

'Gewinkeld?'

'Ja, ze droeg andere kleren toen ik haar van het station haalde, en toen ik haar ermee complimenteerde, zei ze dat ze had besloten om zichzelf op wat nieuws te trakteren.'

Agent Locke fronste. 'Hoe kwam ze over toen je haar van het station haalde?'

'Ik verwachtte dat ze nog overstuur zou zijn, maar dat viel mee. Ze was eerder... strijdbaar, opstandig. Ze schijnt met iemand in de trein in gesprek te zijn geraakt die haar had verteld dat Pierre haar niet waard was en dat ze beter verdiende.' Ze glimlachte zwakjes. 'Ze heeft kennelijk besloten zijn woorden ter harte te nemen.'

'Waar waren de kleren die ze aanhad toen ze hiervandaan vertrok?'

'In haar tas, neem ik aan.' Iris dacht even na. 'Hoewel dat niet kan. Ze had alleen haar handtas bij zich. Ze had geen weekendtas meegenomen, omdat ze ervan uitging dat ze dezelfde dag nog terug zou komen. Ze had een retourticket gekocht.'

'Had ze misschien een tas bij zich van de winkel waar ze de kleding had gekocht?'

'Nee, volgens mij niet. Dat kan ik me in elk geval niet herinneren.'

'Herinner je je wat ze aanhad toen ze hier wegging?'

'Ja, een lichtblauwe jurk en blauwe canvas schoenen. Ze vond het fijn om kleuren op elkaar af te stemmen. We hadden de jurk samen gekocht, daarom heb ik opgemerkt dat ze hem niet droeg toen ze terugkwam.'

'Kunnen we even in haar kamer gaan kijken of de jurk en de schoenen daar zijn?'

'Ja, natuurlijk.'

Agent Locke volgde Iris naar boven. Iris duwde de deur naar Laures slaapkamer open en bleef plotseling staan. Ze was er niet meer geweest sinds Laures dood, maar de politie wel.

'Ik… Ik ben hier nog niet binnen geweest, zelfs niet om de lakens van het bed te halen,' stamelde ze. 'Ik weet dat het op een bepaald moment moet, maar ik kan het nog niet aan.'

'Het is momenteel waarschijnlijk het best om alles te laten zoals het is.'

'Het ruikt hier naar haar.' Iris' stem brak. 'Haar parfum.'

'Neem gerust de tijd.'

Iris knikte en liep naar de kledingkast. Ze deed de deur open en doorzocht de kleren aan de roe. Ze werd overvallen door herinneringen aan Laure doordat ze haar in elk item voor zich zag. Er waren er niet veel: Laure was met lege handen gekomen en had maar een paar kledingstukken gekocht toen ze samen waren gaan winkelen: twee jurken, een rok, een spijkerbroek, een paar shorts en wat T-shirts.

'Hij hangt er niet,' zei Iris terwijl ze haar tranen terugknipperde. 'Haar blauwe jurk. Hij zou nog in de was kunnen zitten.'

'En de canvas schoenen die ze droeg?'

De enkele paren schoenen die Laure bezat stonden netjes op een rijtje onder in de kast. Iris wierp er een blik op.

'Die zijn hier ook niet. Misschien beneden.'

Ze liepen de trap weer af en Iris keek in de hal, de trapkast waar zij en Gabriel hun schoenen hadden staan, en bij de achterdeur. Ze keek zelfs in de garage. Maar Laures schoenen waren nergens te bekennen. En haar blauwe jurk zat niet in de was.

Iris keek zijdelings naar agent Locke. Ze zag aan haar gezicht dat ze iets opmaakte uit het feit dat de kleren er niet waren.

'Vind je het goed als ik nog een kijkje neem in Laures kamer?' vroeg agent Locke.

'Ga je gang.'

'Dank je.'

Iris liep terug naar de keuken, waar Gabriel en agent Ramesh zaten te wachten. Gabriel richtte zich op. 'Is alles in orde?'

'Laures kleren zijn er niet. De kleren die ze droeg toen ze naar Parijs ging,' voegde ze eraan toe.

'Wat maakt dat nou uit?'

Ze plofte op de stoel naast hem neer. 'Dat weet ik niet.'

'Jezusmina.'

'Wil je een glas water?' vroeg agent Ramesh.

'Graag.'

'Gabriel?'

'Nee, bedankt.'

Agent Ramesh vulde een glas bij de kraan en gaf het aan Iris. Ze nam een paar slokjes en hoopte dat agent Locke snel terug zou zijn. Ze wilde alleen maar dat zij en agent Ramesh zouden vertrekken voordat Gabriel volledig instortte.

Ze hoorde voetstappen op de trap, en agent Locke kwam de keuken binnen. Ze droeg latex handschoenen en had een mobiele telefoon in haar hand.

'Heeft een van jullie deze telefoon eerder gezien?' vroeg ze terwijl ze hem omhooghield. Er zat een donkerblauw hoesje omheen en er stond een wit logo op de achterkant.

Iris schudde haar hoofd. 'Nee.'

Gabriel verbleekte. 'Volgens mij is die van Pierre,' zei hij.

# 47

Gabriel had aanvankelijk geweigerd het te geloven. Hij kon het zich simpelweg niet voorstellen. Maar volgens de Franse politie had Laure Pierre vermoord.

Ze zeiden dat Laure had gelogen, dat Pierre die dag wel in het appartement was geweest en dat ze hem om het leven had gebracht, misschien zelfs met voorbedachten rade, maar het kon ook zijn dat ze ruzie hadden gehad en dat ze hem in een opwelling had gedood.

Iris had agent Locke gevraagd hoe Laure Pierres lichaam dan had kunnen tillen en in de vrieskist had kunnen leggen, omdat ze zo klein en teer was, en agent Locke had haar verteld dat het had geholpen dat Pierre zelf ook tenger was. Met een hoop gesjor en getrek, dacht de politie in Frankrijk, kon Laure het voor elkaar hebben gekregen. En dan waren er nog de kleren die Laure niet meer droeg toen ze die avond terugkeerde. De Franse politie zocht er nog naar, maar ging ervan uit dat ze op een vuilstortplaats waren terechtgekomen en nooit zouden worden teruggevonden. Dus Gabriel en Iris konden niet anders dan accepteren dat Laure inderdaad Pierre had vermoord.

Gabriels gedachten werden overspoeld door herinneringen: zij vieren samen op het strand in Normandië, Pierre wadend in de zee met Laure in zijn armen, Pierre die haar in het water gooide en Laure die gilde en met haar benen trapte; zij vieren in hun Parijse lievelingsrestaurant, schalen vol seafood, Laure en Pierre die vochten om de laatste langoustine; Laures hoofd op Pierres schouder terwijl ze de zonsondergang vanaf een heuvel in de Dordogne gadesloegen. Hoe hadden ze zich ooit kunnen indenken dat zij hem uiteindelijk zou doden? En waarom had ze dat gedaan? Omdat hij vader van een kind bleek te zijn? Omdat hij haar had bedrogen? Omdat hij een nieuw leven met een ander wilde beginnen? Omdat zíj een nieuw leven met een ander wilde beginnen? Hoe kwamen ze daar ooit achter nu ze allebei dood waren?

Gabriel had agent Locke gevraagd of de zaak rondom Laure zou worden heropend in het licht van Pierres dood. Ze leek zich ongemakkelijk te hebben gevoeld en zei, tussen hen gezegd en gezwegen, dat het mogelijk toch zelfmoord was geweest. Laure wist ongetwijfeld dat de moord op Pierre aan het licht zou komen, omdat de politie op zeker moment de berging zou gaan bekijken.

Hij had geen medelijden meer met Laure. Zij had Pierre gedood en zij hadden om haar gehuild, om haar gerouwd. In zijn ogen was dat het ultieme verraad.

# 48

Ze liepen ogenschijnlijk zelfverzekerd met elkaar te praten en probeerden nonchalant over te komen.

In werkelijkheid voelde Iris zich verschrikkelijk bekeken. In haar beleving stonden de bewoners van elk huis langs de weg naar Esme heimelijk vanachter hun gordijnen naar hen te kijken en over hen te praten: *O, kijk, ze komen eindelijk weer tevoorschijn. Maar het is niet verbazingwekkend dat ze zich niet lieten zien. Het gebeurt niet elke dag dat iemand die bij je logeert overlijdt – ze zeggen dat het een ongeluk was, maar ik weet het niet, hoor – en dat je dan korte tijd later hoort dat de echtgenoot van je logee is vermoord. Ik heb gehoord dat zij het heeft gedaan, de echtgenote. Maar het is een nogal vreemde zaak, vind je niet? Soms vraag ik me af of er meer speelde… Als je begrijpt wat ik bedoel.* Het voelde als een *walk of shame.*

Even wenste Iris dat ze niet was ingegaan op Esme's uitnodiging. Maar ze hadden de kleine Hamish nog steeds niet gezien en tijdens hun dagelijkse telefoontje had ze Esme gisteren verteld dat ze zich zorgen maakte om Beth, die sinds haar komst twee weken geleden nog helemaal niet weg was geweest. Ze leek het liefst thuis te blijven, werkte veel samen met Gabriel in de tuin en hielp Iris om de lunch of het avondeten te bereiden. Ze wist dat Beth op haar beurt bezorgd was om hen. Ze waren allemaal bezorgd om elkaar, zo leek het.

'Kom morgen dan langs,' had Esme gezegd. 'Alsjeblieft, Iris. Hugh en ik willen jou en Gabriel dolgraag zien en we zouden graag kennismaken met Beth. En jullie moeten nodig kennismaken met Hamish. En Marcus, Hughs zoon, is er morgen ook. Het zal goed zijn voor Beth om iemand van rond haar eigen leeftijd te ontmoeten. Jullie hoeven niet lang te blijven als je dat niet wilt, maar het zal jullie vast goeddoen om er even uit te zijn.'

Iris wist dat Esme gelijk had, dus had ze ja gezegd. Pas toen ze zich vanochtend klaarmaakte – het was een opluchting geweest om iets ander aan te moeten trekken dan een legging en een T-shirt – waren haar gedachten naar de situatie rondom Hamish' geboorte afgedwaald. Het was een verademing geweest om aan iets anders te kunnen denken dan de verschrikking van de moord op Pierre, maar Iris zou willen dat ze niet zo bezig zou zijn met Esme, en dan vooral de mogelijke relatie tussen haar en Joseph. Het feit dat hij bij de bevalling was geweest in plaats van Hugh gaf haar een onbehaaglijk gevoel. Dat hij Esme naar het ziekenhuis had gebracht was logisch. Maar dat hij was gebleven, dat hij bij haar was geweest toen ze haar kind baarde, dat hij de baby had vastgehouden in die eerste momenten van zijn leven... Dat voelde op de een of andere manier verkeerd. Het kon niet vooropgezet zijn, Esme had de geboorte niet kunnen plannen op een moment dat Hugh op een berg liep, zodat ze Joseph aan haar zijde kon hebben. Maar toch.

Hierdoor voelde Iris zich ongemakkelijk dat ze Joseph weer zou zien, en naarmate ze dichter bij het huis van Esme en Hugh kwamen hoopte en bad ze dat hij er niet zou zijn. Ze zat ook nog een beetje in over wat ze tegen de politie had gezegd:

dat ze hem en Laure had horen ruziemaken. Ze vond dat ze hem excuses verschuldigd was, maar ze wilde hem dan onder vier ogen spreken en niet waar iedereen bij was.

Vanochtend had Gabriel nog gezegd dat hij zich afvroeg hoe Joseph zich zou voelen, gegeven het feit dat hij iets met Laure had gehad, en Iris had zich gerealiseerd dat ze zo verstrikt was geweest in haar eigen emoties dat ze in dat opzicht nog geen enkele gedachte aan Joseph had besteed. Zijn gevoelens voor Laure waren in een paar weken weliswaar vast nog niet heel diep doorvoeld, maar het was natuurlijk wel een grote schok voor hem geweest toen hij hoorde dat Laure Pierre had gedood.

De stoep was te smal voor hen drieën naast elkaar, dus bleef Iris een stukje achter. Ze liet een bezorgde blik over Beth heen glijden. Hoewel ze nog in shock was toen ze aankwam, had ze er gezond en blakend uitgezien, met een goudbruin gekleurde huid en haar mahoniekleurige haar in een dikke, glanzende vlecht op haar rug. Nu had haar gezicht een vale teint, al bracht ze veel tijd buiten in de tuin door, en hadden zich kringen onder haar ogen gevormd. Ook was ze afgevallen; dat waren ze alle drie. Gabriels kleren hingen los om hem heen; hij had een riem nodig om te voorkomen dat zijn spijkerbroek afzakte.

Nu ze het huis van Esme en Hugh naderden, versnelden ze hun pas om de spiedende ogen te ontvluchten. Ze werden hartelijk omhelsd en maakten kennis met de kleine Hamish en met Marcus, die sprekend op zijn vader leek, maar dan met een hoofd vol haar en zonder baard. Toen ze Beth de tuin in zag lopen met Hamish in haar armen, lachend om iets wat Marcus zei, voelde Iris dat een deel van de spanning uit haar wegvloeide.

'Dank je,' zei ze toen Esme haar een glas gekoelde witte wijn in de hand drukte. 'Ik realiseerde me niet hoezeer we dit nodig hadden.' Ze keek even naar Gabriel, die met Hugh stond te praten. 'Vooral Gabriel. Pierre en hij hadden een bijzondere band, en het is een kwelling voor hem dat Pierres leven op zo'n gewelddadige manier is geëindigd.'

'Ik kan me amper voorstellen hoe zwaar het voor jullie moet zijn.'

Iris liep naar een rieten stoel en ging zitten. 'We denken dat er meer schuilgaat achter Laures extreme daad dan het verhaal dat Pierre een kind zou hebben. Gabriel heeft gezegd dat hij daaraan twijfelt. Het probleem is dat we het nooit zullen weten.' Ze nam een welkome slok wijn. 'Ik ben zo in de war over alles. Ik weet niet hoe ik me moet voelen. Hoewel ze iets afschuwelijks heeft gedaan, was Laure mijn vriendin. En ik voel me medeschuldig. Ik had het moeten merken, ik had meer aandacht voor haar gevoelens moeten hebben. Toen ze terugkwam uit Parijs, had ze een koortsachtigheid over zich die totaal niet paste bij haar gemoedstoestand toen ze me belde vanaf het Gare du Nord. Eerlijk gezegd was ik vooral blij dat ze niet meer zo somber was, dat ze niet meer huilde, en ik stond niet stil bij haar compleet andere stemming.' Iris zweeg even. 'Destijds vroeg Gabriel zich af of haar verdriet toen ze me belde een toneelstukje was. Achteraf bezien blijkbaar wel.'

'Je mag jezelf niet de schuld geven, Iris. Zelfs als je had gemerkt dat Laure labiel was toen ze terugkwam uit Parijs, zou het geen moment in je zijn opgekomen dat ze Pierre kon hebben vermoord.'

'Er moet een aanleiding zijn geweest. Ik geloof niet dat Laure naar Parijs is gegaan met het plan hem te doden. Hij moet haar iets hebben verteld waardoor ze haar zelfbeheersing verloor.'

'We hebben haar de dag erna bij jullie thuis getroffen en ze leek koel als een kikker te zijn. Het is niet te geloven dat ze Pierre minder dan vierentwintig uur eerder in koelen bloede had vermoord.'

'Ze begon die dag vroeg met drinken, weet ik nog. Misschien probeerde ze te vergeten wat ze had gedaan.' Iris zocht naar een ander gespreksonderwerp. 'Jullie tuin ziet er al veel beter uit.'

Esme knikte. 'Dat Joseph de afgelopen drie weken fulltime hier heeft gewerkt, heeft beslist zijn vruchten afgeworpen.'

'Hoe gaat het met hem?'

'Hij is er kapot van. Haar dood heeft hem enorm geraakt en dat hij mee naar het bureau moest voor een ondervraging was een grote schok. Ook voor Hugh en mij, want wij wisten niet dat ze een relatie hadden.' Ze keek voor zich uit. 'Jij hebt het me geprobeerd te vertellen, maar ik hoopte dat het niet waar was. Het leek me niet goed voor Laure – maar het lijkt erop dat hij dol op haar was. Hij kon niet geloven dat de politie dacht dat hij misschien iets met haar dood te maken had gehad.'

'Ik moet mijn excuses maken.'

'Hij is er vandaag niet, hij is op bezoek bij zijn moeder.'

Ze aarzelde. 'Jullie gaan deze week naar Parijs?'

Iris knikte. Ze hadden vorige week de uitvaart van Laure niet bijgewoond, maar ze gingen wel naar die van Pierre. 'Ja, dinsdag. De uitvaart is op woensdag. We komen donderdag terug.'

Esme knikte langzaam. 'Wat is er?' vroeg Iris.

'Nou, Joseph gelooft niet dat Laure Pierre heeft vermoord.'

'Wij geloofden het ook niet. Maar het lijkt er wel op.'

'Hij zei dat ze er niet toe in staat zou zijn.'

'Laure had kennelijk ook een kant die wij allemaal niet kenden.' Iris' stem klonk droevig. 'En sorry dat ik het zeg, maar

Joseph kende haar nog maar een paar weken. Het lijkt me sterk dat hij Laures ware aard in zo korte tijd heeft kunnen doorgronden.'

'Dat ben ik met je eens. Hij is gewoon diepbedroefd.' Esme keek naar de tuin. 'Beth is een prachtige meid. Jullie zullen wel trots op haar zijn.'

Iris glimlachte. 'Dank je. Ja, we zijn buitengewoon trots op haar. Het is fijn om haar thuis te hebben, hoewel het voor haar waarschijnlijk minder leuk is. Gabriel en ik zijn momenteel niet het beste gezelschap.'

'Dat begrijpt ze vast wel. En als ze er even uit wil, kan ze altijd hiernaartoe komen om Hamish te knuffelen.'

'Wat een aardige mensen,' zei Beth toen ze twee uur later naar huis liepen. 'Esme zegt dat ik langs mag komen wanneer ik wil.'

Iris knikte. 'Ja, ze is geweldig. Haar deur staat altijd open – letterlijk. Ze vindt het prima als je zo naar binnen loopt.'

Beth glimlachte. 'Wat cool. Ik zou dat vreselijk vinden. Stel dat er iemand langskomt als je net een gezichtsmaskertje op hebt gesmeerd of als je nog in je pyjama rondloopt.'

'Het zou Esme totaal niet van haar stuk brengen. Maar zelf moet ik er ook niet aan denken.'

'Toch heb je het heel goed gedaan toen Laure zomaar opdook en deed alsof ze thuis was.'

Iris knipperde een paar plotselinge tranen terug, geraakt door Beths compliment zonder dat ze vond dat ze dat verdiende. 'Misschien aan de oppervlakte. Maar ik begon me steeds meer aan haar te ergeren. Daar voel ik me nu erg schuldig over. En we zijn niet naar haar uitvaart gegaan,' voegde ze er met overslaande stem aan toe. 'Dat kon niet. Het zou lijken alsof we haar daden door de vingers zien.'

Beth haakte haar arm door die van Iris. 'Er valt jullie niets te verwijten, mam. Je hebt gelijk, jullie konden gewoon niet gaan. En als je je toch weer schuldig gaat voelen, denk er dan maar aan dat ze Pierre heeft vermoord.' Haar stem kreeg een harde klank. 'Dan raak je je medelijden met Laure wel kwijt.'

# 49

Gabriel staarde uit het raam van de trein. Nu Pierres uitvaart achter de rug was, was het beetje energie dat hem erdoorheen had geholpen verdwenen. Ze naderden St. Pancras en hij voelde zich zo afgemat dat hij zich afvroeg of hij straks de trein nog wel uit zou kunnen komen.

Wat hem nog de meeste schrik aanjoeg, was dat hij zichzelf op geen enkele manier leek te kunnen oppeppen. Ja, het afgelopen jaar was zwaar geweest: zijn dierbare vader en zijn geliefde hond waren overleden, hij had Charlie stervende aangetroffen in de groeve en zijn beste vriend was vermoord door diens eigen vrouw, die vervolgens haar dood tegemoet was gesprongen. Hij mocht best gedeprimeerd zijn. Maar zijn onvermogen ook maar één lichtpuntje te vinden om zich aan vast te klampen baarde hem zorgen. Zijn huwelijk was niet wat het geweest was en hij had geen enkele behoefte om weer als huisarts aan het werk te gaan. Beth – de enige voor wie hij 's ochtends opstond – zou binnenkort gaan studeren en de ommuurde tuin was bijna klaar, dus ook daar zou hij geen afleiding meer vinden.

Beth had niet mee naar de uitvaart gewild en Iris en hij hadden haar met liefde achtergelaten. Hij had het geen prettig idee gevonden dat zij de tranen zou zien die hij niet kon inhouden; hij zou haar verdriet om zijn verdriet niet hebben kunnen verdragen. Bovendien had hij het gevoel gehad dat Iris en hij het samen moesten doen, met z'n tweeën, want als het voorbij was, zou de gedeelde opluchting dat ze verder konden met hun leven hen hopelijk dichter bij elkaar brengen. Maar dat was niet gebeurd. Gisteravond in hun hotel hadden ze net zo goed in verschillende kamers hebben kunnen verblijven, zo weinig hadden ze tegen elkaar gezegd. Er leken geen woorden te zijn die de kloof tussen hen konden overbruggen.

Thuis was het hetzelfde liedje. Als hij de keuken in liep en Iris daar aantrof, mompelde hij sorry, pakte hij snel wat hij wilde pakken en ging weer weg. Wanneer was het zover gekomen, vroeg hij zich af, dat hij zich verontschuldigde als hij zijn eigen keuken binnenliep?

Hij legde zijn hoofd tegen de hoofdsteun, zodat hij Iris' spiegelbeeld in het raam kon zien. Ze zat rechtop voor zich uit te staren en de sombere blik op haar gezicht maakte dat hij instinctief haar hand pakte, maar die bleef slap in de zijne liggen, alsof ze zijn aanraking alleen maar tolereerde – en omdat het onbeleefd zou zijn om haar hand weg te trekken.

'Gaat het wel?' vroeg hij zacht terwijl hij haar van opzij aankeek.

Hij zag een flits van woede in haar ogen en zette zich schrap voor een 'Wat denk je zelf?'. Maar ze knikte stijfjes, misschien met het oog op de andere passagiers. Hij zag dat de vrouw tegenover hen een blik op Iris wierp, en toen ze haar ogen op hem richtte en hem een meelevende glimlach schonk, wilde hij vooroverbuigen en tegen haar schreeuwen dat ze zijn vrouw niet mocht bekritiseren omdat ze geen idee had van wat ze had doorgemaakt. Maar hij was bang dat hij dan zou ontploffen van de woede en bitterheid over de oneerlijkheid van alles, en dat hij niet meer zou kunnen stoppen.

Claire was op de uitvaart geweest. Naderhand, toen ze het crematorium verlieten, had hij haar willen aanspreken, maar ze was samen met vrienden en Iris had ze niet willen storen. Maar toen Iris in een gesprek verwikkeld was geraakt met een collega van Pierre, had Claire hem zien staan en was ze naar hem toe gekomen.

'Ik vind het zo erg,' had ze gezegd. 'Ik kan me niet voorstellen hoe zwaar dit voor jou en Iris moet zijn, zo snel na Laure. Ik weet hoe goed jullie vieren bevriend waren. En als wij het al moeilijk vinden...' Ze gebaarde naar haar vriendengroep.

'Het is onvoorstelbaar dat ze er allebei niet meer zijn,' had Gabriel gezegd. 'En dan die vreselijke manier waarop ze zijn gestorven...' Hij had geaarzeld, maar was toen verdergegaan omdat hij haar waarschijnlijk nooit meer zou zien en hij het wilde weten. 'Weet jij wat er is gebeurd, waarom Laure Pierre had verlaten?'

Claire had haar hoofd geschud. 'Pierre heeft me alleen verteld dat ze hadden besloten even afstand van elkaar te nemen, en dat Laure bij jou en Iris in Engeland logeerde. Hij heeft nooit gezegd waarom en ik heb het hem niet gevraagd, omdat hij het me wel zou hebben verteld als hij dat wilde. Uit het weinige dat hij heeft gezegd, heb ik opgemaakt dat het een gezamenlijk besluit was.'

Ze had vertrouwelijk geglimlacht. 'Je weet hoezeer hij op zichzelf was. Hij deelde zijn problemen nooit echt met iemand en ging er het liefst in zijn eentje op uit als hij zich niet prettig voelde. Daarom vond ik het niet vreemd toen hij me een berichtje stuurde om te zeggen dat hij de hele maand juli weg zou zijn. Zo zat hij in elkaar.' Toen had ze geweifeld, alsof ze niet zeker wist of ze verder moest gaan. 'Ik kan het niet geloven, van Laure, echt niet. Ik weet dat ik wel zal moeten, maar het lijkt me gewoon… ondenkbaar. Zelfs als hij een affaire met iemand had, wat ik betwijfel, dan was dat toch nog geen reden om hem te vermoorden?'

Hij had Claire bijna gevraagd of ze iets had gehoord over een kind dat Pierre zou hebben. Maar dat had hij niet gedaan, omdat hij er – hoe meer hij erover nadacht, en hij had er veel over nagedacht – steeds sterker van overtuigd was dat Laure had gelogen. Dat ze nooit achter de waarheid zouden komen, en ze de hele kwestie dus nooit echt een plek zouden kunnen geven, maakte het lastig om het leven weer op te pakken.

Hij werd uit zijn gedachtestroom gehaald doordat Iris haar hand uit de zijne wegtrok. Hij wachtte tot ze haar tas zou doorzoeken of in haar oog zou wrijven, maar ze legde hem simpelweg in haar andere hand op schoot. Zijn hart ging naar haar uit. Hij kon haar innerlijke worsteling bijna zien en zou willen dat hij haar kon helpen. Maar ze leek onbereikbaar.

En dan was Maggie Ingram er nog. Hij wist dat hij haar lang genoeg had laten wachten en had hun afspraak verzet naar dinsdag over een week. Het had ook wel eerder gekund, maar hij moest even bijkomen na het immense verdriet van Pierres uitvaart. Als hij haar eenmaal had ontmoet, hoopte hij dat iedereen hem met rust zou laten en dat hij eindelijk ongestoord zou kunnen rouwen om de dood van zijn vriend.

# 50

Iris voelde zich schuldig toen ze haar hand uit die van Gabriel wegtrok. Ze vond het vreselijk dat ze zijn aanraking niet kon verdragen, dat ze hem niet kon troosten nu hij afscheid had genomen van zijn beste vriend. Maar ze kon hem niet laten doordringen tot het mentale stalen pantser dat ze om zich heen had gebouwd om de angstaanjagende emoties die zich in haar hadden opgehoopt te bedwingen, bang dat ze eruit zouden komen spuiten in één kolossale, heftige straal. Want dan zou het met haar gedaan zijn. Iris Pelley zou ophouden te bestaan.

Ze vond het ook vreselijk dat niet Gabriel of Pierre of zelfs Laure de grootste plek in haar hoofd innam. Het was Joseph die haar gedachten binnendrong nu ze in de trein terug naar Londen zaten. Het was een vergissing geweest om hem op te zoeken, besefte ze vol bitterheid; het was een vergissing te denken dat hij het haar zou vergeven.

Ze had hem maandag bij Esme thuis opgezocht. De voordeur was dicht, tegen de gewoonte in, en Iris herinnerde zich dat Esme de dag daarvoor had gezegd dat ze de volgende ochtend een afspraak bij de dokter had voor Hamish. Ze had het pad langs het huis gevolgd in de verwachting dat Joseph in de tuin aan het werk zou zijn. Hij was nergens te bekennen geweest en toen ze op de deur van zijn schuur had geklopt, was er niet gereageerd.

Ze had niet naar binnen moeten gaan, dat wist ze nu wel. Maar toen ze de deur had geprobeerd, was die bijna uitnodigend opengezwaaid. Ze was nieuwsgierig; er waren zoveel grapjes gemaakt over Joseph in zijn huisje dat ze graag wilde zien hoe het er binnen uitzag. Verrassend comfortabel, zo bleek. Meteen achter de deur lag een woonkamer met een bank langs de rechtermuur en achterin was een open keukentje met een tweepitsgasstel en een koelkast. In het midden stond een houten tafel met twee stoelen.

Toen ze de deur links van de hoofddeur opende, trof ze een kleine slaapkamer aan met een tweepersoonsbed en een ladekast. Ze verdrong beelden van Laure en Joseph samen op het bed en was naar de deur rechts van het bed gelopen. Zoals ze al had verwacht was daar een badkamertje.

Terug in de woonkamer had ze de kastdeuren geopend, waarin blauw-wit gestreept servies stond, vergezeld van pannen en blikjes bonen, kikkererwten en soep. Op dat moment had ze weg moeten gaan om buiten op Joseph te wachten. Maar ze was op de bank gaan zitten en had zich voorgesteld hoe het zou zijn om er te wonen, bij iedereen en alles vandaan. *Hier*, wist ze nog dat ze dacht, *zou ik rust vinden.*

'Waar ben jij mee bezig?' Josephs stem, woedend en vol ongeloof, had haar gedachten abrupt onderbroken. Hij stond in de deuropening met een gezicht dat iets donkers uitstraalde, iets waarvan Iris vreesde dat het minachting zou kunnen zijn.

'Ik... Ik kom mijn excuses aanbieden,' had ze gestameld terwijl ze was opgestaan.

Voordat ze nog iets had kunnen zeggen, was hij opzij gestapt, zodat hij de deuropening niet meer versperde.

'Ga alsjeblieft weg.'

'Ik wil het graag uitleggen,' had ze nerveus gezegd. 'Het was een vergissing, ik dacht echt dat jij en Laure ruzie stonden te maken. Ik...' Ze had gezwegen. Joseph had een stap in haar richting gezet. 'Nu!' had hij bijna geschreeuwd.

Bij de herinnering begonnen haar wangen weer te gloeien van schaamte. Ze wilde Gabriel iets vragen, maar het duurde een paar minuten voor ze genoeg speeksel had verzameld om iets te kunnen zeggen.

'Joseph komt niet meer voor ons werken, toch?' vroeg ze.

Gabriel draaide zijn gezicht met opgetrokken wenkbrauwen naar haar toe en ze realiseerde zich hoe vreemd het overkwam dat ze iets over Joseph terwijl ze sinds Pierres uitvaart gisteren amper twee woorden tegen hem had gezegd.

'Jawel, hij is er nu, als het goed is. Ik heb Hugh zondag gevraagd of hij hem wilde vragen om mee te helpen met de laatste loodjes van de tuin, en hij zei dat hij hem deze week zou sturen. Hij is dinsdag waarschijnlijk ook geweest. Ik had Beth moeten vragen of hij inderdaad is komen opdagen.'

'Waarom?' Iris probeerde niet paniekerig te klinken. 'Ik bedoel, waarom kun je het zelf niet afmaken? Er is nu niet meer zoveel te doen, toch?'

'Nee, maar ik wil dat het klaar is voordat Beth vertrekt voor haar studie, en als Joseph niet meehelpt, gaat dat niet lukken.'

'Is het erg als het dan nog niet af is?'

'Ja.' Gabriel dempte zijn stem. 'Ik had Beth beloofd dat de tuin klaar zou zijn voordat zij zou thuiskomen en dat is niet gelukt vanwege alle toestanden. Dus het is belangrijk voor me dat ze ervan kan genieten in de weken voor haar vertrek.'

'Hoelang? Hoelang blijft hij nog voor ons werken?'

'Geen idee. Waarschijnlijk een paar weken. Luister, ik snap dat het tussen jullie nu even lastig kan zijn, maar als je het uitlegt, zal het heus wel weer in orde komen.'

'Ik zou denken dat hij de plek waar hij zoveel tijd met Laure heeft doorgebracht zou willen mijden,' zei Iris zachtjes. De vrouw tegenover hen wierp haar weer een blik toe, waarna ze zich weer verdiepte in het boek dat ze aan het lezen was.

'Daar had ik niet aan gedacht,' zei Gabriel. 'Misschien is hij er dan toch niet geweest.' Hij haalde zijn telefoon uit zijn zak. 'Ik zal Hugh een berichtje sturen om het hem te vragen.'

Iris leunde met haar hoofd achterover en sloot haar ogen, stilletjes biddend dat Laures dood Joseph zo had aangegrepen dat hij had geweigerd weer voor hem te komen werken.

Gabriels stem onderbrak haar gedachten. 'Hugh heeft het net bevestigd. Joseph is bij ons.'

Iris knipperde haar tranen terug. Ze had gehoopt dat ze Joseph nooit meer zou zien. Maar ze kon niets doen behalve uit zijn buurt blijven op de dagen dat hij er was.

# 51

Gabriel ijsbeerde door de zitkamer, wachtend tot Maggie Ingram zou komen. Hij bekeek zichzelf in de gebarsten spiegel. Zijn gezicht was lijkbleek, maar hopelijk zou Maggie dat toeschrijven aan het recentere trauma dat hij had beleefd in plaats van aan zijn vrees voor hun ontmoeting.

Iris en hij waren er nog niet aan toegekomen om de spiegel te vervangen, misschien omdat die onbewust hun relatie in deze periode reflecteerde. Wie weet zouden ze een nieuwe ophangen als ze weer op het juiste spoor zaten. Even vroeg Gabriel zich af of hij de spiegel aan diggelen zou moeten slaan, want soms had hij het gevoel dat het tussen hem en Iris nooit meer te lijmen viel. Hij wist niet hoe ze het moesten redden als Beth het huis uit zou gaan om te gaan studeren. Zij vulde de stiltes tussen hen.

De deurbel ging, en hij bleef stokstijf staan. Hij raapte zijn moed bijeen. Vergeleken met alles wat hij had doorgemaakt was dit een peulenschil. Hij liep door de hal en deed de deur open. Hij was blij te zien dat Maggie niet veel was veranderd in de ongeveer zeven jaren dat hij haar niet had gezien. Haar glimlach was minder breed en in haar ogen lag een vleugje droefheid. Maar hij herkende haar meteen, wat het plotseling wat gemakkelijker maakte.

'Het spijt me dat ik je in deze zware periode lastigval,' zei ze terwijl hij haar voorging naar de zitkamer. 'Het is heel aardig van je dat je me wilt ontmoeten nu je zoveel andere dingen aan je hoofd hebt.' Ze aarzelde. 'Hoe gaat het met je?'

Hij zocht naar woorden die de allesomvattende verlatenheid die hij voelde konden uitdrukken.

'Verslagen. Verloren. Ik weet niet zeker of ik me ooit weer heel zal voelen.'

Ze knikte. 'Het wordt op den duur niet makkelijker,' zei ze zacht. 'Alleen anders.'

'Ga zitten. Wil je thee of koffie?'

'Nee, bedankt.'

'Ik vind het heel erg van Charlie,' zei hij, terwijl hij tegenover haar plaatsnam. 'Ik heb goede herinneringen aan hem. Ik hoop dat hij was blijven voetballen op St. Cuthbert's.'

'Ja, en hij deed aan rugby en tennis. Hij was een sportfanaat.' Ze schonk hem een glimlachje. 'Ik ben dankbaar dat jij op het laatst bij hem was, dat er iemand bij hem was die hij kende, die hij graag mocht en bewonderde. Je weet niet half hoeveel troost dat me heeft gegeven.' Ze zweeg een moment. 'Ik... Ik had het ondraaglijk gevonden als hij eenzaam was gestorven. En als jij er niet was geweest, had ik nooit geweten dat hij het me had vergeven. We hadden een heftige ruzie gehad en hij was woedend op me, zo woedend dat hij me geen kans heeft gegeven het uit te leggen. Hij stormde het huis uit en daarna heb ik hem niet meer gezien.'

'Het spijt me dat te horen.'

'Dank je wel. Vertel eens: hoe gaat het met Beth?'

Gabriel begon Maggie te vertellen over Beths tussenjaar in Griekenland. Hij had bewondering voor haar generositeit. Het moest pijnlijk zijn om te horen over een meisje van dezelfde leeftijd als Charlie, haar zoon, die had genoten van het leven en nog een toekomst voor zich had. Hij voelde zich ook beschaamd. Ja, hij was twee vrienden verloren, op een verschrikkelijke manier, maar Maggie was haar enige kind kwijt, en toch lukte het haar elke dag om uit bed te komen en niet te zwelgen in zelfmedelijden, zoals hijzelf had gedaan.

'Werk je nog steeds als huisarts?' vroeg Maggie toen hij haar over Beth had verteld.

Gabriel aarzelde. 'Momenteel niet. Ik heb verlof opgenomen.'

'Natuurlijk.' Maggie knikte meelevend, en Gabriel realiseerde zich dat ze, tot zijn opluchting, dacht dat het iets recents was, gerelateerd aan wat er met Laure en Pierre was gebeurd in plaats van Charlie.

'Ik voel me schuldig over Pierre,' flapte hij er ineens uit, zich afvragend waarom hij Maggie vertelde over het verpletterende schuldgevoel dat hij met zich meedroeg, terwijl hij er tegen Iris niets over had gezegd. 'Hij was mijn beste vriend en ik heb hem in de steek gelaten. Ik had hem meteen moeten opzoeken toen Laure bij ons introk, maar dat heb ik niet gedaan, ik ging pas een maand later. Als ik in het begin was gegaan, had dat de loop der dingen misschien veranderd.' Hij zweeg in het besef dat ze misschien niet eens wist waar hij het over had. 'Het spijt me, ik weet niet of je erover hebt gelezen in de kranten.'

'Jawel,' zei ze snel, om hem gerust te stellen. 'Toen Laure was gevonden werden er in de media veel parallellen getrokken met Charlie, omdat ze allebei in de groeve lagen.'

Gabriel keek haar vol ontzetting aan. 'Wat moet dat zwaar voor je geweest zijn.'

Ze glimlachte. 'Nog even over Pierre: spijt is verspilling van emotie. Hoe graag we het ook zouden willen, we kunnen het verleden niet veranderen. We moeten de fouten die we hebben gemaakt onder ogen zien, maar ze niet elk moment van elke dag laten overschaduwen.'

'Je hebt natuurlijk gelijk. Maar het is niet makkelijk.' Hij keek haar vragend aan. 'En jij? Werk jij op het moment?'

Maggie schudde haar hoofd. 'Ik concentreer me op onze tuin. Toen ik op de school werkte, hielp ik in mijn vrije tijd mee in de moestuin. Het lijkt me geweldig om op een dag zelfvoorzienend te zijn en ook wat kippen te hebben.'

'Je spreekt met een bekeerling,' zei Gabriel. 'Ik had nooit tijd voor tuinieren, maar toen ik iets zocht om mijn tijd mee te vullen heb ik besloten om een begin te maken met een oude ommuurde tuin die door de vorige eigenaren was verwaarloosd. En ik vind het heerlijk om buiten aan de slag te zijn.'

'Een ommuurde tuin,' zei Maggie zacht, en ze sloot even haar ogen. 'De ultieme droom.'

'Wil je er een kijkje nemen?' vroeg Gabriel spontaan. 'Of heb je haast?'

'Nee, nee, heel graag.'

Gabriel ging Maggie voor door het huis en over het terras, blij dat hij iemand de ommuurde tuin kon laten zien. Hij wist zeker dat Iris, als de verschrikkingen van de afgelopen maanden naar de achtergrond verdwenen, van de tuin zou gaan houden. Op dit moment was het de laatste plek waar ze wilde zijn. Hij wist dat ze zich niet meer op haar gemak voelde bij Joseph omdat ze de politie had verteld van de ruzie die ze had afgeluisterd. Het kwam ongelukkig uit dat hij Joseph nog een paar weken nodig had, anders zou hij hem gevraagd hebben te vertrekken. Maar er was nog werk te doen dat hij niet in zijn eentje aankon, wegens gebrek aan expertise en – moest hij toegeven – kracht.

'Wat prachtig, zeg,' zei Maggie, die de bloemenborders bewonderde terwijl ze over het pad liepen. 'Doe je dit allemaal in je eentje of helpt je vrouw mee?'

'Iris doet meestal de borders en ik maai het gras. Maar ik

heb hulp in de ommuurde tuin.' Ze kwamen bij de ingang en Gabriel duwde de deur open.

'Wat een schitterende plek!' riep Maggie uit. Ze stapte naar binnen en keek rond. 'Al die paadjes… En je hebt al best veel begroeiing. Ik stel me zo voor dat veel van deze struiken hier al lang staan.'

'Ja, we hebben behouden wat we konden, maar zoals je ziet moeten we nog heel veel beplanten. Ik wou dat ik foto's had genomen van hoe het hier was, dan kon je zien hoe ver we zijn gekomen in een kleine drie maanden. Het is voor een groot deel aan Joseph te danken. Hij is degene met alle kennis en vakmanschap.'

'Joseph?'

'Ja. Kijk, hij is daar in de hoek aan het werk. We hebben hem geleend van vrienden die hier onlangs zijn komen wonen…' Gabriel stopte. Maggie had hem bij zijn arm gegrepen en toen hij zich omdraaide en haar aankeek, zag hij dat het bloed uit haar gezicht wegtrok. 'Maggie, gaat het wel? Wil je even zitten?' Omdat hij bang was dat ze zou omvallen legde hij zijn arm om haar schouder en probeerde haar mee te loodsen naar het houten bankje. Maar ze wurmde zich los, draaide zich om, snelde door de open deur en holde over het pad naar het huis.

'Maggie!' Gabriel rende haar achterna en hoorde haar hortende ademhaling. Iris' gezicht verscheen achter het keukenraam en verdween weer terwijl ze snel naar de schuifdeur liep om die voor Maggie open te doen.

'Wil je even zitten? Zal ik een glas water voor je pakken?' hoorde hij Iris vragen.

Maggie liep haar haastig voorbij naar de deur. 'Nee, nee, het spijt me, ik moet gaan. Ik voelde me even niet goed, maar het gaat wel weer.'

'Weet je zeker dat je niet wilt gaan zitten?' vroeg Gabriel toen hij haar had ingehaald. 'Ik vind het niet prettig dat je gaat rijden als je je niet goed voelt.'

'Nee, echt, het gaat wel weer.' Ze tastte naar de klink en hij reikte om haar heen om de deur open te doen.

'Als je het zeker weet,' zei hij.

'Ja. Dank je voor de vriendelijke ontvangst.' Maggie keek langs hem heen naar Iris. 'Dag.' En weg was ze.

Ze bleven staan tot ze de auto van de oprit af hoorden rijden.

'Wat was dat nou?' vroeg Iris verbaasd.

'Ik weet het niet, ze werd ineens onwel. Ik hoop dat ze in staat is naar huis te rijden.'

'Ik ook. Maar afgezien daarvan, hoe ging het?'

'Heel goed.'

'Heeft het geholpen om met haar te praten?'

'Ja, dat heeft het zeker,' zei Gabriel, want nu hij wist dat zijn leugen Maggie had geholpen haar leven weer op te pakken, voelde hij zich er niet meer schuldig over.

# 52

Iris hoorde Beths voetstappen op de trap.

'Is alles oké?' vroeg ze terwijl ze de keuken in liep 'Ik zag Charlies moeder net weggaan toen ik uit mijn raam keek. Ze leek haast te hebben.'

'Ik weet niet goed wat er is gebeurd,' zei Iris, die zichzelf een glas bruiswater inschonk. Ze hield de fles omhoog om te vragen of Beth ook wat wilde, maar die schudde haar hoofd. 'Ze stond met je vader in de tuin en plotseling kwam ze naar het huis rennen. Ze zei dat ze zich niet goed voelde. Ik heb gevraagd of ze even wilde gaan zitten, maar ze wilde per se weg.'

'Heeft papa iets tegen haar gezegd? Iets wat haar van streek kan hebben gemaakt? Over Charlie, bedoel ik.'

'Nee, ik dacht het niet. Hij leek net zo verbaasd te zijn als ik.'

'Raar, hoor.' Beth lende tegen het aanrecht. 'Ik maak me zorgen om hem, mam. Hij ziet er slecht uit.'

'Ja. Maar misschien heeft de ontmoeting met Maggie geholpen.'

Beth opende de koelkast en haalde er een pak vruchtensap uit. 'Ik ga straks naar Esme en Hugh. Ik heb Esme beloofd dat ik even op Hamish zou passen.'

Alweer, wilde Iris zeggen. 'Goed idee,' zei ze in plaats daarvan terwijl ze Beth een glas aanreikte. Ze kon het Beth niet kwalijk nemen. Het was vast deprimerend om vierentwintig uur per dag met haar en Gabriel opgescheept te zitten.

'Ik ga nu boven een tijdje lezen, denk ik.'

'Oké.' Iris schonk haar een glimlach en probeerde iets te bedenken waarmee ze Beth wat langer bij zich kon houden. 'Misschien kunnen we zaterdag gaan winkelen en ergens gaan lunchen.'

'Graag,' zei Beth blij. 'Fijn om samen iets leuks te doen.'

Beth liep naar boven en Iris' gedachten gingen met tegenzin terug naar wat Beth gisteravond had gezegd toen ze terugkwam van Esme.

'Het is heel leuk om te zien hoe enorm Joseph op Hamish gesteld is,' had ze opgemerkt toen ze op de bank naast Iris neerplofte.

Iris had haar boek neergelegd. 'Hoe bedoel je precies?'

'Nou, hij is dol op hem. Als Esme iemand nodig heeft om Hamish vast te houden, of hem uit zijn wieg te halen of in bed te leggen, dan is Joseph mij en Hugh steevast te snel af. Zelfs Marcus kwam er niet aan te pas in het weekend, en die was speciaal voor Hamish gekomen.'

'Vindt Hugh het niet erg? Van Joseph?'

Beth had gelachen. 'Ik denk dat hij opgelucht is. Hij en Esme zijn momenteel behoorlijk uitgeput. Ze moeten er nog steeds een paar keer per nacht uit voor Hamish, dus ze zijn dankbaar voor alle hulp die ze 's avonds krijgen.'

'Dus Joseph brengt alle avonden met hen door?'

'Niet alle avonden, gewoon af en toe. Waar is papa?'

'Onder de douche.'

Beth had haar armen boven haar hoofd gestrekt. 'Ik denk dat ik naar bed ga, had ze met een gaap gezegd. 'En jij, ga jij ook naar boven?'

'Ja, straks.'

Ze had Iris een kus gegeven. 'Welterusten, mam. Blijf niet te lang op.'

Iris had geglimlacht om de omgekeerde rolverdeling. 'Oké.'

Maar ze was wel lang opgebleven en haar twijfels omtrent Esme en Joseph waren weer naar boven gekomen. De gedachte dat Esme een relatie met Joseph zou hebben gehad en dat ze nu zelfs misschien wel een affaire met hem had, wekte haar verontwaardiging vanwege Hugh. Tenzij ze een open huwelijk hadden. Maar als dat zo was, vroeg Hugh zich dan niet af of Hamish wel echt van hem was?

Ze begon de salade te maken voor bij de steaks die ze voor het avondeten had gekocht. Ze ging er al min of meer van uit dat Beth niet met hen zou eten, omdat ze naar Esme zou gaan. Gabriel en zij hadden de gewoonte ontwikkeld tijdens het eten de nieuwszender op te zetten, iets wat ze voorheen nooit zouden hebben gedaan, en wat ze niet deden als Beth met hen at. Iris maakte zichzelf wijs dat het normaal was dat ze elkaar niets te vertellen hadden nu ze geen van beiden werkten. Vroeger zouden ze elkaar over hun dag hebben verteld. Nu hadden ze al geen gespreksstof meer voordat ze überhaupt gingen zitten.

'Waar zit jij met je gedachten?'

Gabriel stond in de deuropening en probeerde zijn bezorgdheid met een glimlach te maskeren.

'Wat is er?' Ze haalde de steaks uit de koelkast, zodat ze op kamertemperatuur konden komen.

'Ik heb nog eens nagedacht over Maggie. Toen we in de ommuurde tuin waren, was Joseph verderop in de hoek aan het werk. Op het moment dat ik het over hem had en naar hem wees, leek ze plotseling onwel te worden.'

Ze fronste. 'Dat zal wel toeval zijn. Ze kan Joseph onmogelijk kennen.'

'Stel dat hun wegen elkaar gekruist hebben op de school waar Maggie werkte en Charlie leerling was?' Hij liep verder de keuken in en bleef tegenover haar staan. 'Hugh heeft me verteld dat Joseph bij een tuinarchitectenfirma in dienst was. Jarmans. Ik heb het bedrijf opgezocht en op hun website staat dat ze aan de tuinen rond St. Cuthbert's hebben gewerkt. Laatst heb ik Joseph gevraagd of hij zich met dat project had beziggehouden, en hij zei van niet. Maar wat als hij heeft gelogen?'

'Waarom zou hij dat doen?'

'Ik weet het niet. Misschien omdat hij niet wil dat mensen weten dat hij daar hovenier was.' Hij dacht even na. 'Ben jij toevallig van plan om binnenkort naar Esme te gaan?'

'Ik denk erover om morgenochtend langs te wippen. Hoezo?'

'Kun jij proberen erachter te komen waar Joseph precies werkte voordat hij ontslagen werd? Vraag het haar niet rechtstreeks, ik wil niet dat hij weet dat we navraag doen.'

'Denk je echt dat Maggie en hij elkaar kenden?'

'Ik kan geen andere verklaring bedenken voor haar paniekaanval.'

'Oké,' zei Iris. 'Ik zal kijken wat ik kan doen.'

## 53

Iris duwde de deur naar Esme's keuken open.

'Ik ben het maar,' riep ze.

'Iris!' Esme liep naar haar toe en omhelsde haar. 'Wat een fijne verrassing! Goed je te zien.'

'Ik stoor toch niet?'

'Nooit. Kom, ga zitten. Het is al veel te lang geleden.' Er lag een licht verwijtende blik in haar ogen.

'Ik wilde Beth de ruimte geven,' verklaarde Iris, die naar de bank liep. 'Het heeft haar goedgedaan om de afgelopen weken tijd met jou en Hugh door te brengen.'

'We vinden het fijn als ze hier is en ze helpt ons enorm met Hamish. Vertel, waar heb je zin in? Thee, sap, fris of iets sterkers?' Esme fladderde als een vogel om haar heen.

'Een glaasje fris graag. Waar is Hamish?'

'Die ligt te slapen, godzijdank. Op het terras.'

Esme nam een kan zelfgemaakte limonade en twee glazen mee naar de tafel en plofte neer op de bank. 'En, hoe gaat het met je?' vroeg ze.

'Het gaat iets beter. Het helpt dat Beth er is. Dat maakt ons sterk, want omwille van haar verzinken we niet in somberheid, wat misschien wel was gebeurd als zij niet bij ons was geweest.

Ik denk dat we allebei erg opzien tegen haar vertrek.'

Er tinkelden ijsblokjes in de glazen terwijl Esme de limonade inschonk.

'Ik ben blij dat je er bent, Iris, want ik wil je iets vragen. Of eigenlijk willen Hugh en ik je iets vragen, maar hij is er nu niet en ik weet dat hij het goed zou vinden als ik het je namens hem vraag.' Ze haalde adem. 'We zouden graag willen dat jij Hamish' peettante wordt.'

Iris sperde haar ogen open. 'Ik?'

Esme lachte. 'Ja, jij. Als je dat tenminste wilt. Misschien heb je al genoeg petekinderen, dus zeg het gewoon als je er niet voor voelt.'

'Nee hoor,' zei Iris, nog een beetje verbouwereerd. 'Ik heb er maar twee, en een van hen zie ik bijna nooit. Maar je kent me amper.'

'Nou, nog niet lang, maar in mijn hart voelt het alsof ik je al jaren ken, en ik weet dat we altijd bevriend zullen blijven.'

'Weet je zeker dat er niemand anders is die je wilt vragen? Een van je zussen?'

Esme schudde haar hoofd. 'Hugh en ik zouden het heel fijn vinden als jij ja zegt.'

'Nou, in dat geval voel ik me vereerd. Dank je.'

'Echt? O, wat ben ik daar blij om. Dan worden we bijna familie van elkaar!'

'Wie wordt de peetoom?' vroeg Iris. 'Marcus?'

'Nee. We hebben Joseph gevraagd.'

De vreugde in haar vervloog. 'Joseph?'

'Ja. Ik bedoel, hij heeft Hamish praktisch ter wereld geholpen, dus de keus was gemakkelijk.' Er gleed een frons over haar gezicht. 'Je kijkt geschokt.'

'Nou... wat zal ik zeggen... Misschien is hij wel té nauw betrokken bij jullie baby.'

Esme's frons werd dieper. 'Hoe bedoel je?'

'Oké, ik ga het gewoon zeggen.' Haar woorden kwamen eruit rollen. 'Ik heb hem een keer met zijn hand op jouw buik gezien en dat leek me nogal… innig. En dan was hij ook nog in het ziekenhuis bij de geboorte, wat ook weer heel intiem is. En Beth zei dat hij zich veel met Hamish bemoeit, dat híj 's avonds vaak degene is die voor hem zorgt.'

Er verschenen twee rode vlekken op Esme's wangen. 'Jij denkt dat Joseph Hamish' vader is.'

'Nee, maar…' Iris zweeg. Haar wangen waren net zo rood als die van Esme.

'Dat is hij niet.'

Iris knikte. 'Oké.'

'Maar we hebben ooit wel een relatie gehad.' Esme keek Iris aan. 'Dat heb ik nog nooit iemand verteld.'

'Je hoeft het me niet te vertellen,' zei Iris snel.

'Ik vind het niet erg om het je te vertellen, Iris, maar Hugh weet niet dat Joseph en ik ooit meer dan vrienden zijn geweest. En ik heb liever dat hij het niet te weten komt, omdat hij dan zou kunnen denken dat er nu iets speelt tussen mij en Joseph, wat niet zo is, en daar zou de situatie complex door worden.' Ze pakte de kan en vulde hun glazen bij. 'Het begon toen ik weer bij mijn ouders ging wonen nadat mijn toenmalige vriend en ik na drie jaar uit elkaar waren gegaan. Ik geloof dat ik je al heb verteld dat ik toen slecht in mijn vel zat, psychisch en emotioneel.'

'Ja, dat weet ik nog.'

'Joseph kwam af en toe tuinieren bij mijn ouders; zij kenden zijn ouders, en Joseph volgde een opleiding tot hovenier, dus lieten ze hem wat van zijn ideeën uitproberen in hun tuin. Het was zomer en omdat ik mijn baan had opgegeven, lag ik vaak te zonnebaden op het gazon en liep ik Joseph eigenlijk in de weg omdat hij een border aanlegde. Hij was in mijn ogen eerst gewoon een jonge jongen, maar hoe beter ik hem leerde kennen, hoe meer ik me realiseerde dat hij net als ik zijn eigen persoonlijke drama meedroeg, en we begonnen onze problemen met elkaar te delen. Ik vertelde hem hoe het voelde om op mijn dertigste te worden gedumpt; hij vertelde mij hoe het voelde om op zijn drieëntwintigste een herstellend alcoholist te zijn.'

'Maar heb je in die tijd niet Hugh leren kennen? Toen je na je relatiebreuk weer bij je ouders ging wonen?'

'Ja, maar eerst werkte ik alleen maar voor hem. Ik werd geleidelijk verliefd op hem, we kregen pas twee jaar later een relatie.'

'Hoelang heb je iets met Joseph gehad?'

'Niet lang.' Ze zweeg even en liet haar hoofd hangen. 'Drie maanden erna kwam ik erachter dat ik zwanger was en heb ik tegen Joseph' wens in een abortus laten uitvoeren. Dus zo zit het.'

Iris hoorde de pijn in haar stem en pakte haar hand. 'Wat erg voor je.'

Esme tilde haar hoofd op, haar ogen glinsterend van de tranen. 'Ik heb het nog nooit aan iemand verteld. Ik kan het mezelf niet vergeven, vooral niet sinds ik Hamish heb gekregen, want ik stel me nu steeds voor hoe dat kind zou zijn geweest als ik de zwangerschap niet had afgebroken. Maar destijds had ik geen keus. Joseph wilde met me trouwen en samen de baby krijgen, maar hij was nog maar drieëntwintig. Het was een onmogelijke situatie. Uiteindelijk steunde hij me, is hij met me naar de kliniek gegaan en heeft hij naderhand voor me gezorgd. En toen het beter met me ging, vertrok hij. Ik kwam hem pas weer een paar maanden geleden tegen bij mijn ouders.'

'Hoe ging dat?' vroeg Iris.

'Hoewel we allebei verder waren gegaan met ons leven – het was een decennium later en ik was inmiddels getrouwd – konden we het meteen goed met elkaar vinden. Hij vertelde dat hij een paar wat langere relaties achter de rug had en gaf toe dat die steeds waren verbroken vanwege zijn alcoholprobleem. Hij had ook onder invloed zijn auto in de prak gereden en was daardoor zijn baan kwijtgeraakt. Hij...'

'Dat moet zwaar voor hem zijn geweest,' onderbrak Iris haar snel, die haar kans schoon zag om uit te vinden wat Gabriel wilde weten. 'Waar werkte hij eigenlijk?'

'Voor Jarmans, waar hij zich bezighield met de inrichting van de tuinen rondom een school.'

'Welke school?'

Iris voelde dat ze aarzelde. 'St. Cuthbert's.'

'St. Cuthbert's? Was dat niet de school waar Charlie Ingram op zat?'

'Ja, maar Joseph kende hem niet.'

'Wat vreemd dat hij Gabriel niet heeft verteld dat hij daar werkte, terwijl hij weet dat Gabriel degene is die Charlie heeft gevonden.'

'Hij zal hem wel niet van streek hebben willen maken. We weten allemaal dat Gabriel er niet graag over praat. Hoe dan ook,' zei Esme, 'nadat hij zijn baan was kwijtgeraakt, ging Joseph weer bij zijn moeder wonen, en mijn vader gaf hem werk omdat hij zag hoe ellendig zijn situatie was. Maar na het incident met de gasbrander wilden mijn ouders de verantwoordelijkheid voor hem niet meer dragen. Ze zijn een eind in de zeventig en kunnen die zorgen niet aan, dus vroeg mijn vader mij of ik het zag zitten om Joseph in te huren voor onze tuin, met als bijkomend voordeel dat hij weg zou zijn bij wat vrienden die een slechte invloed op hem hadden. Ik heb Hugh gebeld en hem over Joseph verteld, gezegd dat hij herstellend alcoholist was die tijdelijk een plek nodig had, en hij ging akkoord.'

'Weten jouw ouders dat jij en Joseph jaren geleden iets met elkaar hebben gehad?' vroeg Iris, terwijl haar hart nog bonsde door het nieuws dat Joseph op dezelfde school had gewerkt als Maggie Ingram.

Esme schudde haar hoofd. 'Nee.'

'En je hebt het Hugh ook niet verteld?'

'Nee. Achteraf had ik dat wel moeten doen, want ook dan had Hugh Joseph de klus gewoon gegeven. Als hij had geweigerd, zou het lijken alsof hij mij niet vertrouwde. Maar ik wilde niet dat hij zich zou afvragen of er iets broeide als ik met Joseph praatte, dus heb ik besloten om niets te zeggen. Ik wist dat Joseph niet voor altijd bij ons zou blijven werken, en wij hebben geen van beiden een probleem met elkaar. Er is niets meer tussen ons behalve vriendschap en de herinnering aan ons ongeboren kind.'

'Dat zal toch niet gemakkelijk zijn.'

'Dat is het ook niet. Toen we elkaar weer zagen had hij het er niet over, dus ik dacht dat hij het achter zich had gelaten. Toen hij erachter kwam dat ik zwanger was, stelde hij de normale vragen, zoals wanneer de baby werd verwacht. Pas ongeveer een week later besefte ik hoeveel last hij er nog van had.'

'Waarom, wat is er dan gebeurd?'

Esme stond op, liep naar het raam en bleef even naar de tuin staan kijken. 'Ik was boven in de slaapkamer toen Hugh me kwam vertellen dat hij dacht dat Joseph had gedronken. Hij had hem gevraagd om iets in de tuin te doen, en toen hij zag dat het nog niet was gebeurd, is hij Joseph gaan zoeken, die beweerde dat hij zich niet zo lekker voelde. Hugh vermoedde dat hij een kater had en ik was erg teleurgesteld, want

Joseph had het heel goed gedaan en in geen weken een druppel aangeraakt. Dus ben ik naar hem toe gegaan.' Ze zweeg even. 'Hugh had gelijk, Joseph had gedronken en ik was heel boos op hem. Ik zei dat hij zichzelf en mijn vader had teleurgesteld. En toen vertelde hij dat het nieuws van mijn zwangerschap hem van slag had gemaakt omdat hij de baby die wij gehad hadden kunnen hebben nooit vergeten was.' Ze draaide zich om naar Iris. 'Wat vreemd eigenlijk, hè, dat mensen veronderstellen dat mannen minder geraakt worden door abortussen en miskramen dan vrouwen. Hoewel Joseph indertijd zijn best deed om ervoor te zorgen dat het na de abortus goed met mij ging, heb ik weinig stilgestaan bij wat het met hem deed. Weet je wat hij zei? Dat hij al die jaren geleden heeft uitgerekend wanneer de baby geboren zou zijn, en dat hij zich sindsdien elk jaar op 29 maart had voorgesteld hoe het zou zijn om een kind van twee, drie, vier, zeven, enzovoort te hebben. Ik was verdrietig en voelde me schuldig omdat hij meer aan onze baby had gedacht dan ik.' Ze liep weer naar de bank en ging zitten. 'Hij heeft nooit een kind gekregen, maar er wel altijd een gewild. Dus ik begrijp wel waarom mijn zwangerschap hem had doen wankelen. Nou, we hebben toen lang gepraat en hij heeft me beloofd dat hij niet meer zou drinken. Voor zover ik weet, heeft hij woord gehouden. Ik denk dat het heeft geholpen dat ik hem bij mijn zwangerschap heb betrokken. Hij vond het fijn om zijn hand op mijn buik te leggen en de baby te voelen schoppen, en soms, als ik even op de bank ging liggen, legde hij zijn hoofd op mijn buik om te luisteren of hij hem kon horen. Maar alleen als er niemand in de buurt was, want het had raar kunnen overkomen.'

'Ja, ik denk dat er niet veel vrouwen zijn die een andere man dan hun echtgenoot het hoofd op hun zwangere buik laten leggen,' zei Iris. 'Als hij Hamish maar niet gaat beschouwen als zijn eigen zoon.'

'Nee, natuurlijk niet. Maar aangezien hij bij de geboorte was, zal hij heus een band met hem voelen. En daarom hebben we hem gevraagd om Hamish' peetoom te worden.' Esme zweeg. 'Je fronst weer.'

'Ik denk dat Hugh, als hij van jouw verleden met Joseph wist, misschien minder enthousiast zou zijn over zijn peetoomschap.'

Esme trok haar wenkbrauwen op. 'Volgens mij is Hugh niet zo bekrompen.'

'Je hebt natuurlijk gelijk,' haastte Iris zich te zeggen.

'We willen de doop graag snel laten plaatsvinden,' kletste Esme verder. 'We hebben de predikant gesproken en we denken aan zondag 2 oktober. Kun jij dan? En kan Beth er ook bij zijn? Dat zouden we fijn vinden, maar ik weet dat ze dan net voor haar studie naar Bristol is vertrokken. Denk je dat ze kan terugkomen voor de gelegenheid?"

Iris maakte een snel rekensommetje – over ruim drie weken – en schonk Esme een glimlach. 'Ik denk het wel.'

# 54

'Joseph heeft inderdaad in de tuinen van St. Cuthbert's gewerkt,' zei Iris, die Gabriel een glas wijn aanreikte. 'Ik heb het Esme gevraagd. Ik heb haar ook gevraagd waarom Joseph jou dat niet heeft verteld, en zij zei dat hij je waarschijnlijk niet van streek wilde maken.'

Dat leek Gabriel een redelijke veronderstelling. Hij vond het nog steeds niet prettig dat Joseph recht in zijn gezicht had gelogen – maar had hij zelf niet tegen Maggie gelogen?

Hij nam een slokje wijn. 'Hoe gaat het met Esme?'

'Goed. Zij en Hugh gaan Hamish laten dopen en ze hebben mij gevraagd als peettante.'

'Goh, wat aardig van ze. Ze waarderen je vriendschap dus. Je hebt ja gezegd, neem ik aan?'

'Ja, maar dat had ik misschien niet gedaan als ik had geweten dat ze Joseph hebben gevraagd om Hamish' peetoom te worden.'

'Joseph?' Gabriel trok zijn wenkbrauwen op. 'Is dat geen verrassende keus? Je zou denken dat ze Marcus zouden vragen. Of heeft hij nee gezegd?'

'Nee. Ze hebben Joseph gevraagd omdat hij bij de geboorte aanwezig was.'

'Juist ja.' Hij keek Iris onderzoekend aan. 'Er is nog iets, hè?'

Ze zette haar glas neer en leunde tegen het aanrecht. Ze keek hem aan alsof ze zijn reactie wilde peilen.

'Esme en Joseph hebben iets met elkaar gehad.'

'Wat?! Wanneer dan? Ik bedoel, is hij…'

'Nee, het is al jaren geleden, vóór haar relatie met Hugh. Ze woonde bij haar ouders nadat zij en haar vriend uit elkaar waren gegaan, en hij deed in die tijd wat klusjes in hun tuin. Hugh weet het niet.'

'Waarom zouden ze het verzwijgen? Als het verleden tijd is?'

Ze pakte haar glas weer. 'Ik denk dat ze bang was dat Hugh niet zou hebben gewild dat Joseph voor hen kwam werken als hij het had geweten.'

'Maar als hij er nu achter komt, zal hij zich afvragen waarom Esme er niet eerlijk over is geweest.'

'Hij komt er niet achter. En er speelt nu niets tussen Esme en Joseph.'

'Hm. Ik zou het Hugh wel hebben verteld, als ik Esme was.'

'Dat komt doordat jij door en door fatsoenlijk bent.'

Gabriels glimlach bereikte zijn ogen niet. 'Ik maak even een rondje door de tuin,' zei hij. 'Even de rugspieren ontspannen. Ik heb nooit geweten dat spitten zulk zwaar werk was.'

'Je bent de hele dag al in de tuin.'

'Ja, ik vind het fijn als Joseph er niet is.'

'Anders ik wel.'

Hij hield zijn glas wijn omhoog. 'Deze neem ik mee.'

'We eten vanavond met z'n tweeën, dus neem gerust de tijd.'

'Eet Beth bij Esme?'

'Ja.'

Hij knikte verstrooid en liep met zijn wijn naar buiten, met zijn gedachten bij Joseph. Een relatie met Esme, een relatie met Laure – en mogelijk een affaire met Maggie? Had Joseph hem daarom afgeraden om Maggie te ontmoeten, die dag dat Iris iedereen vertelde dat haar rouwcoach contact met hem had opgenomen? Was hij bang geweest dat zijn naam in het gesprek zou kunnen vallen? Maar hij mocht geen overhaaste conclusies trekken. Het was puur speculatie dat Maggie en Joseph misschien wel een affaire hadden gehad; er konden duizenden andere redenen zijn waarom Maggie ervandoor was gegaan toen ze hem zag. Toch vond Gabriel het geen prettig idee dat zowel Josephs relatie met Esme als met Laure had plaatsgevonden toen ze kwetsbaar waren: Esme had net een relatiebreuk achter de rug en Laure had Pierre verlaten. Stak Joseph zo in elkaar? Was hij een man die aasde op kwetsbare vrouwen die het zwaar hadden?

Met die gedachte in zijn achterhoofd trok Gabriel Josephs versie van de gebeurtenissen op de dag dat Laure stierf in twijfel. Stel dat het anders was gegaan? Volgens Joseph wilde hij dat Laure hem en Iris zou vertellen dat zij iets met elkaar hadden. Maar stel dat het anders zat, zoals hij aanvankelijk dacht? Misschien had Joseph haar toch verteld dat het voorbij was tussen hen? Er zou niets door veranderen: of Laure nu zelfmoord had gepleegd omdat ze wist dat de moord op Pierre uiteindelijk zou uitkomen of omdat Joseph met haar gebroken had, ze was hoe dan ook dood. Maar als het laatste scenario waar was, dan was Joseph deels verantwoordelijk.

# 55

'Mam, pap, kan ik even met jullie praten?'

In de keuken draaiden Gabriel en Iris zich om en antwoordden tegelijkertijd: 'Natuurlijk.'

Er klonk opluchting door in hun stemmen, omdat er weer een stilte tussen hen was doorbroken. Hun zorgen over Joseph die Maggie misschien wel had gekend, en hun pogingen om uit te zoeken of hij bij St. Cuthbert's had gewerkt, hadden hen korte tijd samengebracht, maar de afstand was weer terug.

Beth liep weg uit de deuropening en ze volgden haar naar het terras, Gabriel met zijn mok koffie in de hand. Er schoten duizenden mogelijkheden door Iris' hoofd over wat Beth in hemelsnaam te zeggen had waarvoor zij samen rond de tafel moesten gaan zitten. Ze sloeg Beth gade terwijl ze een stoel achteruitschoof en erop neerplofte. Ze kwam de laatste tijd gelukkiger over en Iris wist dat ze dat aan Esme te danken had. Gabriel wierp Iris een blik toe die uitstraalde dat ze snel moest gaan zitten. Aan de manier waarop hij met zijn hand door zijn haar streek, zag ze hoe nerveus hij was en ze vermoedde dat hij vreesde dat Beth hun zou vertellen dat ze een vreselijke ziekte onder de leden had.

'Wat is er, Bethie?' zei hij toen hij de spanning niet meer kon verdragen.

'Oké, nou, ik heb om een jaar uitstel gevraagd. Ik heb het gevoel dat ik er nog niet klaar voor ben om te gaan studeren.'

'O,' zei Iris, die de verbazing in haar stem niet kon verhullen.

'Ik ga wel,' zei Beth vlug. 'Alleen nog niet dit jaar.'

Gabriel slaakte een zucht van opluchting. 'Dat is goed, Beth, we begrijpen het volkomen.' Hij wendde zich tot Iris. 'Toch?'

'Ja, natuurlijk, als je er niet klaar voor bent. Weet je zeker dat ze je uitstel zullen geven?'

'Ik hoop het. Ik heb gemaild en alles uitgelegd – je weet wel, van Pierre en Laure – en ik denk van wel, wegens persoonlijke omstandigheden.'

'En wat zijn dan je plannen? Ga je proberen ergens werkervaring op te doen? Ik bedoel niet meteen, ik weet dat je misschien eerst even tijd voor jezelf nodig hebt.'

Beth bracht haar handen omhoog, trok de scrunchie van haar paardenstaart en schudde haar haar uit. 'Tijd voor mezelf, zeker. Als jij en papa het aankunnen dat ik nog even hier blijf,' voegde ze er met een glimlach aan toe.

'Dat spreekt vanzelf,' zei Gabriel. 'Je weet dat je zo lang kunt blijven als je wilt.'

Iris knikte. 'Ik denk dat je een goed besluit hebt genomen, Beth. Je hebt heel wat emoties doorstaan.'

Beth stond op en omhelsde hen om de beurt. 'Bedankt voor jullie begrip. Zullen we ergens gaan lunchen? Ik betaal, want jullie zijn de beste ouders ter wereld.'

Iris glimlachte. 'Ik vind het een prachtidee. Maar ik denk niet dat je vader jou wil laten betalen.'

'Nee, beslist niet.' Gabriel kon zijn vreugde om Beths besluit niet verbergen, en Iris besefte dat, als Beth het hele komende jaar bij hen zou blijven wonen, dat de langste achtereenvolgende periode zou zijn sinds ze elf jaar oud was. Haar hart sloeg een slag over bij de gedachte dat dit de kans zou zijn om haar echt te leren kennen, en kans voor hen om de moeder-dochterband te smeden die in haar beleving altijd had ontbroken. Ze keek hoe Beth vrolijk met Gabriel overlegde over de plek waar ze zouden gaan lunchen, en ze vroeg zich af of Beth zelf ook het gevoel had dat er iets aan hun relatie ontbrak, of ze ooit de kleine afstand had opgemerkt die zijzelf had geschapen. Ze duwde het schuldgevoel weg. Beth was gelukkig en ze had zelfvertrouwen, dus ze had het in elk geval deels goed gedaan.

Gabriel pakte zijn telefoon en zag dat er nog een tafel voor drie personen beschikbaar was in een gezellige pub waar ze graag kwamen. Ze konden kiezen tussen een tafel om kwart over twaalf en een latere reservering om twee uur.

'Twee uur is beter,' zei Iris. 'Anders moeten we nu meteen weg.'

'O, maar mam, vind je het erg als we toch die van kwart voor twaalf doen?' vroeg Beth. 'Ik heb Esme beloofd dat ik haar vanmiddag met Hamish zou helpen.'

Iris schonk haar een glimlach. 'Geen probleem.'

'Super. Wat jou betreft ook oké, pap?'

'Ja, natuurlijk. Wacht, ik reserveer de plek. Bij dezen.'

Hij keek op van zijn telefoon. 'Nou, dan stappen we maar in de auto.'

Beth schoof haar stoel achteruit en stond op. 'Ik haal even mijn tas!' riep ze terwijl ze het huis in verdween.

Iris keek naar Gabriel. 'Dat is de pub waar we altijd met Laure en Pierre kwamen.'

Er gleed een schaduw over zijn gezicht. 'Ik weet het. Maar we hebben hier in de buurt in veel meer gelegenheden met ze gegeten. Die kunnen we niet voor altijd blijven vermijden. We moeten verder. Laten we leven met de dag. We hebben nu gezien hoe dingen van het ene op het andere moment kunnen veranderen. Laten we van het leven genieten en het beste maken van de tijd die we hebben met Beth. Laten we ons leven weer op de rails zien te krijgen.' Hij pakte haar hand. 'Wat dacht je ervan?'

Voor het eerst in lange tijd voelde Iris een zweem van iets positiefs. 'Dat lijkt me een heel goed idee,' zei ze.

# 56

Gabriels telefoon ging. Hij stopte met spitten, doorzocht zijn zak, haalde zijn telefoon tevoorschijn en keek op het scherm. Een onbekend nummer. Hij wilde eerst niet opnemen, maar herinnerde zich toen dat Beth hun auto had geleend om een van haar schoolvriendinnen te bezoeken, dus nam hij met bonzend hart op.

'Gabriel?' Hij kon de stem niet plaatsen, en zijn angst dat Beth een ongeluk had gehad nam toe.

'Ja?'

'Met Maggie, Maggie Ingram. Ik hoop dat je het niet erg vindt dat ik bel. Ik heb je nummer gekregen van Annette, mijn rouwcoach.'

De spanning vloeide uit Gabriels lichaam weg. 'Nee, natuurlijk vind ik dat niet erg.' Hij wachtte een ogenblik. 'Hoe gaat het met je?'

'Goed, dank je. Ik wilde graag mijn excuses aanbieden voor de manier waarop ik bij jullie weg ben gegaan. Ik ben je een verklaring schuldig.'

'Je bent me helemaal niets verschuldigd,' antwoordde Gabriel.

'Dat is aardig van je. Maar ik wil het toch graag uitleggen.

Het heeft namelijk met Charlie te maken.' Ze zweeg even. 'Zou je misschien ergens met me willen afspreken voor een kop koffie? Ik kan naar Markham komen.'

'Natuurlijk.'

'Bestaat The Burnt Cherry Café nog?'

'Jazeker.'

'Zullen we daar afspreken? Morgen, als het lukt.'

'Ja, dat kan.'

'Drie uur?'

'Prima. Tot morgen, Maggie.'

Hij verbrak de verbinding en bleef even staan, blij dat Maggie had gebeld. Hij had zich zorgen om haar gemaakt sinds ze vorige week zo plotseling was vertrokken, en hij had al op het punt gestaan om Maggies rouwcoach om haar telefoonnummer te vragen. Maar hij had geen zin gehad om vragen te beantwoorden over hoe hun ontmoeting was gegaan of waarom hij contact met Maggie wilde opnemen.

Er stroomde een mengeling van opwinding en ongerustheid door zijn aderen. Hij vroeg zich af wat ze hem zou gaan vertellen. Hij wist zeker dat het iets met Joseph te maken had; als Maggie die dag echt ziek was geweest, had ze zich niet verplicht gevoeld om uitleg te geven. En ze had gezegd dat het met Charlie te maken had. Het was maar goed dat Joseph zou vertrekken. Toen hij van de week iets met Hugh was gaan drinken, had die gezegd dat Joseph na de doopplechtigheid zou weggaan.

'Ik hoop dat dat voor jou geen probleem is,' had Hugh gezegd. 'Is de tuin tegen die tijd klaar?'

Gabriel had even nagedacht. 'Dan heeft hij nog zeven of acht werkdagen te gaan. Dat moet goed komen.'

Hij liep naar het huis om Iris te zoeken, zijn telefoon nog in zijn hand. Ze zat op het terras een boek te lezen, hetzelfde boek waarin ze al weken bezig was, alsof ze het moest herlezen omdat ze het de eerste keer niet helemaal tot zich had laten doordringen. Hij maakte zich zorgen om haar, want hoewel ook zij hun leven graag weer op de rails leek te willen krijgen, deed ze er weinig moeite voor. Hij begreep haar lusteloosheid; die had hij zelf ook ervaren, die ervoer hij nog steeds, maar het werk in de ommuurde tuin hielp hem erdoorheen. Iris had niets. Hij had geprobeerd met haar te praten over nieuwe opdrachten zoeken, maar daar wilde ze niets van weten. Ze had iets gemompeld over vrije tijd nu Beth had besloten een jaar uitstel aan te vragen, een vooruitzicht dat hem erg blij maakte en dat geholpen had zijn somberheid te verlichten. Maar bij Iris leek dat niet het geval, vermoedelijk omdat Beth een groot deel van haar tijd bij Esme en Hugh doorbracht om ze met Hamish te helpen. Dat was nu haar baan geworden, aangezien Esme en Hugh erop hadden gestaan haar te betalen. Er was nog heel veel te doen in het huis, en omdat zij allebei graag tijd aan schilderen en inrichten besteedden, waren ze blij dat Beth er was om op Hamish te letten.

'Alles oké?' vroeg hij aan Iris.

Ze schermde haar ogen af tegen de zon en keek op. 'Ja hoor. En met jou?'

Hij pakte een stoel. 'Ik werd net gebeld door Maggie. Ze wil met me koffiedrinken om uit te leggen waarom ze laatst zo plotseling was vertrokken.'

Iris knikte. 'Mooi. Dan wordt dat mysterie in elk geval opgelost.'

Hij glimlachte. 'Hoezo, zijn er dan meer mysteries op te lossen?'

'Ja. Laure.'

'Hoe bedoel je?'

'Denk jij dat Esme Joseph een alibi kan hebben verschaft

voor de dag dat Laure stierf? Dat ze alleen maar heeft gezégd dat hij in het ziekenhuis was? Of dat hij later was dan zij heeft beweerd? Ik heb voor jou hetzelfde gedaan.'

Gabriel fronste. 'Wat wil je daarmee zeggen, Iris? Dat Joseph Laure heeft vermoord?'

'Het is mogelijk, toch?'

'Als je die theorie volgt, is het ook mogelijk dat ik haar heb vermoord.'

'Dat weet ik.'

Gabriels mond viel open. 'Serieus? Ik bedoel, heb je ooit serieus overwogen dat ík Laure heb vermoord?'

'Waarom denk je dat ik je een alibi heb gegeven?'

'Jezus, Iris.'

'Maak je niet druk, ik weet dat je het niet hebt gedaan. Maar het is me een fractie van een seconde door het hoofd geschoten.'

'Maar wat had ik dan voor motief?'

'Kom op, Gabriel. Je had schoon genoeg van haar, en je was kwaad dat die mooie opdracht aan mijn neus voorbijging omdat zij de boodschap van Samantha Everett niet had doorgegeven. Als we dat aan de politie hadden verteld, hadden ze jou meer in het vizier gehad, geloof mij maar.'

Gabriel wist dat ze gelijk had. Maar haar woorden schokten hem toch.

'En je was er ook niet happig op om haar te gaan zoeken toen ze 's avonds wegbleef,' ging Iris verder. 'Je ging alleen maar omdat Joseph zei dat hij haar ging zoeken.'

'Omdat ik tot dat moment dacht dat ze bij hém zou zijn! En het stormde hevig, weet je nog?' Hij streek met zijn hand door zijn haar. 'Christus, Iris, waar komt dit allemaal vandaan?'

Iris haalde haar schouders op. 'Ik heb erover zitten piekeren.'

'Waarom hou je dan niet eens op met piekeren om iets nuttigs te gaan doen?' zei hij boos, en hij schoof zijn stoel naar achteren. 'Laure heeft zelfmoord gepleegd, Iris. Ze wist dat Pierres lichaam uiteindelijk zou worden ontdekt en was bang voor de gevolgen.'

'Maar ze was gelukkig. Ze had Joseph.'

'Nou, misschien was dat alleen maar een laatste escapade. En jouw redenering slaat nergens op. Het ene moment zeg je dat Joseph haar heeft vermoord, het andere moment zeg je dat ze gelukkig met hem was. O, misschien denk je wel dat hij haar heeft vermoord omdat ze weigerde ons over hun relatie te vertellen. Is dat het, Iris, is dat wat je denkt?'

'Waarom reageer je zo geïrriteerd? Ik leg je alleen maar wat theorieën voor.'

Gabriel schudde zijn hoofd. 'Straks beschuldig je Esme nog en zeg je dat ze niet echt in het ziekenhuis lag te bevallen, dat ze op pad was om Laure te vermoorden uit jaloezie over haar relatie met Joseph. Of wat dacht je van Hugh? Misschien was hij erachter gekomen, van Esme en Joseph, en heeft híj Laure vermoord in de hoop dat Joseph de schuld zou krijgen, zodat hij uit hun leven zou verdwijnen. Heb je daar al aan gedacht?'

Iris wendde zich af. 'Je doet belachelijk.'

'Ik?' Hij keek haar verbijsterd aan. 'Je moet echt je leven op orde zien te krijgen, Iris. Al dat rondhangen en voor je uit staren is niet goed voor je.'

Zachtjes vloekend liep hij weg.

# 57

Iris voelde zich schuldig dat ze Gabriel zo had getergd. Maar ze kon het niet helpen. Ze was jaloers dat hij verder leek te kunnen terwijl zij dat niet kon.

Even had ze gedacht dat ze het kon. De dag dat ze waren gaan lunchen met Beth, toen Gabriel had gezegd dat ze verder moesten met hun leven, was ze het met hem eens geweest, moe van het schuldgevoel, de spijt en de algehele verschrikking van alles. Ze had gedacht dat ze het samen aankonden, dat zij en Gabriel beetje bij beetje, dag voor dag, langzaam stappen zouden maken en zouden terugkeren naar hun verhouding van voor Charlie Ingrams dood.

Maar Gabriel had niet op haar gewacht. Het nieuws dat Beth een jaar uitstel kreeg had hem nieuwe energie gegeven. En dan was Maggie er nog. Zijn humeur was verbeterd sinds hun ontmoeting, alsof er een grote last van zijn schouders was gevallen. Misschien had die last werkelijk gedraaid om zijn onvermogen Charlie te redden, ondanks zijn medische kennis en kunde. Als Maggie hem van zijn schuldgevoel had verlost, zou ze blij voor hem moeten zijn. Maar ze voelde alleen maar wrok.

Toen Beth haar gisteren voor zich uit starend in de tuin

had aangetroffen, had ze gezegd dat ze in therapie zou moeten gaan.

'Je hebt veel op je bordje gekregen, mam,' had ze gezegd terwijl ze haar arm om Iris' schouders sloeg en haar een knuffel gaf. 'Een minder sterke vrouw zou zijn bezweken onder de stress van de afgelopen maanden. Eerst papa, toen Laure, toen Pierre. Het is geen wonder dat je je moeilijk op dingen kunt concentreren.'

En daarmee sloeg ze de spijker op de kop. Het was begonnen met Gabriel. Als hij niet zo volkomen was ingestort nadat hij Charlie in de groeve had gevonden, als zij hem niet had hoeven dragen, zich geen zorgen over hem had gemaakt, had ze zich op Laure kunnen richten. En als zij zich op Laure had kunnen richten, had het naderende onheil misschien afgewend kunnen worden. Vanwege Gabriel was ze haar focus kwijtgeraakt. En doordat ze haar focus was kwijtgeraakt, was Pierre vermoord en had Laure haar heil gezocht in Josephs armen. Deze rancuneuze gedachten spookten haar steeds door het hoofd en maakten het haar onmogelijk om alles achter zich te laten en verder te gaan. En dan was er nog Hamish' doop.

Ze trok haar laptop naar zich toe, opende de zoekmachine en zocht op welke verantwoordelijkheden een peettante zoal had. Tot haar opluchting behelsde het weinig interactie met de peetoom.

Ze zag dat het al halfzeven was, hoog tijd om eten te koken. Maar ze maakte geen aanstalten. Gabriel en zij waren met z'n tweeën, want Beth was een dagje weg. En na hun gesprek eerder vandaag betwijfelde ze of Gabriel wel met haar aan tafel wilde zitten.

Misschien zou ze vroeg naar bed gaan.

# 58

Gabriel liep The Burnt Cherry Café binnen en was opgelucht dat Maggie er al was. Ze zat aan een tafel aan de linkermuur, een stukje van de andere gasten af. Ze had de plek uitgekozen vanwege de privacy, vermoedde hij, en hij zwaaide ter begroeting.

'Hoe gaat het met je?' vroeg hij terwijl hij tegenover haar plaatsnam.

'Goed, dank je wel. Ik ben wel een beetje nerveus om wat ik je ga vertellen,' voegde ze eraan toe.

'Nergens voor nodig. Wat wil je drinken?'

Hij bestelde een kop thee voor Maggie en koffie voor zichzelf, en terwijl ze wachtten probeerde hij haar op haar gemak te stellen door haar te vragen of het de eerste keer was dat ze Markham weer bezocht sinds ze bij St. Cuthbert's was gaan werken.

'Ik reed hier om de paar maanden naartoe om bij te kletsen met een paar moeders van kinderen die bevriend waren met Charlie en die mijn vriendinnen waren geworden. Maar ik ben hier niet meer geweest sinds Charlies dood. Ik denk dat het ongemakkelijk zou zijn.' Ze schonk hem een glimlach. 'Als je kind is overleden, is het lastig om deel uit te blijven maken van een groep moeders. Ze hebben het gevoel op eieren te moeten lopen en niet te mogen vertellen over hun kinderen. Dat is onnatuurlijk, want als je moeder bent, praat je meestal veel over je gezin.' Ze wachtte even terwijl de serveerster hun thee en koffie kwam brengen. 'Fijn dat je wilde afspreken. Ik wil graag uitleggen wat er vorige week gebeurde.' Ze pakte haar lepeltje en roerde door de thee. 'Die man, jullie tuinman... Ik ken hem. Hij werkte voor de firma die door St. Cuthbert's was ingehuurd om de tuinen rondom de school aan te leggen.' Ze keek op. 'Weet hij dat jij degene bent die Charlie heeft gevonden?'

'Ja. Iris en ik hebben het erover gehad met vrienden van ons, en daar was Joseph toevallig bij.'

'Heeft hij het ooit met jou over Charlie gehad?'

'Nee. Maar om eerlijk te zijn: toen ik hoorde dat hij bij Jarmans was ontslagen, heb ik de website opgezocht en zag ik dat een van hun projecten de tuinen rond St. Cuthbert's betrof. Dus ik vroeg hem of hij daaraan had gewerkt, en hij zei van niet. Hij heeft vast gelogen omdat ik het raar zou hebben gevonden dat hij niet eerder had verteld dat hij er had gewerkt toen hij eenmaal wist dat ik degene was die Charlie heeft gevonden.'

'Of hij wilde niet dat je wist waarom hij zijn baan is kwijtgeraakt.' Maggie nam een slokje thee en ging achterover zitten. 'Hij is ontslagen vanwege mij. Een van de leerlingen kwam bij mij in mijn rol als hoofd van het zorgteam en vertelde me dat ze zich ongerust maakte over haar vriendin, die smoorverliefd was op Joseph en met hem berichtjes had uitgewisseld over een gezamenlijke rondreis door Thailand deze zomer. Ik wist wie Joseph was, ik had hem in de tuinen aan het werk gezien, en ik zag de uitwerking die hij op sommige leerlingen had, die opgetogen waren dat die knappe vent ze op weg naar hun les begroette. Hoe dan ook, ik ging meteen naar de directeur en heb het hem verteld. Alleen al het feit dat Joseph een van onze leerlingen zijn telefoonnummer had gegeven was grensoverschrijdend. De directeur belde Jarmans en Joseph werd op staande voet ontslagen.' Haar ogen vulden zich met tranen. 'En hij nam wraak.'

'Hoe dan?' vroeg Gabriel, simpelweg om de stilte te vullen terwijl Maggie een paar keer diep ademhaalde.

'Hij kwam naar de personeelscottage op het schoolterrein waar Charlie en ik woonden. Het was niet in me opgekomen dat de directeur mij had genoemd als degene die Josephs misstap aan het licht had gebracht. En ik had nooit verwacht dat Joseph bij mij aan de deur zou komen om tegen me tekeer te gaan. Hij maakte zoveel stampei dat ik hem binnenliet. Eerst realiseerde ik me niet dat hij dronken was. Als dat niet zo was geweest, denk ik dat hij minder wreed geweest zou zijn. Hij zei dat ik eerst naar hem toe had moeten komen, omdat hij me dan had kunnen vertellen dat de vriendschap tussen hem en de leerling echt niet meer dan een onschuldige vriendschap was, en dat hij haar alleen zijn nummer had gegeven omdat haar ouders hem wilden spreken over zijn aanbod haar Thailand te laten zien, als ze er toevallig naartoe ging in de periode dat hij daar ook was. Er was geen sprake van geweest dat ze samen zouden gaan, zei hij. De leerling had uit hun gesprekken op het terrein van de school – waar iedereen hen kon zien, had hij eraan toegevoegd – begrepen dat hij in augustus altijd naar Bangkok ging, en de leerling had gezegd dat zij er in augustus toevallig ook zou zijn. Ze had hem gevraagd of hij haar daar wegwijs zou willen maken. Dat had hij blijkbaar toegezegd, maar alleen als haar ouders toestemming zouden geven.' Ze haalde adem. 'Ik vroeg hem of hij besefte dat de leerling in kwestie verliefd op hem was en dat ze mogelijk dacht, of hoopte, dat haar liefde beantwoord werd. Hij wees dat van de hand en suggereerde dat ik de zaak onnodig opklopte. Ik wees hem er ook op dat ze nog maar zeventien was en dat hij zichzelf in een lastige positie bracht door met haar om te gaan. Maar hij zag niet in dat hij verkeerd bezig was geweest.' Ze haalde nog eens diep adem. 'Hoe dan ook, Charlie was boven en kwam naar beneden rennen om te zien waarom er zo geschreeuwd werd. Dus Joseph vertelde hem dat ik ervoor had gezorgd dat hij zijn baan was kwijtgeraakt en dat ik een bemoeizuchtige feeks was. En toen vroeg hij hem of hij wist dat ik een verhouding had met zijn scheikundeleraar. Charlie lachte en wachtte tot ik het zou ontkennen, maar dat kon ik niet, omdat het waar was. Toen Charlie zich dat realiseerde, werd hij lijkbleek en begon Joseph hem te bespotten door te zeggen dat iedereen het wist behalve hij. Hij vroeg hem hoe het voelde om te weten dat iedereen hem achter zijn rug uitlachte, vooral tijdens de scheikundeles, en of hij wel in de gaten had waar hij zijn goede cijfers voor scheikunde aan te danken had. En meer van zulke dingen. En toen haalde Charlie naar hem uit en sloeg hij Joseph tegen de grond. Joseph vloekte en schold mij en Charlie uit voor alles wat je maar kunt bedenken. Het was zo dreigend en beangstigend dat ik mijn telefoon pakte en zei dat ik de politie ging bellen. Toen vertrok hij en bleven Charlie en ik samen achter.'

'Wat naar, Maggie.'

'Ik weet niet hoe Joseph achter mijn relatie met Andrew is gekomen. We hebben nu drie jaar iets met elkaar, maar we zorgen ervoor dat we op school niets laten merken. Ik kan alleen maar vermoeden dat Joseph ons op een zaterdagavond samen in Winchester heeft gezien op een van onze zeldzame avondjes uit. Mijn huwelijk met Angus, Charlies vader, is allang voorbij, maar we hadden afgesproken om getrouwd te blijven tot Charlie zou gaan studeren, omdat Charlie dol was op zijn vader en het gemakkelijk was om te doen alsof, aangezien Angus het grootste deel van het jaar weg was. Angus en ik kunnen goed met elkaar overweg, dus het was altijd leuk als hij thuiskwam. Een paar jaar geleden heeft hij iemand ontmoet, en daar was hij meteen eerlijk over. Ik was blij voor hem, zoals hij blij voor mij was toen ik wat met Andrew kreeg.'

'Heb je dat allemaal aan Charlie uitgelegd?'

'Dat heb ik geprobeerd, maar hij wilde niet luisteren. Hij schreeuwde tegen me, vroeg me hoe ik zijn vader had kunnen bedriegen en hem op school voor gek had kunnen zetten. Ik zei dat ik er zeker van was dat niemand ervan wist, dat niemand hem heimelijk uitlachte, maar hij zei dat hij de volgende dag niet naar de les kon gaan en dat hij van St. Cuthbert's af wilde. Ik heb geprobeerd Angus te bellen, zodat hij het Charlie kon uitleggen, maar hij was op oefening en tegen de tijd dat hij terugbelde was Charlie al weg. Ik heb geprobeerd hem tegen te houden, maar hij zei dat hij niet bij me in de buurt wilde zijn.' Ze keek Gabriel aan en hij zag de pijn in haar ogen. 'Daarom betekende de boodschap die jij hebt overgebracht zoveel voor me. Het heeft me geholpen verder te leven.'

'Ik ben dankbaar dat ik bij hem was,' zei Gabriel zacht.

Maggie pakte haar kopje en hij zag dat haar hand trilde. 'Ik ben hem achternagereden op mijn fiets, maar het was al donker en ik wist niet welke kant hij op was gegaan. Ik heb zijn vrienden gebeld, ook Gina, zijn vriendin, maar zij had niets van hem gehoord. Ik heb haar gevraagd, omdat ik het móést weten, of ze op school geruchten over mij had gehoord, ik smeekte haar het me te vertellen, omdat Charlie mede daardoor het huis uit was gestormd. Maar ze verzekerde me van niet, en ik geloofde haar omdat ze zo verrast klonk toen ik het vroeg. En toen Charlie om tien uur nog niet terug was, heb ik de politie gebeld.' Ze nam een slokje thee en zette het kopje zorgvuldig terug op de schotel. 'De rest van het verhaal ken je.'

'Nu begrijp ik waarom je zo reageerde toen je Joseph zag. Ik vind het verschrikkelijk, Maggie, alles wat je hebt moeten doormaken.'

'Ik weet dat hij dronken was, maar hij had het Charlie niet mogen vertellen, van mij en Andrew. Als hij het voor zich had gehouden, zou Charlie nog leven. Het ergste vind ik nog dat Angus en ik Charlie een paar maanden later zouden hebben verteld over onze respectievelijke relaties. We wilden het hem in de zomervakantie vertellen, voor hij aan zijn studie zou beginnen.' Ze schonk hem een glimlachje. 'Het is moeilijk te beseffen dat onze poging hem te beschermen hem in feite de dood in heeft gejaagd.'

'Zo moet je niet denken,' zei Gabriel geschokt. 'Het is niet jullie schuld, maar die van Joseph. Als ik dit had geweten had ik hem nooit ingehuurd, en onze vrienden ook niet, denk ik. Als hij niet al binnenkort zou vertrekken, zou ik hem vragen om meteen te gaan. Misschien doe ik dat sowieso wel,' voegde hij eraan toe.

Maggies hoofd kwam met een ruk omhoog. 'Vertel hem alsjeblieft niet dat we elkaar hebben gesproken. Ik weet dat hij niet weet waar ik nu woon, maar hij was zo bedreigend die avond. Op een gegeven moment was ik bang dat hij me zou aanvliegen.'

'Jammer dat je de politie niet meteen had gebeld.'

'Ik was gewoon blij dat hij weg was.'

'Bedankt dat je me dit hebt verteld.' Er kwam een plotselinge hoofdpijn op en hij moest de neiging om over zijn slapen te wrijven weerstaan. Het tweede deel van Charlies woorden – *Hij had het me niet moeten vertellen* – viel nu op zijn plek. Hij had het over Joseph gehad.

Hij richtte zijn aandacht weer op Maggie en veranderde van onderwerp om haar af te leiden van wat ze hem zojuist had verteld. Toen ze drie kwartier later afscheid namen, zei hij dat ze hem altijd kon bellen als ze wilde praten. En toen reed hij naar huis, inwendig ziedend van woede op Joseph.

# 59

Iris was wakker geworden met een iets positiever gevoel. Het was zaterdag en ze ging winkelen met Beth.

Dit zou hun derde zaterdag op rij zijn. Ze koesterde deze moeder-dochteruitjes en hoopte dat ze met regelmaat zouden plaatsvinden nu Beth nog een jaar zou blijven. Ze genoot van Beths gezelschap en dat leek wederzijds te zijn. Ze kletsten gezellig, lachten samen en praatten over Gabriel en Esme en Hugh, altijd met liefde. De zaterdag was het hoogtepunt van Iris' week geworden.

Terwijl ze bij het keukenraam een schaaltje muesli stond te eten en wachtte tot Beth beneden zou komen, zag ze Joseph in de tuin, waarop haar humeur op slag verslechterde. Ze baalde ervan dat Gabriel erop had gestaan dat hij voor hen zou blijven werken tot de ommuurde tuin klaar was, helemaal nu Beth niet zou weggaan. Ze baalde ervan dat ze op dinsdag, donderdag en zaterdag de tuin moest vermijden uit angst dat ze hem zou tegenkomen. Godzijdank zou hij snel vertrekken. Zij bleek trouwens niet de enige te zijn die bang voor hem was. Gabriel had haar over zijn gesprek met Maggie verteld, en hoe Joseph haar had uitgescholden omdat zij bij de directeur had gemeld dat hij een leerling zijn persoonlijke telefoonnummer had gegeven.

'Dan hoop ik dat je hem nu gaat vragen te vertrekken,' had Iris gezegd.

'Dat zou ik normaal ook doen, maar hij gaat weg na de doop, dus we hoeven hem nog maar twee weken om ons heen te hebben.'

Ze had een golf van opluchting door zich heen voelen gaan. 'Echt?'

'Ja, ik dacht dat ik je dat had verteld. Hugh zei het vorige week toen ik wat met hem was gaan drinken.'

Nu stond alleen de doopplechtigheid haar gemoedsrust nog in de weg.

Ze had geen trek meer en zette het schaaltje op het aanrecht. Ze liep naar boven om te kijken of Beth al klaar was. Haar slaapkamerdeur was nog dicht en Iris herinnerde zich dat Beth pas vroeg in de ochtend van Esme was thuisgekomen. Ze klopte zachtjes aan. 'Beth?'

'Mm-mm.' Haar antwoord klonk slaperig. 'Kom binnen.'

Iris duwde de deur open en Beth kwam met warrig haar onder haar dekbed vandaan.

'Goedemorgen,' zei ze terwijl ze zich op haar kussen omhoogduwde. 'Hoe laat is het?'

'Bijna halfelf.'

'Wat?' Beth pakte haar telefoon om het te checken. 'Hoe kan het al zo laat zijn?'

'Je was pas na enen terug van Esme,' verklaarde Iris.

Beth trok een grimas. 'Heb ik je wakker gemaakt? Sorry.'

'Nee, ik was wakker en hoorde je thuiskomen.' Iris ging op het bed zitten. 'Papa is weg en komt pas vanmiddag terug, dus we kunnen buiten de deur gaan lunchen.'

'Is hij gaan fietsen?'

'Ja.'

'Het lijkt de laatste tijd beter met hem te gaan. Hij komt minder somber over.'

Iris streek Beths beddensprei glad. 'Ik denk dat hij beseft dat het leven verdergaat. Misschien dat hij door zoveel sterfgevallen in zo korte tijd is gaan inzien hoe kostbaar het leven is.' Ze gaf een por tegen Beths been.

'Hoe laat denk je dat je klaar bent?'

Beth legde haar hoofd terug op het kussen. 'Nou, mam, kunnen we het een andere keer doen? Ik heb zin om uit te slapen. Maar ga gerust zonder mij.'

'O.' Iris' blijdschap liep leeg als een ballon. 'Ik moet een jurk kopen voor het doopfeest van volgende week, dus ik ga wel.' Ze zweeg even. 'Ik had gehoopt dat je me zou helpen kiezen.'

'Sorry, mam. Ik ben hartstikke moe.'

'Het geeft niet.' Iris stond op en verborg haar teleurstelling. 'Heb je iets nodig? Ik ga op de terugweg langs de supermarkt.'

Beth schudde haar hoofd. 'Ik kan niks bedenken.'

'Oké. Nou, slaap lekker dan. Eet je hier vanavond?'

Er gleed een schuldige blik over Beths gezicht. 'Ik heb tegen Esme gezegd dat ik daar ga eten.'

'Oké, prima. Tot later dan misschien.'

Ze verliet de kamer en slikte haar tranen van zelfmedelijden weg. Waren zij en Gabriel echt zulk slecht gezelschap? Iris bedacht hoe ze zich telkens op Beth wierpen als ze binnenkwam, blij dat ze iemand anders hadden om mee te praten omdat ze dat met elkaar niet meer konden. Had Beth door dat zij de lijm was die haar en Gabriel samenhield? Dat was nogal een last om mee te moeten dragen. Iris kon het haar niet kwalijk nemen dat ze haar tijd liever bij Esme en Hugh doorbracht.

Op dat moment voelde ze het: een heftige mengeling van verlies en jaloezie.

Een halfuur later parkeerde Iris haar auto en begon ze haar jacht op een jurk. Ze kwam net een boetiek uit toen ze Hugh aan de overkant zag lopen.

'Hugh!' riep ze boven het verkeer uit. Hij keek op, zwaaide en gebaarde dat hij naar haar toe zou komen. Hij wachtte op de stoep tot de auto's voorbij waren en stak over.

'Goed je te zien, Iris.' Hij omhelsde haar.

'Insgelijks. Hoe gaat het met je? En met Hamish?'

'Met mij goed. En Hamish groeit zo snel dat ik nu nieuwe rompertjes voor hem aan het kopen ben. Esme wilde de logeerkamer afschilderen, dus nu moet ze er maar op vertrouwen dat ik de juiste maat kies,' voegde hij er glimlachend aan toe.

'Is ze bijna klaar? Goh, wat werkt ze snel.'

'Ja. Haar ouders komen logeren voor de doopplechtigheid, dus ze wil de kamer voor die tijd klaar hebben.'

'Dat begrijp ik.'

'Ze is heel blij met die tint groen die jij hebt aangeraden.'

'O, fijn.'

Hugh keek haar onderzoekend aan van onder zijn dikke wenkbrauwen. 'Gaat het wel goed met je?'

'Ja hoor. Ik dacht alleen bij mezelf dat ik Esme eigenlijk zou moeten helpen. Maar ik heb er de fut niet voor.'

'Je moet jezelf de tijd gunnen, Iris. Je hebt veel doorstaan.'

'Ik kom er wel.' Ze schonk hem een glimlach. 'Het verbaast me dat je er zo fris uitziet na die late avond.'

'Ik heb het niet laat gemaakt,' zei Hugh opgewekt. 'Ik lag om tien uur in bed.'

'Dus Esme en Beth hebben met z'n tweetjes de wereldproblemen besproken.' Ze probeerde niet droefgeestig te klinken.

'Nee, ze heeft met Marcus en Joseph zitten kletsen. Esme sliep al eerder dan ik.'

'Marcus en Joseph?'

'Ja, ze kunnen goed met elkaar opschieten. Dat is een van de fijnste dingen aan Hamish' komst: we zien Marcus veel vaker.' Hij wachtte even. 'Beth is goed voor Joseph. Sinds Laures dood is hij begrijpelijkerwijs nogal stil, maar Beth kan hem aan het lachen maken. Ze is geweldig, Iris. Jij en Gabriel zullen wel trots op haar zijn.'

'Zeker,' zei Iris. 'Sorry, Hugh, maar ik moet door. Ik moet nog een jurk kopen voor de doopplechtigheid. Doe de groeten aan Esme.'

'Zal ik doen. Als ik je niet meer zie: tot volgende week zondag.'

Iris dwong haar benen in beweging te komen en liep in een waas naar haar auto. Ze richtte haar gezicht naar de lucht om de miezerregen te voelen die inmiddels was gaan vallen. Ze probeerde het gevoel van naderend onheil van zich af te schudden, maar dat lukte niet.

# 60

Sinds zijn gesprek met Maggie vorige week had Gabriel Joseph vermeden. Op de dagen dat hij in hun tuin werkte stuurde hij hem 's ochtends een berichtje om hem te laten weten welke taken er op hem lagen te wachten.

Hij zou hem die dag eigenlijk het liefst meteen op zijn acties hebben aangesproken. Maar Gabriel was zo kwaad geweest dat hij bang was dat hij onsamenhangend zou zijn, en hij wist dat zijn woorden tegenover Joseph meer effect zouden hebben als hij kalm zou blijven.

Hij had Joseph geen uitleg gegeven over zijn afwezigheid in de tuin, maar alleen geappt dat hij had gehoord dat hij na de doopplechtigheid zou vertrekken en dat zijn laatste werkdag donderdag de negenentwintigste zou zijn. Hij had eraan toegevoegd dat hij hem op zaterdag 1 oktober nog zou willen zien, omdat ze bij de doop de volgende dag waarschijnlijk weinig gelegenheid zouden hebben om elkaar te spreken. Joseph had geantwoord en Gabriel uitgenodigd om om zes uur 's avonds langs te komen.

Uit de globale tijdlijn die Gabriel had geconstrueerd, vanaf het moment dat Joseph bij Esme en Hugh was komen werken na twee maanden bij zijn moeder thuis te hebben gewoond, was hij er zeker van dat Joseph in de dagen na Charlies dood zijn auto dronken in de prak had gereden. Had hij zich schuldig gevoeld over wat hij tegen Charlie had gezegd? Wat Gabriel nog het ergst vond, besefte hij nu hij zijn spade met kracht de grond in dreef, was dat zijn leugen over Charlies laatste woorden dat schuldgevoel misschien wel had verzacht. Joseph moest de waarheid horen, namelijk dat Charlie vanwege zijn wrede woorden – expres of omdat hij door de stress niet oplette – met zijn fiets over de rand van de groeve was geschoten.

'Niet diep genoeg!'

Gabriel keek op met een hoopje aarde op zijn spade. Iris liep naar hem toe. 'Sorry?'

'Voor een lijk.'

Hij lachte grimmig, voegde de aarde toe aan de berg naast hem en stak zijn spade weer met een bevredigend geknars in de grond.

'Is het al etenstijd?' vroeg hij terwijl hij zijn voorhoofd afveegde met zijn onderarm.

'Bijna.'

'Is Beth bij Esme?'

'Ja.' Iris keek hem aan. 'Ze was vannacht pas na enen thuis. Ik kwam Hugh tegen in de stad en hij vertelde dat Esme en hij al om tien uur in bed lagen.'

'En wat wil dat zeggen?'

'Dat ze met Marcus en Joseph samen was. Het schijnt dat ze heel goed met elkaar kunnen opschieten. Blijkbaar heeft ze een goede invloed op Joseph sinds de dood van Laure.'

Gabriel sperde zijn ogen open. 'Heeft Hugh dat gezegd?'

'Ja.'

'Denk je dat hij ons daarmee iets wilde vertellen?'

'Zoals?'

'Ik weet het niet. Dat Joseph en Beth elkaar leuker vinden dan we zouden moeten willen?'

'Als ze zich daar zorgen over zouden maken, denk ik dat hij dat wel gewoon gezegd zou hebben. Maar we moeten het wel in de gaten houden. Ze is daar veel.'

Gabriel streek met een hand door zijn haar. 'Denk jij dat ze er daarom zoveel tijd doorbrengt? Omdat hij daar is?'

'Misschien wel. Maar vooral om bij ons vandaan te zijn. Laten we wel wezen, wij zijn niet het leukste gezelschap, toch?'

Ze liep weer weg en Gabriel begon weer te graven. De bonk van de spade die de grond raakte weerspiegelde het bonken van zijn hart.

# 61

'Kan ik even met jou en papa praten?'

Iris keek op en zag Beth onzeker op het terras staan, haar haar nog vochtig van het douchen.

Ze schoof het cadeautje dat ze aan het inpakken was weg, een prachtige houten ark van Noach voor Hamish. 'Natuurlijk.'

'Als je ons maar niet gaat vertellen dat je hebt besloten helemaal niet meer te gaan studeren,' grapte Gabriel, die zijn handen aan zijn spijkerbroek afveegde. 'Hoewel, zelfs dan maak ik me geen zorgen. Jij komt er wel in het leven, dat weet ik.'

'Dank je, pap,' zei Beth, die naar hem toe liep en hem een knuffel gaf. 'Ik wil nog steeds naar de universiteit, maar ik wil wel met jullie over mijn toekomst praten. Mijn nabije toekomst,' voegde ze eraan toe.

'O, oké.' Gabriel glimlachte naar haar. 'Hoe kunnen we je daarmee helpen?'

'Ik heb besloten te gaan reizen.' Ze trok een stoel achteruit en ging tegenover Iris zitten. Gabriel deed hetzelfde. 'Om wat van de wereld te zien.'

'Reizen?' vroeg Gabriel. 'Waarheen? Ik bedoel, heb je het al gepland of is het iets waar je over nadenkt?'

'Ik heb het min of meer gepland. Ik wil gewoon graag een tijdje weg.'

'Dat begrijp ik,' zei Iris. 'Je hebt nogal wat doorstaan, en je vader en ik zijn niet zo heel gezellig op het moment.'

'Dat is het niet,' zei Beth snel. 'Ik ben graag hier, bij jou en bij papa. Maar het is toch een beetje zonde om een jaar lang in Markham te blijven terwijl zoveel plekken op de wereld de moeite van het bezoeken waard zijn.'

'En waar wil je dan naartoe? Europa?'

Beth schudde haar hoofd. 'Nee, Azië. En daarna misschien Zuid-Amerika.'

'Azië?' Gabriel schrok. 'Waar in Azië?'

'Ik denk dat ik in Bangkok begin en dan ga rondtrekken.'

'In je eentje?'

'Eerst wel, ja. Maar ik kom heus wel mensen tegen, en als ze dezelfde kant op gaan, kunnen we samen reizen.'

Gabriel wreef over zijn kin. 'We moeten hierover praten, Beth.'

'Natuurlijk. Maar ik heb mijn besluit al min of meer genomen. Ik moet wat goeds aan mijn cv kunnen toevoegen. Toekomstige werkgevers zullen willen weten wat ik in mijn tweede tussenjaar heb gedaan, en als ik zeg dat ik bij mijn ouders heb gewoond en als oppas voor vrienden heb gewerkt, nou, dan komt dat tamelijk suf over.'

'Wanneer denk je weg te gaan?' vroeg Iris.

'De komende maand.'

'De komende maand?' Gabriel was duidelijk ontdaan. 'Waarom zo snel al? Kun je niet wachten tot na de kerst?'

'Nee, dan zijn de vluchten veel duurder.'

'Ik betaal het verschil wel.'

'Gabriel.' Iris wierp hem een blik toe. 'Hou op. Zo geef je Beth een schuldgevoel.'

'Sorry.' Gabriel keek Beth aan. 'Het komt alleen erg overhaast over, alsof je er niet grondig over hebt nagedacht.'

'Kunnen we er morgen verder over praten, pap? Ik moet vanavond op Hamish passen. Esme en Hugh gaan uit eten.'

'Kan Joseph niet babysitten?' Iris kon zich niet inhouden. 'Je hebt me zelf verteld dat hij graag voor Hamish zorgt. Het zou fijn zijn als je eens een keer met ons samen eet.'

'Ik eet morgen hier. Beloofd.' Beth was alweer onderweg naar binnen. 'Dan kunnen we het er verder over hebben. Ik wilde jullie alvast op de hoogte brengen.' Ze wierp hun een handkus toe. 'Tot later.'

Iris keek naar Gabriel. Hij zat ineengezakt, alsof het einde van zijn wereld nabij was. Beth was dan ook zijn wereld.

'Je verwachtte toch niet echt dat ze een heel jaar hier zou blijven?' vroeg ze.

Gabriel keek op. 'Hoezo, verwachtte jij dat dan niet?'

'Ik heb er niet zo over nagedacht. Maar ik snap wel dat ze iets nuttigs wil doen met haar vrije jaar, dat ze iets op haar cv wil kunnen vermelden.'

'Hoe weten we of ze niet met Joseph gaat?'

'Joseph?' Ze keek hem geschrokken aan. 'Hoe bedoel je?'

'Ze had het over Bangkok. Weet je nog dat ik je vertelde dat hij zijn telefoonnummer aan een leerling had gegeven? Volgens Maggie had hij dat meisje aangeboden om haar Bangkok te laten zien. Hij schijnt Thailand goed te kennen en brengt er gewoonlijk de zomer door.' Hij zocht haar ogen. 'Reageer je nog steeds zo laconiek als ze ons morgen vertelt dat ze met Joseph naar Thailand gaat?'

'Dat gaat heus niet gebeuren,' zei Iris met opeengeklemde kaken. 'Zij gaat nergens heen met die man. Hij is alcoholist! Hij drinkt nu misschien niet, maar ik durf te wedden dat hij zo weer aan de drank kan raken.'

'Hadden we die kerel maar nooit ontmoet,' zei Gabriel bitter. 'Hij veroorzaakt alleen maar problemen. Charlie zou waarschijnlijk nog leven als hij er niet was geweest. En Laure ook. En als zij hem niet had ontmoet, leefde Pierre misschien ook nog wel.'

'Ze heeft Pierre vermoord voordat ze iets met Joseph kreeg,' merkte Iris op.

'Dat weten we niet. Misschien heeft ze Pierre die dag in Parijs wel verteld dat ze iemand anders had ontmoet, misschien hebben ze daar ruzie over gekregen. Misschien heeft Pierre tegen haar gezegd dat hij haar nooit zou laten gaan, en heeft ze hem daarom vermoord. We weten het niet, Iris. Dat is het tragische ervan. We weten het gewoon niet.' Hij schoof zijn stoel naar achteren. 'Wat ik wél weet: als Joseph de aanleiding is voor Beths besluit om naar Azië te gaan, dan vermoord ik hem, verdomme.'

# 62

Iris droeg een dienblad vol kommen en bestek de zitkamer in. Ze hadden eten besteld en zouden een film kijken die Beth had uitgekozen. Een zaterdagavond met het gezin, dat gebeurde veel te weinig.

Zij en Beth hadden vanochtend gewinkeld en een rugzak voor haar reis naar Thailand gekocht. Toen Beth hun vorige week had verteld dat ze de komende maand op reis zou gaan, hadden ze zich geen van beiden gerealiseerd dat het al eind september was en dat 'de komende maand' al over een aantal dagen zou beginnen.

Maar de afgelopen week hadden ze met haar gepraat over haar reisplannen en had ze meegedeeld dat ze rond 20 oktober wilde vertrekken. Dat betekende dat ze nog drie weken met haar hadden. Iris had de klap voor Gabriel weten te verzachten door te opperen dat ze met Beth zouden afspreken op de plek waar zij met Kerstmis zou zijn.

'Ja!' Beth had het een geweldig idee gevonden. 'Dat zou fantastisch zijn. Wat vind je ervan, pap? Lijkt dat je wat?'

'Ja, natuurlijk.'

'Je klinkt anders niet zo enthousiast.'

'Waar ik niet zo enthousiast over ben, is het idee dat jij in je eentje gaat reizen.'

'Heel veel mensen doen dat, pap. En zoals ik al zei: als ik eenmaal in Thailand ben, kom ik heus mensen tegen met wie ik zal optrekken. Daar gaat het om. Vrienden maken, ervaringen delen en iets zien van de planeet waarop we leven.' Ze had een arm om zijn schouders geslagen. 'Ik wil graag dat jullie achter me staan.'

'Je hebt gelijk, Beth.' Iris had gezien hoeveel moeite het Gabriel kostte om enig enthousiasme op te brengen. 'Het wordt een prachtig avontuur en ik ben het met je eens dat het zonde zou zijn om alleen maar in Markham te blijven.'

'En komen jullie me met de kerst opzoeken, zoals mama voorstelde? Dan ben ik waarschijnlijk nog in Thailand, dus dan kunnen we Kerstmis vieren op een van de eilanden. Koh Samui of Phuket.'

'Ja,' zei Gabriel. 'We komen beslist. Dan hebben we iets om naar uit te kijken.'

'Ik ben dan nog maar twee maanden weg. Jullie zullen amper de tijd hebben om me te missen.'

Zodra Esme had gehoord dat Beth zou weggaan, had ze een nanny ingehuurd om haar te vervangen. Zo konden Iris en Gabriel veel meer tijd met Beth doorbrengen in de aanloop naar haar vertrek, want de nanny zou maandag al beginnen.

'Als het alleen om Hamish ging, redde ik het wel,' had Esme tegen Iris gezegd toen ze belde. 'Maar er is in het huis nog zoveel te doen.'

'Esme, niemand veroordeelt jullie omdat jullie een nanny inhuren.'

'We zullen Beth missen. Hoe vinden jullie het dat ze gaat?'

'We zijn bezorgd, maar ook trots dat ze haar eigen weg kiest. Ik zal haar vreselijk missen, het was zo fijn om haar thuis te hebben. Gabriel draagt het dapper, maar hij vindt het vreselijk.'

'Dat kan ik me voorstellen. Iris, ik wil je trouwens wat vragen.' Esme had ongebruikelijk nerveus geklonken. 'Het gaat over Joseph. Wil jij hem een beetje in de gaten houden op de dag van de doop, met name tijdens de lunch? Er wordt alcohol geschonken en ik wil niet dat hij in de verleiding komt.'

Iris was de moed in de schoenen gezonken. Ze had Joseph juist zo veel mogelijk willen ontlopen als de dienst eenmaal voorbij zou zijn.

'Ja, natuurlijk,' had ze gezegd. 'Hoewel ik hem moeilijk het glas uit zijn handen kan wurmen als hij besluit een drankje te nemen.'

'Vertel het gewoon aan mijn vader. Of Hugh en Marcus. Die regelen het dan wel.'

Iris zette het dienblad op de tafel en keek hoe laat het was. Halfzeven. Beth stond onder de douche en Gabriel was bij Joseph; hij zou onderweg naar huis hun eten ophalen. Toen ze had gevraagd of hij iets over Beth zou zeggen, had Gabriel zijn hoofd geschud.

'Waarom niet? Waarom ga je naar hem toe als het niet om Beth gaat?' had ze gevraagd.

'Omdat er andere dingen zijn waarover ik met hem wil praten. En als ik hem zeg dat hij bij Beth uit de buurt moet blijven, gaat hij haar dat alleen maar vertellen en ontstaan er problemen tussen ons en Beth. Voor wat het waard is: ik denk niet dat haar besluit om te gaan reizen iets met hem te maken heeft. Ja, misschien heeft hij het over Thailand gehad en is ze zo op het idee gekomen. Maar als ze daar met hem heeft afgesproken, zou ze dat tegen ons hebben gezegd. En Esme en Hugh zouden het ook weten en zij hebben er ook niets over gezegd.'

Ze had niet gereageerd. Ze vermoedde dat Gabriel Joseph over Charlie wilde spreken. Opnieuw leek het erop dat Charlie

Ingram de prioriteit kreeg boven alles, zelfs boven hun dochter.

# 63

'Allereerst wil ik je bedanken voor je harde werk,' zei Gabriel. Hij zat aan de tafel in Josephs huisje, met een glas vruchtensap in zijn hand.

'Ik heb het graag gedaan,' zei Joseph. 'Ik vind het alleen jammer dat Iris tussen ons is gekomen.'

Gabriel fronste. 'Iris? De problemen die jij met Iris hebt, hebben niets met mij te maken.' Toen hij de verwarring op Josephs gezicht zag, ging hij verder. 'Iris is niet de reden waarom ik de afgelopen twee weken niet met jou in de tuin heb gewerkt.' Hij zweeg even. 'Je weet toch dat ik degene ben die Charlie Ingram in de steengroeve heeft gevonden?'

'Ja.'

'Waarom heb je me dan niet verteld dat jij op zijn school werkte? En vooral: waarom loog je tegen me toen ik je vroeg of je daar had gewerkt?'

Joseph haalde zijn schouders op. 'Ik dacht dat je er niet over zou willen praten,' zei hij. 'En ik kende de jongen niet.'

'Dat is niet waar, hè? Jij kwam die avond naar de cottage waar hij met zijn moeder woonde. Je hebt gescholden en gedreigd en wrede dingen gezegd.'

Joseph probeerde zijn geschoktheid te verbergen. 'Zij heeft

mij mijn baan gekost. Ze had het recht niet om zich met me te bemoeien.'

'Daar had ze alle recht toe. Ze was hoofd van het zorgteam. Een leerling maakte zich zorgen om haar vriendin, die verliefd op je was, een tienermeisje dat je je telefoonnummer had gegeven. Je had ook beloofd om haar Bangkok te laten zien.'

'Het was volkomen onschuldig!'

'Je moet volwassen worden. En het is beter als je je niet meer met jongeren bemoeit. Wat jij tegen Charlie hebt gezegd, was ongelooflijk wreed. Je zei niet alleen dat zijn moeder een relatie met zijn scheikundeleraar had, maar ook dat iedereen ervan wist en dat ze hem achter zijn rug om uitlachten. Dat heeft de grootste schade aangericht.'

'Hoe weet jij dat nou?' vroeg Joseph verbluft.

'Ik was bij Charlie toen hij stierf, weet je nog?'

'Heeft hij het je verteld?' Gabriel zweeg even. 'Ik had het niet mogen zeggen, dat weet ik. Ik had niet mogen zeggen dat iedereen hem uitlachte. Daar heb ik naderhand spijt van gehad.'

'En het was ook nog eens helemaal niet waar. Niemand wist van de relatie, omdat zijn moeder en de scheikundeleraar uiterst discreet waren geweest. Zelfs hun collega's wisten van niets. Charlies vader wel, en die had er geen problemen mee, aangezien hij en Maggie jaren geleden al wisten dat hun huwelijk voorbij was. Ze zouden samenblijven tot Charlie St. Cuthbert's zou verlaten. Dan zouden ze het hem vertellen en hem voorstellen aan hun respectievelijke partners. Dat zou deze zomer gebeurd zijn. Maar jij was hun voor met je wrede leugens. Hoe kón je? Hoe heb je die dingen tegen Charlie kunnen zeggen?'

'Ik was dronken.'

'Ja, en een paar dagen later reed je je auto in de prak. En tegenover Esme en Hugh deed je alsof je daarom je baan kwijt was. Maar je was al eerder ontslagen. Je bent een leugenaar en een lafaard.'

Joseph liet zijn hoofd hangen en staarde naar de tafel. 'Mocht het een troost voor je zijn: ik ben van de weg geraakt omdat ik me op de een of andere manier verantwoordelijk voelde toen ik hoorde dat Charlie dood was. Ik dacht dat hij misschien voorzichtiger zou zijn geweest als ik die dingen niet tegen hem had gezegd.'

'Nee, het is geen troost. Je bent van de weg geraakt omdat je dronken was. En voel je alsjeblieft niet "op de een of andere manier verantwoordelijk" voor Charlies dood. Je bent voor honderd procent verantwoordelijk.'

Josephs hoofd kwam met een ruk omhoog. 'Hoe bedoel je?'

'Ik heb gelogen, Joseph. Over Charlies laatste boodschap. Hij vroeg me niet zijn moeder te vertellen dat hij van haar hield. Wat hij werkelijk zei, was: "Vertel mijn moeder dat ik het haar nooit zal vergeven. Dit is haar schuld. Ze had het niet mogen doen."' Gabriel wachtte tot Charlies woorden tot Joseph waren doorgedrongen. 'En vervolgens zei hij: "Hij had het me niet moeten vertellen." Het lijkt mij dat Charlie expres over de rand van de groeve is geknald vanwege wat jij hem hebt verteld.'

Hij keek onverschillig toe hoe het bloed uit Josephs gezicht wegtrok. En toen ging hij weg om de afhaalmaaltijd te halen die Iris en Beth en hij vanavond zouden eten.

# 64

Iris werd met een rommelende maag wakker en schoot de badkamer in.

'Gaat het?' vroeg Gabriel toen ze weer in bed stapte. 'Je ziet er niet al te best uit.'

'Het gaat wel,' zei ze. 'Dat moet gewoon. Vandaag is de doopplechtigheid.'

Hij trok een gezicht. 'Praat me er niet van.'

'Wat heb je gisteren tegen Joseph gezegd?' vroeg Iris terwijl ze tegen de kussens leunde en het dekbed tot onder haar kin over zich heen trok. Hoewel hij het had geprobeerd te verbergen, had zijn woede de hele avond onder de oppervlakte gesudderd. Hij had het eten dat ze hadden besteld amper aangeraakt en zich ook niet op de film geconcentreerd. Ze had hem met rust gelaten, omdat ze bang was dat zijn woede op haar gericht was, dat Joseph hem had verteld dat ze onuitgenodigd zijn huisje was binnengegaan.

'Ik heb hem alleen maar bedankt voor zijn harde werk,' zei hij, en haar angst ebde weg.

'Heeft hij je over zijn plannen verteld, weet je waar hij naartoe gaat? Hij vertrekt morgen.'

'Ik heb er niet naar gevraagd,' zei hij kortaf. 'Hoe sneller hij weg is, hoe beter. Hij is een gevaarlijke figuur.'

Er ging een golf van pijn door haar buik. Ze gooide het dekbed van zich af en holde weer de badkamer in.

'Ik denk dat het de curry van gisteravond is,' zei ze toen ze eindelijk terugkwam. 'Voel jij je wel goed?'

'Ja, maar ik heb niet hetzelfde gegeten als jij.' Gabriel wachtte een ogenblik. 'Beth wel, trouwens. Zij heeft ook garnalen gehad.'

Iris liep naar de deur. 'Ik zal even kijken hoe het met haar gaat.' Ze dribbelde suf over de overloop en tikte op Beths deur.

'Mam?' Het woord, dat met een kreun werd geuit, vertelde Iris dat Beth zich niet lekker voelde. Ze liep naar binnen en trof Beth aan in een nog slechtere toestand. Haar gezicht was net zo wit als haar laken en glom van het zweet.

'Ik voel me verschrikkelijk,' kreunde ze. 'Ik denk dat ik een virus heb opgelopen of zoiets. Ik ben al ik weet niet hoeveel keer naar de wc geweest.'

'Ik denk dat het de afhaalmaaltijd van gisteravond is,' zei Iris, die op het bed ging zitten en aan Beths voorhoofd voelde. 'Ik heb het ook. Maar niet zo erg als jij.'

'Had ik maar niet zo gulzig moeten zijn. Ik heb ongeveer twee keer zoveel gegeten als jij. En papa? Hij heeft iets anders gehad, toch?'

'Ja, iets met rundvlees. Hij heeft niks, dus ik denk dat het de garnalen waren.' Beth kreunde en draaide haar hoofd weg.

'Sorry,' zei Iris haastig. 'Zal ik een glas water voor je pakken?'

'Heb ik al. En de doop dan, mam? Als ik me zo blijf voelen, denk ik niet dat ik mee kan.' Er drupten tranen uit haar ogen. 'Sorry, ik wil er gewoon heel graag bij zijn.'

Iris streek het haar uit haar gezicht. 'Misschien lukt dat nog. Het is nog maar halfnegen, dus je hebt nog een paar uur. Ik ga ook nog even naar bed. Laten we afwachten hoe het gaat. Als we ons geen van beiden beter gaan voelen, gaan we vanmiddag onder een deken televisie zitten kijken.'

'Klinkt heerlijk,' zei Beth, die met moeite haar hoofd van het kussen tilde. 'Maar jij móét wel naar de doopplechtigheid, toch? Je bent Hamish' peettante.'

'Ja, maar ik neem aan dat iemand het wel overneemt als ik echt niet kan komen.'

Toen het elf uur was, kon Iris niet doen alsof ze zich niet beter voelde. Maar Beth voelde zich nog steeds vreselijk ziek.

'Misschien moet ik bij haar blijven,' opperde Gabriel, die mistroostig naar het pak keek dat ze uit de kast had getrokken.

'Ze is ziek, maar ook weer niet zó ziek,' zei Iris met een geergerde glimlach. 'Over een paar uur is het alweer voorbij.' Ze wachtte een ogenblik. 'Trouwens, ik heb Hugh en Esme uitgenodigd om na die tijd nog even hier te komen. Het leek me leuk om vanavond een lichte maaltijd te eten en een fles champagne open te trekken. Ik heb Marcus ook uitgenodigd, maar Esme zei dat die waarschijnlijk met zijn neven en nichten gaat bijkletsen.'

'Zolang Joseph maar niet het lef heeft om mee te komen,' gromde hij.

'Zo ja, dan maken we er het beste van. Het is wel fijn dat ze komen, want Beth voelt zich tegen die tijd misschien wel weer goed genoeg om zich bij ons te voegen. Dan heeft ze niet het idee dat ze alles geeft gemist.'

'Dat is ook zo.'

De ceremonie zou om twaalf uur plaatsvinden, dus Iris maakte zich klaar en trok de gele jurk aan die ze speciaal voor de gelegenheid had gekocht, met een licht jasje erover. Het was een schitterende herfstdag met helder zonlicht en weinig wind. Ze kwamen bij de kerk, die half gevuld was met dorpsbewoners die waren uitgenodigd om na de dienst te blijven voor een glas champagne. Esme was er al. Ze zag er prachtig uit in haar smaragdgroene jurk met bijpassende schoenen. Hamish lag in haar armen te slapen. Iris en Gabriel liepen naar haar toe.

'Godzijdank,' mompelde Esme toen Iris opmerkte hoe zoet hij erbij lag. 'Een krijsende baby kan ik nu niet gebruiken.'

'Is er iets?'

'Het is Joseph.' Esme's stem klonk grimmig. 'Hij zou tegelijk met ons vertrekken, maar hij was nog niet klaar. En hij is er nog steeds niet. Ik zal Hugh moeten vragen of die hem gaat halen.'

Gabriel keek om zich heen. 'Waar is Hugh?'

'Die staat daar samen met Marcus met de predikant te praten. Zou jij even naar hem toe willen lopen om hem te vragen Joseph op te halen?'

'Zal ik anders gaan kijken waar Joseph is?' bood Gabriel aan. 'Hugh moet bij jou blijven.'

Esme slaakte een diepe zucht van opluchting. 'Zou je dat willen doen? Dank je, Gabriel, dat waardeer ik zeer.'

'Ik neem Hamish wel even van je over,' zei Iris terwijl Gabriel de kerk uit liep. 'Dan kun jij de mensen begroeten terwijl we op Joseph wachten.'

'Als hij ons maar niet te lang laat wachten.' Haar stem klonk strak van ergernis. Ze gaf Hamish voorzichtig over aan Iris en keek toen rond. 'Waar is Beth?'

'Die is ziek,' vertelde Iris. 'Ze vindt het heel erg dat ze er niet bij kan zijn. We hebben gisteren een paar curry's gehaald en het eten is haar niet goed bekomen.'

'O nee, die arme Beth! En jij en Gabriel dan?'

'Gabriel heeft iets anders gegeten dan Beth en ik, dus die voelt zich prima. Ik was vanochtend niet lekker, maar ik voel me inmiddels beter.'

Esme legde een hand op haar arm. 'Lief dat je hier bent, terwijl je vast liever lekker in bed was blijven liggen.' Ze rolde met haar ogen. 'Kun je het je voorstellen dat zowel de peettante als de peetoom afwezig zou zijn?'

Iris liep naar de voorste kerkbank, die was gereserveerd voor de ouders en peetoom en -tante, ging zitten en wiegde Hamish. 'Het komt goed. Joseph kan er elk moment zijn.'

# 65

Het duurde nog vijfentwintig kwellende minuten voordat geroezemoes achter in de kerk Josephs komst aankondigde.

Iris bleef voor zich uit kijken terwijl hij door het gangpad liep. Ze hoorde iedereen goedmoedig lachen terwijl hij zich uitgebreid verontschuldigde. Hij legde uit dat er muizen in zijn kledingkast waren geslopen en dat hij daarom een broek met een jasje droeg in plaats van een pak. Ze wierp een blik op Esme, die naast haar zat. De spanning was uit haar gezicht verdwenen en ze lachte mee met de anderen. Iris keek achterom naar Gabriel, die aan kwam lopen, en zag aan de blik die hij haar toewierp dat Josephs excuus voor zijn te late komst een verzinsel was.

Nadat hij zich persoonlijk bij de predikant had verontschuldigd, liep Joseph naar de kerkbank waar zij met Esme en Hugh zat. Hij maakte fluisterend zijn excuses en perste zich tussen hen in.

'Ik hoop dat je het niet erg vindt dat ik naast je kom zitten,' mompelde hij.

Ze rook de scherpe geur van pepermunt in zijn adem. 'Nee hoor.'

Joseph boog zich over Hamish heen, die in haar armen

lag te slapen. 'Wat een geluksvogel dat hij de beste peetoom en peettante ter wereld heeft, hè? Allebei een toonbeeld van deugd.'

Ze hoefde gelukkig niet te antwoorden, want de predikant eiste hun aandacht op. De dienst begon, en hoewel ze Hamish op een gegeven moment aan Joseph moest overgeven, kon ze hem verder negeren tot de plechtigheid voorbij was en ze zich naar het dorpshuis begaven voor de lunch. Ze had Gabriel nog niet gesproken, maar liep nu naar hem toe en raakte zijn arm zacht aan. Met een verontschuldiging aan een van Esme's zussen brak hij het gesprek met haar af en wendde zich tot Iris.

'Wat is er gebeurd?' mompelde ze. 'Met Joseph?'

'Hij was bezopen.' De afkeer was van Gabriels gezicht af te lezen. 'Ik moest zijn hoofd in een bak koud water duwen om hem te ontnuchteren. Maar hij is nog steeds op het randje van dronken.'

'Esme heeft me gevraagd of ik hem tijdens de lunch in de gaten wil houden om ervoor te zorgen dat hij niet drinkt.'

'Nou, succes ermee. Hoe voel je je? Gaat het beter?'

'Een beetje. Maar ik neem voor de zekerheid wel een paar pillen. Ik heb er wat bij me.'

Ze pakte een flesje water van een van de tafels en liep naar de wc. Toen ze terugkwam, stond bijna iedereen bij het lopend buffet. Ze hing haar tas over haar schouder en ging in de rij staan. Ze pakte een bord, schepte wat dingen op waarvan ze dacht dat ze mild zouden zijn voor haar maag en maakte hier en daar een praatje.

Er stonden twee lange tafels in het midden van het zaaltje. Iris bekeek de naamkaartjes tot ze haar eigen naam zag en ging zitten. Een snelle blik op de kaartjes links en rechts vertelde haar dat Esme's beide zwagers haar buren waren, en even dacht ze dat Esme van gedachten was veranderd en dat ze niet opgescheept zat met de verantwoordelijkheid voor Joseph, tot ze het kaartje tegenover haar oppakte en zijn naam erop zag staan. Ze checkte de kaartjes aan weerszijden van hem; daar zaten Esme's zussen. Esme had Joseph een strategische plek toebedeeld tussen mensen die vermoedelijk allemaal op de hoogte waren van zijn alcoholprobleem en die net als zij het verzoek hadden gekregen om een oogje op hem te houden.

Ze pakte zijn wijnglas en schoof dat weg over de tafel.

'Dat zag ik, Goudhaartje.'

Ze keek op en zag Joseph naast zijn stoel staan.

'Oké, open kaart dan maar,' zei ze toen hij plaatsnam. Esme's zussen en hun echtgenoten stonden nog bij het buffet, dus er was niemand binnen gehoorsafstand, maar ze dempte toch haar stem. 'Esme heeft me gevraagd om je in de gaten te houden en ervoor te zorgen dat je geen alcohol drinkt, dus als het aan mij ligt, krijg je alleen dit te drinken.' Ze zwaaide met een flesje water.

'Ik denk dat dit een staaltje is van "als het kalf verdronken is dempt men de put",' zei hij. 'En dat,' voegde hij er met een in de lucht priemende vinger aan toe, is de schuld van jouw man.'

Ze hoorde de slepende toon van zijn stem en de moed zonk haar in de schoenen.

'Wat is zijn schuld?'

'Dat ik me weer bezat heb. Hij had het me niet moeten vertellen.'

'Wat niet?'

'Van Charlie.'

Iris fronste. 'Wat heeft hij je dan verteld?'

'Dat het geen ongeluk was.'

Haar hart bonsde. Ze keek snel rond en zag dat er nog steeds niemand binnen gehoorsafstand was. 'Hoe bedoel je?' vroeg ze.

'Het was mijn schuld.'

Haar gedachten schoten alle kanten op. 'Jij moet nodig iets eten,' zei ze. 'Ik haal wel wat voor je. En als je jezelf een plezier wilt doen, drink je ondertussen een paar glazen water.' Ze schroefde de dop van het flesje, vulde zijn waterglas en stond op. Bij het buffet schepte ze een bord vol, dat ze naar hem toe bracht. Esme's beide zussen en hun echtgenoten gingen net zitten toen ze terugkwam.

Ze zette het bord voor Joseph neer.

'Jij bent de kwaadste niet, Goudhaartje,' zei hij, terwijl hij zijn glas hief.

'Proef vooral de quiche,' stelde ze voor. 'Die ziet er verrukkelijk uit.'

Iris richtte haar aandacht op haar buurman en liet het aan diens vrouw Nicola over om met Joseph te praten. Op zeker moment draaide Nicola haar hoofd weg om iets te zeggen tegen degene die aan haar andere kant zat, en Joseph pakte heimelijk haar glas wijn, dat hij in één teug leegdronk en bijvulde met een fles die dichtbij stond.

'Dat zag ik,' zei Iris zachtjes.

Hij pakte het glas en dronk het opnieuw leeg, waarna hij de fles pakte en haar uitdagend aankeek. Geërgerd boog ze naar voren en griste de wijn uit zijn handen.

Joseph grijnsde, vulde zijn glas weer met water en gulpte het naar binnen.

Ze keek opzij naar haar buren, die allebei met een ander in gesprek waren, net als die van Joseph. Het zaaltje had zich gevuld met het geluid van gepraat en gelach, nu en dan onderbroken door trippelende voeten van kinderen die hun plaats aan tafel verlieten om samen te gaan spelen. Iris glimlachte.

Er klonk een zachte bonk toen Josephs hoofd de tafel raakte. De mensen keken naar hem, dus Iris stond op en liep snel om de tafel heen naar hem toe.

'Kom,' zei ze.

Hij tilde zijn hoofd op en schonk haar een scheve glimlach.

'Waar gaan we heen?'

'Ik ga je thuisbrengen, voordat je jezelf te schande maakt,' zei ze, opgelucht dat hij niet agressief was.

'Best hoor.'

Hij duwde zich omhoog, stootte Iris' glas water om en stommelde naar de deur. Hugh keek haar aan.

'Hulp nodig?' las ze af aan zijn lippen.

Ze zocht naar Gabriel. Die was diep in gesprek met Esme's moeder, dus knikte ze naar Hugh.

'Sorry,' zei ze toen hij eraan kwam. 'Joseph is dronken, hij moet naar huis. Ik ga mee om zeker te weten dat hij thuiskomt.'

Hugh wierp een blik op Josephs wegwankelende gestalte. 'Ik ga mee.'

'Nee, blijf jij maar hier. Gabriel kan wel helpen, of Marcus.'

Hij speurde het zaaltje af om ze te zoeken en schudde zijn hoofd. 'Het is oké, we blijven niet lang weg. Ik vertel het Esme.'

Iris keek hem na terwijl hij naar Esme liep en haar iets toefluisterde. Esme keek naar haar en legde haar handpalmen tegen elkaar. *Dank je.* Iris schonk haar een glimlachje.

'Je hoeft niet mee te gaan,' zei Hugh terwijl ze zich achter Joseph aan haastten. 'Ik red me wel.'

'Het is geen probleem, ik kan de frisse lucht wel gebruiken. Het spijt me van Joseph. Esme heeft me gevraagd of ik hem in de gaten wilde houden en dat heb ik geprobeerd, maar hij bleef maar uit Nicola's glas drinken. Hij was al dronken toen Gabriel hem ophaalde,' voegde ze eraan toe, voor het geval Hugh dat nog niet wist.

'Tussen ons gezegd en gezwegen: ik ben blij dat hij vertrekt,' gromde hij.

Ze haalden Joseph in en brachten hem naar zijn huisje, waar Hugh hem hielp terwijl hij struikelde en hem aan zijn tafel zette met een kan water en een glas. Hij boog voorover en mompelde iets over Charlie en dat alles zijn schuld was.

'Denk je dat we hem alleen kunnen laten?' vroeg Iris aan Hugh boven Josephs gemompel uit.

'Wij moeten terug naar het doopfeest,' zei hij kortaf. Zijn ergernis jegens Joseph was overduidelijk. 'Ik vraag Marcus wel om later nog even bij hem te kijken.'

'Hij moet iets eten,' zei Iris, die de kastdeurtjes opende. 'Hij heeft niets gehad bij de lunch.'

Ze trof een blik bonen en een pan aan. 'Wil jij dit alsjeblieft openmaken, dan ga ik op zoek naar brood.'

Hugh maakte het blik open, liet de bonen in de pan glijden en zette die op het gasstel. 'Hij mag ze zelf opwarmen,' zei hij.

'Oké.' Iris keek naar Joseph. Zijn hoofd lag op de tafel. 'Joseph!' Hij deed zijn ogen open. 'Er zitten bonen in dat pannetje en hier is wat brood. Zorg ervoor dat je wat hebt gegeten voordat Esme terugkomt. Zorg ervoor dat je dan niet meer dronken bent. Heb je me gehoord?'

'Ja.'

'Goed zo.'

Ze volgde Hugh naar buiten. 'Weet jij waar hij morgen naartoe gaat als hij vertrekt?' vroeg ze. 'Heeft hij ergens anders werk gekregen?'

'Het lijkt me sterk dat hij morgen vertrekt, als ik zie hoe hij eraan toe is,' zei Hugh. 'Maar nee, hij heeft geen ander werk. Hij schijnt naar Thailand te gaan. Volgens Esme brengt hij elk jaar een maand in Bangkok door, meestal in de zomer. Dit jaar lukte dat niet omdat hij voor ons werkte, dus dat gaat hij nu inhalen.'

Ze liepen terug naar het doopfeest en een uur later maakten

de familie en vrienden van Esme en Hugh aanstalten om te vertrekken. Tegen de tijd dat iedereen afscheid had genomen, was het bijna vijf uur.

'Godzijdank hebben we dat gehad,' zei Esme met een hartgrondige zucht. 'Maar het was mooi, hè? Ondanks Joseph.'

'Daar heeft niemand iets van gemerkt,' zei Iris. 'En hopelijk is hij inmiddels weer nuchter. Kom, laten we naar ons huis gaan.'

# 66

Gabriel reikte Iris met licht trillende vingers om de steel een glas champagne aan, en gaf er daarna een aan Esme.

'Ik heb helemaal niets gedronken op het doopfeest, dus dit gun ik mezelf,' zei Esme. Ze keek naar Iris. 'Dank je voor de uitnodiging. Het is heerlijk om even te ontspannen nu het eindelijk voorbij is.'

Iris glimlachte. 'Je hebt het verdiend.'

'Toch was het een geweldige dag.' Hugh hief zijn glas. 'Op Hamish. En zijn moeder natuurlijk.'

'En op jou,' zei Gabriel. 'De trotse vader.'

Ze namen alle vier een slok en Esme zuchtte tevreden. 'O, wat heb ik dit gemist.'

Hugh hief zijn glas opnieuw. 'Iris, Gabriel, het was me de zomer wel. Een proost op gelukkiger tijden.'

Er viel een stilte. Gabriel schraapte zijn keel.

'Dank je, Hugh. Zoals jij net al zei...'

Een heftige explosie, gevolgd door het paniekerige geritsel van vogels die opvlogen uit de bomen, overstemde de rest van zijn woorden. Iris' hart bonsde als een echo van de knal, die nog natrilde in de lucht. Daarna werd het doodstil.

Een paar seconden lang vormden ze een roerloos tableau

dat bevroren leek in de tijd. Gabriel en Hugh, ieder met een champagneglas in de hand, hadden hun hoofd in de richting van het geluid van de ontploffing gedraaid. De schrik in Iris' ogen weerspiegelde die van Esme. Zelfs baby Hamish hield op met zijn sabbelgeluidjes, en Esme, wier instinct om haar kind te beschermen automatisch opborrelde, drukte hem steviger tegen zich aan. Gerustgesteld begon hij weer te drinken, met zijn beentjes trappelend onder zijn dekentje, de enige beweging in de onbeweeglijkheid.

'Ik hoop niet dat dat het huis was,' grapte Esme, die zo de verbijstering verbrak die de explosie bij hen had teweeggebracht. 'Niet na al ons harde werk.'

'Misschien moet ik...' Hugh zweeg abrupt toen zijn aandacht door iets getrokken werd. Iris volgde zijn blik en zag zwarte rook in de lucht opwolken.

In de verte weerklonk een sirene, die langzaam luider werd.

Gabriel wendde zich tot Hugh. 'Zullen we maar even gaan kijken?'

'Goed idee. Het lijkt me toch iets te dicht bij huis,' antwoordde Hugh. Hij keek naar Esme. 'We zijn zo terug.'

Esme wachtte tot ze weg waren. 'Laten we hopen dat Joseph zichzelf niet heeft opgeblazen,' zei ze, terwijl ze Hamish van haar borst haalde en hem naar de andere kant verplaatste. 'Ik ben erg in hem teleurgesteld.' Hamish ging lekker liggen, waarna ze haar vrije hand uitstak en op Iris' arm legde. 'Fijn dat jullie hem naar huis hebben gebracht voordat hij zich helemaal liet gaan.'

'Ik heb alleen maar voorgesteld hem naar huis te brengen omdat ik niet wilde dat iedereen hem in die toestand zou zien.' Iris zweeg even. 'Denk je dat hij al vóór vandaag weer aan de drank was en dat het hem gelukt is om dat voor iedereen te verbergen?'

'Ik weet het niet, maar ik ben kwaad en teleurgesteld en alles daartussenin. Ik begin er spijt van te krijgen dat we hem hebben gevraagd om Hamish' peetoom te worden.' Ze keek plotseling nerveus. 'Hij heeft toch niets gezegd toen Hugh en jij hem thuisbrachten? Hij heeft de neiging zijn mond voorbij te praten als hij dronken is.'

'Nee,' zei Iris. 'Maak je niet druk.'

'Ik had van meet af aan eerlijk moeten zijn tegen Hugh,' zei Esme met een zorgelijke blik.

'Het maakt nu niet meer uit. Joseph vertrekt morgen, toch?'

'Als hij nuchter genoeg is.' Ze legde Hamish over haar schouder en klopte op zijn rug, en terwijl Iris luisterde naar haar gebabbel over het doopsel en hoe mooi het was geweest, trok er een buitengewoon prettig gevoel door haar lichaam. Voor het eerst in maanden ervoer ze rust.

'O, ze zijn terug!' riep Esme uit.

Iris wierp een blik achterom, maar nog voordat ze doorhad dat er iets mis was, had Esme Hamish al in haar armen gedrukt om zich over het gazon naar Hugh te haasten. Geschrokken ontmoetten Iris' ogen Gabriels blik, en het werd haar benauwd om het hart toen ze de hopeloosheid op zijn gezicht zag. Ze verplaatste Hamish naar haar schouder en putte troost uit zijn warme, slaperige gewicht. Terwijl ze over zijn rug begon te wrijven en bezorgd naar Hugh en Esme keek, boerde hij braaf wat bubbeltjes melkachtige lucht op. En toen klonk er een klaaglijke kreet, waarvan ze heel even dacht dat die van Hamish afkomstig was.

Maar het was niet Hamish die jammerde, het was Esme, die in Hughs armen in huilen uitbarstte.

# 67

'Denk jij dat wij ongeluk brengen?' vroeg Gabriel. 'Pierre, Laure en nu Joseph – drie doden binnen drie maanden. En dan heb ik het nog niet over Charlie.'

'Hou op, Gabriel,' zei Iris op scherpe toon.

Maar dat kon hij niet. Er was alweer iemand dood. Joseph had zichzelf met zijn dronken kop opgeblazen. Niemand wist wat er precies was gebeurd, maar het leek erop dat hij het gas had opengedraaid en was vergeten het aan te steken. De politie zei dat hij waarschijnlijk weer in slaap was gevallen en dat hij óf een lucifer had afgestreken toen hij eindelijk wakker werd, óf dat hij het licht had aangedaan. In elk geval had zich zoveel gas in zijn kamer verzameld dat de explosie heftig en dodelijk was geweest.

Tussen het puin waren de resten van een lege whiskyfles aangetroffen.

'Hij zal wel een stiekeme voorraad hebben gehad,' zei Iris toen Gabriel het haar had verteld. 'Want ik heb die fles niet gezien toen Hugh en ik daar waren. Dan hadden we hem meegenomen.'

Toen Hugh de inhoud van hun drankkast had bekeken, had hij geconstateerd dat er een fles whisky ontbrak. Uit de glasscherven in Josephs huisje had de politie kunnen opmaken dat het om hetzelfde merk ging als de ontbrekende fles. Joseph had de sleutel van het huis gehad, dus de conclusie dat hij de fles had meegenomen lag voor de hand.

Gabriel verfoeide zichzelf erom, maar er was een moment geweest waarop hij naar Hugh keek en dacht: stel dat? Hij zou die gedachte niet hebben gehad als Iris hem niet over Esme en Joseph had verteld. Maar toen hij daaraan dacht, kwam ook Laures dood weer boven en begon hij na te denken over Esme, want hoe goed kenden ze Hugh en Esme nou eigenlijk? Ze hadden hen nog maar een paar maanden geleden ontmoet. Hij en Iris hadden Pierre en Laure al twintig jaar geleden leren kennen, en ze hadden talloze weekends en vakanties met hen doorgebracht, en toch was gebleken dat ze hen helemaal niet hadden gekend.

'Ik ga even kijken hoe het met Beth gaat,' zei Iris.

Gabriel keek op. 'Wil je dat ik ga?'

'Nee, ik ga wel.'

Hij liet de lucht ontsnappen die hij in zijn longen had vastgehouden. Het was de eerste keer dat hij zich niet in staat voelde om Beth te troosten, omdat hij niet wist wat hij moest zeggen om haar op te beuren. Ze huilde bijna voortdurend sinds ze het had gehoord, van Joseph.

Het was verschrikkelijk geweest gisteren. Ze was vanuit haar slaapkamer naar beneden komen rennen, nog in haar pyjama, omdat ze Esme had horen snikken.

'Wat is er gebeurd?' had ze gevraagd met een blik op Esme. 'Ik heb de explosie gehoord. Ik kon niet goed horen waar die vandaan kwam.'

'Het is Joseph,' had hij gezegd, zelf ook nog in shock. 'Hij heeft zichzelf opgeblazen.'

'Wat?' Haar gezicht was lijkbleek geworden en hij was net

op tijd geweest om haar op te vangen voordat ze op de grond viel.

'Nee,' had ze gehuild. 'Nee.' En toen had haar stem zich tot een schreeuw verheven. 'Nee!'

Nu keek Gabriel naar Iris.

'Vind jij ook niet dat haar reactie op Josephs dood een beetje overdreven was?' vroeg hij.

'Die van Beth of van Esme?'

'Beth.'

'Niet echt. Ze heeft deze zomer al zoveel meegemaakt.'

'Heeft ze tegen jou iets gezegd? Over Joseph?'

Iris leunde achterover in haar stoel en deed haar ogen dicht. 'We hadden gelijk met onze argwaan. Ze had inderdaad met hem in Thailand afgesproken. Maar volgens haar puur als vrienden.'

'Geloof jij haar?'

'Ja. Maar ze is jong, en misschien hoopte ze wel dat hun vriendschap zich tot iets diepers zou ontwikkelen. Maar het maakt niet meer uit, toch? Hij is dood. Door zijn eigen stommiteit.'

'Niet alleen door zijn stommiteit. Ook die van mij. Het is mijn schuld dat hij dood is.'

Iris staarde hem aan. 'Hoe bedoel je?'

'Toen ik hem gisteren kwam halen omdat hij niet op tijd was voor de doopplechtigheid, was ik kwaad op hem omdat hij dronken was. En toen zei hij dat het mijn schuld was, dat ik het hem niet had moeten vertellen, over Charlie.' Hij lachte vreugdeloos. 'Als het niet zo tragisch was, zou het grappig zijn.'

'Waarom?'

'Omdat het dezelfde woorden waren die Charlie over Joseph had gezegd.'

'Dat begrijp ik niet.'

'Joseph was erachter gekomen dat Maggie een relatie had met een leraar, en om wraak te nemen op Maggie omdat hij door haar zijn baan kwijt was, vertelde hij Charlie dat iedereen van die relatie af wist en dat ze hem heimelijk uitlachten. Dat was niet waar, niemand wist ervan, en Maggie en haar man waren van plan om Charlie in de zomer te vertellen dat ze allebei een andere partner hadden en uit elkaar zouden gaan.' Hij wreef vermoeid in zijn ogen. 'Ik heb gelogen, Iris. Over Charlies laatste woorden. Hij vroeg me niet om Maggie te vertellen dat hij van haar hield. Hij zei dat ik haar moest vertellen dat hij het haar nooit zou vergeven, dat zijn ongeluk haar schuld was omdat ze niet had mogen doen wat ze had gedaan. En toen zei hij dat hij – Joseph dus – het hem niet had moeten vertellen.'

'O, Gabriel.' Iris liep naar hem toe en sloeg haar armen om hem heen. 'Ik kan me amper indenken wat jij de afgelopen tijd hebt doorgemaakt.'

'Ik kon de waarheid niet zeggen, dat begrijp je toch wel?' zei hij met overslaande stem. 'Ik had eigenlijk moeten zeggen dat Charlie niets had gezegd. Maar toen de hulpverleners het me vroegen moest ik snel reageren en was het enige wat ik kon bedenken: *Vertel mijn moeder dat ik van haar hou.*'

'Daar heb je goed aan gedaan. Daar heb je beslist goed aan gedaan.'

'Maar ik had Joseph niet mogen vertellen dat Charlies dood zijn schuld was. Daarom is hij zaterdagavond gaan drinken. Het schuldgevoel werd hem te veel. En nu heb ik zijn dood op mijn geweten, net als die van Pierre trouwens, want die had ik al helemaal in het begin moeten opzoeken in Parijs.'

'Jou treft geen blaam,' zei Iris fel. 'Kijk me aan, Gabriel.' Ze schudde aan zijn schouders. 'Het is belangrijk dat je naar me luistert. Is er nog iemand anders die weet wat je me net over

Charlies laatste boodschap hebt verteld?'

'Nee.'

'Vertel het dan nooit meer iemand. Hoor je me, Gabriel? En hou op met zeggen dat Josephs dood jouw schuld is, en zeg dat al helemaal niet waar Beth bij is. Oké?'

Hij knikte. 'Ja.'

'Goed. Nou, ik ga naar boven om met Beth te praten en als jij haar ziet, ga je haar vertellen dat je net hebt gehoord dat zij en Joseph in Thailand hadden afgesproken en dat je het heel erg voor haar vindt, wat er met hem is gebeurd.'

Ze ging weer weg en hij bleef zitten, verpletterd door schuldgevoel.

# EPILOOG

# IRIS

Het is de dag van Josephs uitvaart. Beth wilde per se mee, en Gabriel of ik had niets kunnen doen om haar ervan af te brengen. Dus is ze met hem meegegaan naar Winchester, waar de dienst wordt gehouden.

Iedereen begreep waarom ik liever thuis wilde blijven. Beth heeft me in de nasleep van Josephs dood verteld dat ze niets had gezegd over hun afspraak in Thailand, omdat ze wist dat Joseph en ik op slechte voet met elkaar stonden.

'Heeft hij je ook verteld waarom?' vroeg ik.

Beth lag op dat moment in bed en ze zonk neer op de kussens terwijl ze een tissue tussen haar vingers verfrommelde. 'Hij zei dat jij de politie had verteld dat je hem en Laure had horen ruziemaken op de dag van haar dood, en dat hij daarom naar het bureau moest komen voor een ondervraging,' zei ze met meer dan een beetje verwijt in haar stem.

'Het was een vergissing, en ik heb mijn excuses ervoor aangeboden,' legde ik uit.

'Volgens hem speelde er nog meer. Maar hij wilde me niet vertellen wat.'

Ik moest snel nadenken. 'Hij wist dat ik niet blij was met zijn relatie met Laure. Ik had het idee dat hij misbruik maakte van haar kwetsbaarheid.'

Beth ging zo abrupt rechtop zitten dat ik geschrokken achteruitdeinsde.

'Had… Had hij een affaire met Laure?' zei ze haperend.

Mijn hand vloog naar mijn mond. 'Beth, het spijt me. Heeft hij dat niet verteld?'

Ze schudde haar hoofd, ging weer liggen en begon te snikken met haar gezicht naar de muur. Ik voelde haat jegens Joseph omdat hij het Beth niet had verteld, van Laure. Dat bevestigde wat Gabriel en ik inmiddels beseften: dat Joseph op vrouwen aasde. Er was misschien niets gebeurd tussen hem en Beth, maar ik vermoedde dat zij, als ze had geweten van zijn relatie met Laure, eventuele gevoelens die ze voor hem had meteen de kop zou hebben ingedrukt. Dat had Joseph zich waarschijnlijk ook gerealiseerd.

'Beth, er is nog iets wat je moet weten,' zei ik, in de wetenschap dat ik haar nog meer leed zou bezorgen. Ze draaide zich niet naar me om, maar haar schouders stopten met schokken, dus ik ging verder. 'Joseph is zijn baan bij St. Cuthbert's kwijtgeraakt omdat hij berichtjes met een leerlinge uitwisselde over een afspraak in Bangkok tijdens de zomervakantie.'

Een paar seconden lang verstijfde Beth. Toen slaakte ze een kreet die vanuit haar diepste binnenste omhoogkwam.

'Ik haat hem!' riep ze door een rivier van tranen heen, en terwijl ik over haar rug wreef, voelde ik stilletjes dat ik hier goed aan deed. Zo zou ze sneller over hem heen raken.

Hoewel ik haar probeerde te ontmoedigen, begreep ik waarom ze per se naar de uitvaart wilde. Ze moest het een plek geven om verder te kunnen.

Het is prettig om alleen thuis te zijn, waar nu alleen stilte heerst omdat er verder niemand is, niet omdat Gabriel en ik geheimen voor elkaar bewaren. Hij heeft me eindelijk verteld wat hij voor me achterhield: Charlies ware boodschap aan zijn moeder. Het verklaart heel veel. Nu begrijp ik waarom hij zo gestrest was en waarom hij niet wilde praten over het gebeuren in de groeve, al zou ik hem nooit hebben veroordeeld om zijn besluit Charlies boodschap te veranderen. Maar het is op een droevige manier ironisch dat hij, net nu hij is gaan inzien dat hij er goed aan heeft gedaan, zich schuldig voelt over Josephs dood.

Ik zal Gabriel nooit de geheimen vertellen die ik voor hem bewaar. Het maakt niet uit, want hij weet niet dat ik ze heb. Hij kent me niet, hij weet niet wie ik werkelijk ben. Hij denkt van wel, hij denkt dat ik degene ben met wie hij al die jaren geleden is getrouwd. Ik zou willen dat ik die vrouw had kunnen blijven, die vrouw die aan een avontuur begon met de man van wie ik hield, opgetogen uitkijkend naar de toekomst, het opbouwen van een carrière, het stichten van een gezin. Door één vergissing werd ik van al die dromen beroofd.

Een vergissing, maar wel een die ik niet kan betreuren omdat het zo'n mooie vergissing was, en omdat Beth eruit is voortgekomen. Een betoverende nacht op de Bahama's, waar Gabriel en ik vierden dat we een jaar getrouwd waren. Ik kon niet slapen en was om drie uur 's ochtends ons hotel uit geslopen en naar het privéstrand gelopen om heerlijk naakt te gaan zwemmen. Toen ik de waterrand naderde, werd ik verrast door een man die vanuit de rustig kabbelende golven tevoorschijn kwam, zijn lichaam glanzend in het maanlicht. Ik realiseerde me eerst niet dat het Pierre was, met wie Gabriel en ik bevriend waren geraakt, net als met zijn kersverse echtgenote Laure.

Ik weet niet welke duistere machten die nacht aan het werk waren waardoor we naar elkaar toe liepen, op het zand neerzonken en zonder iets te zeggen de liefde bedreven. We hadden niet eerder enig verlangen naar elkaar gevoeld. Ik had geen seconde naar Pierre gekeken en me afgevraagd hoe het zou zijn om met hem te vrijen, en dat was wederzijds. Maar we raakten verstrikt in een wervelwind van ongekende begeerte en konden niet anders dan toegeven aan wat bijna een bovennatuurlijke ervaring was. Naderhand, toen we op het koele zand lagen, onze lichamen nog met elkaar verstrengeld, onze geest verdoofd van ongeloof, spraken we af om nooit te praten over wat er was gebeurd en het nooit te herhalen. En dat hadden we ook nooit gedaan, totdat Pierre twintig jaar later ontdekte dat hij die nacht een dochter had verwekt.

Ik herinner me nog de vreselijke angst die me bij de keel greep toen ik terugliep naar het hotel terwijl Pierre achterbleef op het strand. Ik wist toen al, met een zekerheid die me nu vreemd voorkomt, dat Pierre en ik zojuist een nieuw leven hadden gecreëerd. Toen ik op het bed ging zitten en keek hoe Gabriel lag te slapen, was ik banger dan ik ooit geweest was, niet alleen om wat er tussen mij en Pierre was gebeurd, maar ook om wat het met Gabriel, met ons, zou doen als hij er ooit achter zou komen. In mijn hoofd heerste opperste verwarring: sinds ons huwelijk een jaar daarvoor hadden we geprobeerd in verwachting te raken, maar zonder succes. Als ik gelijk had en er nu een nieuw leven in mij ging groeien, wat zou er dan gebeuren over twee of drie maanden, als ik zou meedelen dat ik zwanger was? Als Pierre het zou horen, zou hij dan vermoeden dat de baby van hem was? En hij zou het te horen krijgen. Wij vieren konden het zo goed met elkaar vinden dat we al adresgegevens hadden uitgewisseld. Ik had die van hen expres kunnen kwijtraken, maar zij hadden ons adres ook. Wij woonden toen in Londen. Wat als ze op een van Pierres frequente zakenreisjes naar Londen zouden komen en ons zouden opzoeken, waar wij op hadden aangedrongen?

Ik was zo gestrest dat ik er zelfs over dacht om Gabriel als we eenmaal thuis waren te vertellen dat ik naar een ander deel van het land wilde verhuizen. Maar dat zou hij niet hebben begrepen. We waren nog maar een jaar daarvoor in ons appartement getrokken en we waren er gelukkig. Ik hield van Gabriel en wilde koste wat kost met hem getrouwd blijven. Dus ik koos voor de enige uitweg die ik zag.

De volgende ochtend – dat was de dag voordat we zouden vertrekken – vertelde ik Gabriel dat ik zwanger was. Ik zei dat ik een zwangerschapstest had gedaan vlak voor we naar de Bahama's gingen en dat ik hem het fantastische nieuw wilde vertellen op de laatste dag van onze vakantie. Hij was dolblij, maar was het met me eens dat we het zijn ouders pas zouden vertellen als de eerste drie maanden voorbij waren. Mijn ouders waren jaren daarvoor al gestorven. Hij was zo opgetogen dat hij het nieuws met iemand wilde delen en vroeg me of we het Laure en Pierre konden vertellen – een vraag waar ik op hoopte. Die avond vertelden we hun tijdens het eten dat ik vijf weken zwanger was. Het lukte mij om het te brengen alsof Gabriel het al had geweten voordat we op vakantie gingen, en ze waren blij voor ons. Ze vertelden ons op hun beurt dat zij geen kinderen wilden, en ik voelde een mengeling van opluchting en schuldgevoel. Opluchting dat er geen halfzussen of halfbroers zouden komen om ons kind mee te vergelijken, schuldgevoel omdat Pierres besluit zich niet voort te planten mogelijk al was gedwarsboomd. Dat was nog een reden waarom hij nooit mocht weten dat de baby van hem was.

Als ik het verkeerd had gevoeld, dat ik zwanger was geworden, zou ik hebben gedaan alsof ik een miskraam had gekregen. Een zwangerschapstest een paar weken later bevestigde echter dat ik in verwachting was. Tegen die tijd was ik voortdurend misselijk door een mix van verlammende angst en hormonen. Ik was bang voor de baby die in me groeide, bang dat hij of zij op Pierre zou lijken en dat Gabriel meteen zou zien dat het kind niet van hem was. Ik heb nooit een abortus overwogen, vanwege mijn vrome opvoeding, die ergens nog in me zat.

Ik ging pas naar een arts toen ik vijf maanden zwanger was. Daarvoor had ik tegenover Gabriel gedaan alsof ik op een afspraak was geweest; toen hij met me mee had gewild, verzon ik een lastminutewijziging en zei ik dat de dokter me had gevraagd vroeger te komen, zodat hij er niet op tijd bij kon zijn. Toen ik dan uiteindelijk bij een dokter kwam, loog ik over de data, en de dokter geloofde wat ik haar vertelde, dat ik zes maanden zwanger was, want ze dacht dat de baby kleiner was dan eigenlijk zou moeten omdat ik de hele tijd zo misselijk was. Ze reageerde meelevend toen ik zei dat ik het moeilijk vond om te accepteren dat ik zwanger was omdat ik angst voor de bevalling had. Toen het zover was, was ik zo bang om het kind te zien dat ik met Pierre had gecreëerd dat ik een keizersnee moest ondergaan.

Ik had geluk: Beth leek op mij. Pierre en ik hadden allebei donker haar, maar Beth had mijn ogen, mijn mond. Ze was perfect, maar ik stond mezelf niet toe van haar te houden, omdat ik vond dat ik haar niet verdiende. In plaats daarvan duwde ik haar in Gabriels armen, want ik wilde dat hij een band met haar kreeg die nooit kon worden verbroken als hij onverhoopt op een dag zou ontdekken dat ze niet van hem was.

Onze enige ruzie ontstond toen Gabriel wilde dat Pierre Beths peetoom zou worden. Ik stond erop dat hij zijn oudste vriend zou vragen en wees hem op eventuele gekwetste gevoelens en een langere vriendschap. Maar Gabriel hield vol. Hij zei dat hij Pierre en Laure bij ons gezin wilde betrekken, en ik redde wat er te redden viel door te opperen dan ook Laure te vragen om Beths peettante te worden. We zagen Pierre en

Laure twee tot drie keer per jaar, voor weekends en vakanties in het buitenland. Ik was er niet blij mee, maar Gabriel en Pierre waren dol op elkaar en als ik moeilijk had gedaan, was er kans geweest dat Pierre zich had afgevraagd of er meer achter mijn terughoudendheid stak dan dat ik me simpelweg ongemakkelijk voelde over die ene nacht op de Bahama's. We namen Beth nooit mee op die uitstapjes, we lieten haar liever logeren bij Gabriels ouders.

Omdat ze Beths peettante was, was het normaal dat Laure meer met Beth omging dan Pierre. Ze kwam over vanuit Parijs om haar op haar verjaardag of in de kerstvakantie mee uit te nemen. Bij de zeldzame gelegenheden dat Pierre haar zag, wees niets in zijn houding of gedrag erop dat hij zich afvroeg of ze zijn dochter was. Tot afgelopen december, toen Gabriel, die rouwde om de recente dood van zijn vader, Pierre en Laure had uitgenodigd om oudejaarsavond bij ons door te brengen.

Beth had plannen gemaakt om oudejaarsnacht met vriendinnen te vieren en ik deed mijn uiterste best om ervoor te zorgen dat ze weg zou zijn voordat Pierre en Laure kwamen. Maar ze wilde hen juist graag zien en was blijven hangen tot ze er waren. Ik maakte me niet al te veel zorgen, tot ik Pierres ogen meer dan eens in Beths richting zag dwalen terwijl ze zich lachend en pratend door de kamer bewoog. En zelfs toen dacht ik dat ik veilig was omdat hij mij niet vragend aankeek en hij in de weken die volgden geen contact met me opnam.

Maar toen stond Laure ineens bovenaan de trap.

Ik heb het vermogen om kalm over te komen als ik verschrikkelijk nieuws heb gekregen, als mijn ingewanden zich in een angstige knoop draaien. Het was mijn verdiende loon. Laure kwam met haar mededeling dat Pierre een kind had, en ik was blij dat Laure vermoedde dat Claire de moeder was, omdat ik na die eerste lange nacht van plan was om naar haar te wijzen. Maar toen Laure me vertelde over de DNA-test die Pierre had laten doen, wist ik dat alles wat ik de laatste twintig jaar had opgeofferd voor niets was geweest.

Ik probeerde Pierre ervan te weerhouden om er iets mee te doen. Ik wilde het niet riskeren om hem een bericht te sturen of hem te bellen, want er mocht tussen ons geen communicatie plaatsvinden. Maar ik moest de schade zien te beperken. En daarvoor moest ik onder vier ogen met Pierre praten. Maar ik kon niet zomaar zeggen dat ik naar Parijs ging zonder dat ik daar een reden voor had. Toen vroeg Laure me naar mijn ontwerpen voor het herenhuis in Londen, en had ik plotseling het perfecte excuus. Ik zou in één dag op en neer reizen naar Parijs, maar doen alsof ik een afspraak in Londen had, met mijn potentiële klant Samantha Everett. In werkelijkheid ging ik Pierre opzoeken.

Vier dagen nadat Laure ons had verteld dat Pierre een kind zou hebben, wachtte ik hem op voor zijn kantoor. Het was de eerste keer sinds tijden dat we met z'n tweeën waren en het voelde enorm ongemakkelijk. Ik kon niet meer doen alsof Beth niet zijn dochter was, want hij wist het nu zeker. Ik kon hem alleen maar smeken te begrijpen waarom ik iedereen had misleid. Hij was kwaad dat hij zoveel jaren van Beths leven gemist had, en ik noemde hem hypocriet en herinnerde hem eraan dat hij nooit kinderen had gewild, en dat Laure de moeder in zichzelf voor hem had opgeofferd. Tot mijn opluchting begreep hij wat ik had gedaan, omdat hij een aardige, fatsoenlijke man was, en toen ik hem vertelde dat ik mezelf niet de kans had gegund om een hechte band met Beth op te bouwen en dat ik haar naar een kostschool had gestuurd omdat ik vond dat ik haar niet verdiende, had hij me omhelsd en getroost. Bovendien hield hij van Gabriel, en van Laure, dus uiteindelijk vond hij ook dat het vertellen, vooral na al die jaren, eerder kwaad dan goed zou doen. In ruil voor zijn zwijgen beloofde ik dat ik, wanneer Laure en hij zouden komen logeren, er telkens mijn best voor zou doen om ook Beth uit te nodigen, zodat hij haar tenminste kon zien.

Ik legde aan Pierre uit dat zijn weigering om met Laure en Gabriel te communiceren bijdroeg aan ieders stress en vroeg hem om beiden een berichtje te sturen als ik weer thuis was. Hij zou hun laten weten dat hij erover had nagedacht en had besloten om geen problemen te veroorzaken voor zijn dochter en haar moeder, en dat hij geen contact met hen zou zoeken. Tien kwellende dagen later had hij nog steeds niets gestuurd en maakte ik me vreselijk zorgen. Hij had alleen maar met Gabriel gebeld om te zeggen dat hij er nog niet over kon praten en dat hij meer tijd nodig had. Ik was doodsbang – meer tijd waarvoor?

Omdat ik bang was dat hij zou terugkomen op wat we hadden afgesproken, ging ik weer naar Parijs, opnieuw met een ontmoeting met Samantha Everett in Londen als excuus. Laure zou het weekend daarna teruggaan naar Parijs, en ik smeekte Pierre om onze huwelijken niet kapot te maken. Ik wees hem erop dat er geen garantie was dat Beth, als ze de waarheid zou kennen, hem als haar vader zou accepteren. Integendeel, het zou kunnen dat ze hem kwalijk nam dat hij mijn huwelijk met Gabriel kapot had gemaakt, en dat hij met lege handen zou achterblijven. Ik dacht dat ik tot hem was doorgedrongen, maar toen Laure van gedachten veranderde en besloot niet te gaan, lag er in mijn ergernis over haar langere aanwezigheid in ons leven ook een zweem van opluchting. Ik wist niet of ik erop kon vertrouwen dat Pierre onze levens niet op hun kop zou zetten.

Het hielp dat Gabriel zo getraumatiseerd was door wat er

was gebeurd met Charlie Ingram dat hij minder attent was tegenover Pierre. Toen hij me vertelde dat hij van plan was naar Parijs te gaan om hem te bezoeken, besefte ik dat ik hem moest tegenhouden, omdat Pierre de waarheid niet voor hem verborgen zou kunnen houden. Ik had Gabriels paspoort willen verstoppen, maar twee dagen voor hij zou vertrekken stuurde Pierre een bericht aan Laure, waarin hij haar vroeg naar Parijs te komen omdat hij haar niet wilde verliezen. Mijn eerste reactie was enorme opluchting: Pierre zag eindelijk in dat het beter was om de dingen te laten zoals ze waren. Toen kwam Laure met een nieuwe mededeling: hij was van plan haar alles te vertellen. De angst die ik toen voelde was niet te vergelijken met alles wat ik ooit eerder had gevoeld. Ik zag maar één oplossing. Ik moest weer naar Parijs gaan en Pierre te spreken zien te krijgen vóór Laure. Ik kon niet weer Samantha Everett als excuus gebruiken, dus vertelde ik Gabriel – die toen al zijn eigen reisje naar Parijs had gecanceld – dat ik als verrassing voor hem voor de lunch had afgesproken met mijn vriendin Jade op de dag dat hij Pierre had willen opzoeken, zodat we samen naar Londen hadden kunnen gaan.

Op die vrijdag ondernam ik dezelfde reis die Laure een dag later zou maken. Ik ging weer naar Pierres werk en wachtte niet ver van de ingang tot zijn lunchpauze. Hij zag me en liep naar me toe.

'Ik hoop dat je niet bent gekomen om me van gedachten te laten veranderen,' zei hij met een kus op elke wang, want hij had geen reden dat niet te doen; we waren bevriend. 'Ik heb er veel over nagedacht en het is de enige weg voorwaarts. Het leven is kort, Iris. Ik wil deel uitmaken van Beths leven. Ik wil dat ze weet dat ik haar vader ben.'

Mijn wereld brokkelde om me heen af. 'Oké. Ik weet dat je voet bij stuk zult houden,' zei ik, want ik wilde dat hij zou denken dat hij had gewonnen. Ik had tijd nodig om na te denken. 'Maar kunnen we ergens naartoe gaan om te bespreken hoe we het Gabriel en Laure zullen vertellen? We moeten erover praten, Pierre.'

'Natuurlijk. Daar is een brasserie, laten we gaan lunchen en het daar bespreken.'

Terwijl we overstaken naar het restaurantje, zag ik hoe hij was veranderd. Hij had iets lichts over zich, alsof hij verlost was van een enorme last. Pas toen realiseerde ik me dat ik hem op geen enkele manier op andere gedachten zou kunnen brengen.

Ik speelde het spel mee. Toen hij zei dat hij misschien het best meteen met mij mee zou kunnen gaan, zodat we het Laure en Gabriel samen konden vertellen, stemde ik daarmee in. Hij vroeg hoe laat mijn trein naar Londen zou vertrekken en toen ik zei dat dat om vier uur van het Gare du Nord was, stuurde hij zijn baas een bericht om hem te vertellen dat hij die middag niet terug zou komen omdat hij iets voor zichzelf uit moest zoeken.

'Ik neem gewoon de hele maand vrij,' zei hij. 'Ze roepen steeds dat ik mijn verlofdagen van vorig jaar moet opnemen en Arnaud suggereerde vanochtend dat ik binnenkort maar eens op vakantie moest gaan.' Hij schonk me een wrang glimlachje. 'Hij weet dat ik de laatste tijd met mezelf in de knoop zit, al weet hij niet waarom. En nadat we het Laure en Gabriel hebben verteld, zullen we tijd nodig hebben om te kijken hoe we verder moeten.'

'Goed idee,' zei ik, maar ik maskeerde mijn paniek. Als hij met me mee terug zou gaan, zou het dus echt gaan gebeuren.

'Ik zal Claire ook een berichtje sturen,' ging hij verder. 'Ze maakt zich zorgen om me, dus ik laat haar maar even weten dat ik weg ben, anders denkt ze misschien dat er iets ergs is gebeurd.'

Ik denk dat het die woorden waren die me op het idee brachten hem te vermoorden. Het lijkt nu ongelooflijk dat de gedachte überhaupt in me opkwam, en het is nog ongelooflijker dat ik het daadwerkelijk heb gedaan. Maar ik kon alleen maar denken aan Gabriel en Beth, en ik begon woede te voelen om Pierres onverschilligheid tegenover ieders geluk behalve het zijne. Het leek hem niet te kunnen schelen dat hij vier andere levens ging verwoesten terwijl er geen enkele garantie was dat het zijn leven beter zou maken. Ik kende Beth; ze adoreerde Gabriel, hij was al bijna twintig jaar haar vader. Als de waarheid boven tafel was gekomen, zou ze mij misschien hebben afgewezen, maar Gabriel niet. Nooit.

De ober kwam om onze bestelling op te nemen. Mijn gedachten schoten alle kanten op. Als ik Pierre wilde vermoorden, zou ik een wapen nodig hebben, en een geschikte plek om het te doen, een plek waar zijn lichaam een tijdje onontdekt zou blijven. Ik dacht aan de berging in de kelder van hun appartementengebouw, waar hun fietsen en gereedschap en kapotte meubels stonden. Er stond ook een oude vrieskist, en Laure had op een dag zelfs lachend gezegd dat het de perfecte plek was om een lijk te verstoppen.

'Wat wil jij eten, Iris?' Pierre glimlachte naar me, en de gedachte dat ik hem zou vermoorden maakte me zo duizelig dat ik de tafel moest vastgrijpen om niet van mijn stoel te vallen.

'Steak frites,' had ik gezegd, want ergens in mijn onderbewustzijn legde ik het verband tussen mijn behoefte aan een moordwapen en een mes. Niet zomaar een mes, maar een schérp mes.

Onze lunch kwam snel. Ik pakte mijn mes en liet het uit mijn hand glijden. Het kletterde op de vloer en ik bukte snel om het in de grote tas die bij mijn voeten stond te stoppen. Ik vertelde Pierre dat ik het niet kon vinden. Het gaf niks, zei hij, iemand zou me wel een schoon exemplaar brengen en een ander zou het vermiste mes later wel onder de bank vandaan vissen.

'Ik moet nog wel even naar ons appartement om wat dingen op te halen,' zei hij.

Ik knikte. 'Natuurlijk. En als we daar toch zijn, kunnen we dan even naar jullie berging lopen? De laatste keer dat ik hier met Gabriel was, heb ik mijn paraplu in de mand van Laures fiets laten liggen. Ik heb hem van Beth gekregen, dus ik wil hem graag even ophalen.' Hij knikte instemmend.

Na de lunch liepen we in tien minuten naar het appartement. De drukkende warmte met de aankondiging van naderend onweer droeg alleen maar bij aan de spanning in mijn lijf.

'Heb je het niet warm in die kleren?' vroeg Gabriel. Het was bewolkt geweest toen ik thuis was weggegaan, dus ik droeg een lang vest over mijn jurk. In de trein had het me geërgerd dat ik in de zakken een zakdoekje, een haarklemmetje en een paar van de dunne huidkleurige zonwerende handschoenen vond die Laure bij het zonnebaden en hardlopen droeg. Ik was eraan gewend geraakt dat ze mijn kleren leende, maar ik had al vaak gewenst dat ze de zakken zou legen voor ze ze in mijn kast terughing. Nu was ik blij dat ze dat niet had gedaan.

'Nee,' zei ik. 'Dat valt wel mee.'

We arriveerden in hun appartementengebouw en ik stelde voor eerst even de paraplu uit de berging te gaan halen. Terwijl ik hem over de trap naar de kelder volgde, en door de wirwar van gangen, haalde ik Laures handschoenen uit mijn zak en trok ze aan. Ik voelde me op een vreemde manier emotieloos. Pierre was niet langer een vriend, maar een obstakel dat uit de weg geruimd moest worden. Mijn focus lag niet op hem, maar op wat er moest gebeuren, op wat ik zo snel en helder mogelijk zou moeten doen. Hij deed de deur van het slot, reikte naar de lichtschakelaar en zette een stap achteruit om mij te laten passeren.

'Jullie hebben de vrieskist nog,' riep ik uit, en ik liep ernaartoe. Ik merkte op dat het deksel op een kier stond omdat er een stukje hout tussen was gezet, wat betekende dat de kist leeg was. Ik gebruikte mijn lichaam om mijn gehandschoende hand te verbergen en tuurde erin. 'Ik dacht dat jullie hem misschien al hadden weggedaan.'

Hij kwam binnen. 'Dat is ook de bedoeling,' zei hij, 'maar we komen er maar niet aan toe.'

Omdat het een klein vertrek was, hoefde ik me alleen maar om te draaien en een stapje in zijn richting te zetten. Ik had het steakmes al in mijn hand. Hij was net zo lang als ik, en tenger gebouwd. Zonder mezelf toe te staan na te denken stak ik het mes in zijn borst. Hij zette een verbaasde stap achteruit, maar ik volgde zijn beweging en dreef het mes verder zijn lichaam in.

'Wat...' Hij schudde even met zijn hoofd in een poging te begrijpen wat er gebeurde, en toen sloeg blijkbaar de pijn toe, want hij hapte geschokt naar adem. Ik ving hem op toen zijn benen het begaven en in een macabere dans draaide ik onze ineengeklemde lijven naar de vrieskist achter me. Ik bukte, haakte een arm onder zijn knieën en gooide hem zo de kist in.

Hij kwam neer op zijn zij en bleef roerloos liggen. Alleen zijn ogen flitsten nog omhoog, zoekend naar een antwoord. Ik stak mijn hand uit, trok het mes uit zijn borst en keek hoe het bloed uit hem sijpelde en de bodem van de vrieskist rood kleurde. Toen haalde ik zijn telefoon uit zijn zak en sloot het deksel.

Daarna keek ik pas omlaag en zag het mes in mijn handen, het lemmet bloedrood, en de rode vlek op mijn vest. De schok sloeg toe en ik zakte bijna in elkaar. Ik sloot mijn ogen, haalde me Beths gezicht voor de geest en gebruikte dat beeld om de zwakte in mijn ledematen te bestrijden en mijn paniekerige ademhaling onder controle te krijgen. Ik concentreerde me op mijn taak. Ik trok mijn vest uit en wikkelde het mes erin, samen met de handschoenen, waarna ik de simkaart uit Pierres telefoon erbij deed. Ik dacht even na en haalde het haarklemmetje tevoorschijn. Er zaten wat haren van Laure in, dus ik trok er een uit en liet die op de grond vallen. Ik controleerde mijn jurk: er waren geen bloedvlekken door het vest gelekt en ik was blij dat ik de tegenwoordigheid van geest had gehad om het mes uit Pierres borst te trekken toen hij eenmaal in de vrieskist lag. Ik bukte, stak de stekker van de vriezer in het stopcontact en verliet de berging.

Pierre had zijn sleutels in de deur laten zitten, dus ik draaide het slot weer dicht, liet de sleutels in mijn opgerolde vest glijden, stopte dat in mijn tas en liep door de smalle gangen en over de keldertrap naar boven. Ik bereikte de voordeur zonder iemand tegen te komen. Het hele gebouw was stil.

Ik liep naar het Gare du Nord, reed tien minuten naar het noorden met de metro, stapte op een willekeurig station uit, haalde het vest uit mijn tas en dumpte het in een afvalbak. Toen nam ik de metro terug naar het Gare du Nord, waar ik op tijd was voor mijn trein naar St. Pancras. Toen ik daar arriveerde kocht ik bij een van de winkels in de stationshal een flesgroen poloshirt voor Gabriel, een mooie zijden sjaal voor Laure en een rok en sandalen voor mezelf als bewijs voor een winkelronde na de lunch met Jade. Toen ging ik naar huis en wachtte op het juiste moment om Pierres telefoon tussen Laures bezittingen te verstoppen. En toen ik in haar kamer was, pakte ik haar blauwe jurk en canvas schoenen, die ik verstopte tussen het afval in de container, die de volgende dag geleegd zou worden.

Mijn telefoon trilt en onderbreekt mijn overpeinzingen. Het is een appje van Gabriel waarmee hij me laat weten dat hij en Beth in Winchester zijn aangekomen. Wat antwoord je iemand die op het punt staat naar een uitvaart te gaan? Ik stuur een berichtje terug: *Ik hoop dat het een goed afscheid zal zijn. Laat me weten wanneer jullie ongeveer thuiskomen*, en ik voeg twee kusjes toe.

Ik loop naar het raam, kijk naar buiten zoals ik zo vaak heb gedaan, en denk na over de dag nadat ik Pierre had vermoord. Ik bracht Laure naar het station, waar ze op tijd was voor haar trein naar Londen. Ik had de hele nacht niet geslapen en stond strak van de spanning. Stel dat Laure, als ze het appartement leeg aantrof, zou besluiten naar beneden te gaan om Pierre in de kelder te zoeken?

Ik leidde mezelf af door Gabriel naar de supermarkt te sturen, zodat Joseph en ik samen konden lunchen, met z'n tweetjes. De lunch bood afleiding en zou tegelijkertijd een beloning zijn. Ik had iets nodig om mijn gedachten van Laure af te houden, en na alles wat ik de vorige dag had moeten doormaken vond ik dat ik tijd alleen met Joseph had verdiend. Ik dacht dat het wel goed met me ging, maar toen ik naar de ommuurde tuin liep om hem te roepen, raakte ik van slag door de scharlakenrode bloemen die langs het pad bloeien, dezelfde kleur als het bloed dat uit Pierres lichaam was gestroomd. En toen het mes dat ik voor het snijden van een tomaat gebruikte gemakkelijk door het vruchtvlees gleed, moest ik onwillekeurig denken aan het mes dat net zo gemakkelijk in het vlees van Pierre was gegleden.

Toen Gabriel de door mij zo zorgvuldig bereide lunch onderbrak, vluchtte ik naar de slaapkamer, waar ik met diepe teugen ademhaalde en hoopte dat Laure zou bellen. Ik weet niet hoe het me lukte om te slapen – misschien van uitputting. Toen ze me eindelijk belde vanaf het Gare du Nord en vertelde dat Pierre niet was komen opdagen en dat ze meteen terugkwam, was mijn opluchting zo immens dat ik me op mijn knieën liet zakken en mijn dank uitsprak, al wist ik niet tegenover wie. Ik zocht Gabriel op. Ik kon het wel uitschreeuwen bij zijn neerslachtige blik terwijl hij op het bankje zat te mokken over de brief die hij van Maggie Ingrams rouwcoach had gekregen. Ik had voor deze man gemoord, en moest je hem nou zien zitten, vol zelfmedelijden omdat Maggie hem wilde ontmoeten.

Omdat hij zo met zijn eigen problemen bezig was, was het voor mij gemakkelijk om later te doen alsof Laure die dag was thuisgekomen in andere kleren dan waarin ze was vertrokken, om te doen alsof ze koortsachtig en opgewonden was geweest, terwijl ze alleen maar verontwaardigd was. Hij geloofde wat ik hem vertelde, want hij had geen reden om aan te nemen dat ik zou liegen.

Als ik al een schuldgevoel had omdat ik Laure heb laten opdraaien voor de moord op Pierre, verdween dat toen ik erachter kwam dat ze iets met Joseph had. Aanvankelijk was ik door hem geïntrigeerd geweest en had ik genoten van zijn aandacht, maar op den duur raakte ik geobsedeerd. Alles aan hem, van zijn knappe, stoere uiterlijk tot zijn zangerige stem en zijn zelfverzekerde tred, maakte iets in me wakker, een gevoel dat ik mezelf in jaren niet had toegestaan. Pure, onbedwingbare lust.

Soms vraag ik me af of ik, als alles goed had gezeten tussen mij en Gabriel toen Joseph in ons leven kwam, als Gabriel mij niet zowel lichamelijk als emotioneel had afgewezen, of ik dan ook geobsedeerd zou zijn geweest door Joseph. En als Laure niet was komen logeren met de suggestie van Pierres mogelijke dochter, die de extatische gevoelens uit de nacht van Beths verwekking weer opriepen, zou ik dan ook door hem geobsedeerd zijn geweest?

Joseph werd mijn *guilty secret*. Ik had ervoor kunnen kiezen te gaan helpen in de tuin, gewoon om dicht bij hem te zijn en de combinatie van kwelling en extase te ervaren. In plaats daarvan bekeek ik hem stiekem vanachter het slaapkamergordijn en wachtte ik tot ik een glimp van hem opving terwijl hij naar en van de ommuurde tuin liep. En toen kwam het moment dat ik me amper had kunnen voorstellen. Toen ik zag dat hij omhoogkeek naar mijn raam waagde ik het te denken dat mijn gevoelens werden beantwoord. Ik had er nooit naar hoeven handelen, maar ik was gevleid dat hij hetzelfde gevoel voor mij koesterde als ik voor hem.

Tot ik hoorde dat hij seks had met Laure en erachter kwam dat ik mezelf voor de gek had gehouden. De vernedering van het besef dat hij niet elke ochtend op mij had gewacht, de onrechtvaardigheid ervan, verscheurde me. Na alles wat ik voor Laure had gedaan had zij mij, door het object van Josephs verlangen te worden, op de wreedst mogelijke manier verraden. De gedachte aan hen samen was een marteling. Ik werd geplaagd door herinneringen aan wat ik aan de andere kant van de schuurdeur had gehoord. Ik begon Laure te haten. Ik wilde dat ze uit ons leven zou verdwijnen – en uit Josephs leven. En ik had een nieuwe angst ontwikkeld. Ik had misschien de zaadjes geplant om de schuld voor de moord op Pierre bij haar te leggen, maar stel dat ze kon bewijzen dat ze hem niet had gedood? Stel dat zijn moord toch terug te voeren zou zijn op mij?

Ik heb haar niet met opzet om het leven gebracht. Die dag na de storm, toen ik haar en Joseph had horen ruziemaken, besloot ik haar achterna te gaan. Gabriel had al gezegd dat Joseph genoeg leek te krijgen van Laure; hij had al een paar keer gezien dat hij zich aan haar omhelzing onttrok, en dit leek me de kans om haar over te halen te vertrekken. Eerder die dag had ze me gevraagd of ik mee ging hardlopen, en ik had nee gezegd. Maar toen ik haar zag weggaan, haastte ik me naar de slaapkamer aan de voorkant van het huis en riep haar toe door het open raam.

'Laure!' riep ik. 'Ik ga toch mee. Wacht maar op me bij het overstaphek.'

Ze draaide zich om en stak haar duim op.

Vervolgens zag ik Joseph naar het hek hollen. Eerst dacht ik dat hij achter Laure aan zou gaan, maar hij sloeg links af in plaats van rechts. Dat vertelde ik de politie later niet, omdat dat me beter uitkwam.

Ik was mijn hardloopkleding aan het aantrekken toen Gabriel belde om te vragen hoe het met me ging. Ik zei dat ik een lang bad zou nemen. Ik weet niet waarom ik hem niet vertelde dat ik met Laure ging hardlopen, maar misschien was het een onbewust instinct van zelfbehoud.

Vijf minuten later verliet ik het huis, en toen ik het overstaphek naderde, draaide Laure zich glimlachend naar me om.

'Heb je gezien hoe modderig het is?' vroeg ze met een wijzende vinger naar het pad door de velden. 'Hardlopen gaat niet lukken zo. Misschien moeten we maar teruggaan en tot morgen wachten.'

'Zullen we anders door het bos gaan? Daar zal het droger zijn. We kunnen zelfs een rondje om de groeve maken,' opperde ik.

Ze trok haar wenkbrauwen op tot twee perfecte boogjes. 'Ik dacht dat we daar niet mochten komen.'

'Maar er schijnen toch mensen naartoe te gaan. Ook om even stil te staan bij het leven van Charlie. Ik heb gehoord dat sommigen bloemen naar beneden gooien op de plek waar hij is gevallen.'

'Een soort gedenkplaats. Wat mooi.'

'Zullen we gaan?'

Ze begon te joggen. 'Waarom niet?'

We renden door het bos naar de groeve en volgden het pad dat ons naar de bovenrand bracht. Het gras was drassig van de regen en onze voeten werden nat. Op een gegeven moment gleed Laure uit en viel ze bijna.

'Laten we even stoppen,' zei ik, hijgend van onze klim. Ik wees naar het geboomte links van ons. 'Ik geloof dat Charlie daar met zijn fiets van het pad is geraakt.'

Ze tuurde ernaar en fronste. 'Weet je het zeker? Zou zijn fiets niet minstens één boom hebben geraakt voor hij bij de rand kwam?'

'Ja, dat denk ik ook. Misschien verderop dan.'

'Tenzij hij het met opzet deed.'

Ik bleef staan en draaide me naar haar om. 'Hoe bedoel je?'

'Dat hij misschien wel expres over de rand is geschoten. Ik weet het niet... Misschien had hij ruzie met iemand gehad en was hij van streek.'

Ik staarde haar aan. Mijn hart bonkte zo luid dat ik er zeker van was dat ze het hoorde. Ik probeerde het beeld van Laure die over de rand van de groeve tuimelde te verdringen, maar zag het almaar voor me.

'Dus je bedoelt dat hij hiernaartoe reed en zich een weg zocht door de bomen, op deze manier?' Ik stortte me in het donker en er vielen druppels regen op me terwijl ik langs de takken streek en een pad naar de rand van de groeve trok.

'Ja,' zei ze terwijl ze vlak achter me aan kwam.

'Trouwens,' zei ik toen we de rand naderden. 'Ik kreeg vanochtend een telefoontje van Samantha Everett.'

'O!' kweelde ze. 'Heb je de opdracht gekregen?'

Ik draaide me naar haar om. 'Nee, want ik heb haar niet teruggebeld toen ze een boodschap had achtergelaten met dat verzoek. En jij bent degene die heeft nagelaten die boodschap aan me door te geven.'

Ze keek me even aan en sloeg toen een hand voor haar mond, haar ogen groot van de schrik. 'O mijn god, Iris, wat spijt me dat!' zei ze. Ze haalde haar hand voor haar mond weg en wilde mijn arm pakken. 'Helemaal vergeten. Dat klinkt ontzettend stom, dat weet ik, maar ik...'

'Is dat zo?' onderbrak ik haar. 'Was je het helemaal vergeten? Of vergat je het bewust?'

'Wat? Nee, natuurlijk niet! Hoe kun je dat nou denken?' Het verwijt in haar stem maakte me plotseling woedend.

'Omdat je egoïstisch bent, Laure. Omdat je nooit aan iemand anders denkt dan aan jezelf. Het wordt tijd dat je vertrekt. Ik, Gabriel, Joseph... we hebben alle drie genoeg van je.'

'Joseph? Weet jij het, van mij en Joseph?'

Ik lachte. 'Je bent niet bepaald de discretie zelve, Laure. Ik weet het al sinds de dag dat ik met Esme naar Londen zou gaan. Jij wilde niet mee, weet je nog? Je zei dat je op zoek zou gaan naar een echtscheidingsadvocaat, maar wat je eigenlijk wilde was alleen zijn met Joseph. Op het station veranderde ik van gedachten en ik kwam naar huis. Ik ging je zoeken in de tuin en hoorde jou en Joseph in de schuur.' Ze werd rood van kwaadheid. 'Wanneer is het begonnen? Al voordat je naar Parijs ging voor die afspraak met Pierre?'

Ze keek geschokt. 'Nee, natuurlijk niet. En ik wilde die dag alleen maar met Joseph praten over Pierre die niet was komen opdagen. Daar had ik de kans nog niet toe gekregen, omdat Gabriel er steeds bij was. Dus zocht ik hem op in de schuur. En het gebeurde gewoon.'

'Het gebeurde gewoon,' bauwde ik haar na. 'En nu is het voorbij. Hij wil je niet meer.'

'Nee, dat is niet waar, hij wil me wél. Hij wil dat ik bij hem intrek in zijn huisje achter het huis van Esme en Hugh.'

'Niet waar,' zei ik. 'Ik heb jullie horen ruziemaken.'

'Ja, want hij wilde dat ik jullie over ons zou vertellen. Hij wilde er al vanaf het begin open over zijn. Hij zei dat ik eerlijk tegen jullie moest zijn, maar ik wilde dat niet, omdat ik wist dat jij en Gabriel kwaad op me zouden zijn omdat ik nog niet eens van Pierre ben gescheiden. Maar ik zal Pierre nooit vergeven dat hij er niet was terwijl hij mij had gevraagd naar Parijs te komen. Hij is een lafaard en ik wil niet samen zijn met een lafaard.' Ze zweeg even. 'Ik heb geprobeerd een reden te bedenken waarom hij, toen het erop aankwam, zich er niet toe kon brengen me de waarheid te vertellen. En ik had een vermoeden, maar ik wilde het niet geloven, dus heb ik het verdrongen. Maar nu vraag ik het me af... Die dag dat ik Beth via FaceTime sprak, een paar dagen voor ik naar Parijs ging, had ze iets wat me aan Pierre deed denken. Ik mag het dan niet eerder hebben opgemerkt, maar omdat hij bij hoog en bij laag had beweerd dat Claire niet de moeder van zijn kind was, en hij me niet wilde vertellen wie dan wel, kwam ik op dat moment geloof ik achter de waarheid. Is dat wat Pierre me niet durfde te vertellen, Iris? Is Pierre de vader van Beth?'

Weer dacht ik dat ze mijn luid bonzende hart zou kunnen horen. 'Je bent niet goed wijs,' zei ik. 'Je ziet spoken.'

'Nee.' Ze schudde haar hoofd. 'Dat denk ik niet.' Haar ogen vernauwden zich. 'Misschien moeten we Gabriel eens vragen hoe hij erover denkt.'

'Nee, nee, dat doen we niet!' In mijn paniek hief ik mijn arm op en zette een stap in haar richting. Haar ogen werden groot en zij zette een stap achteruit, en nog een. En toen viel ze, wild met haar armen zwaaiend terwijl ze achterover over de rand van de groeve tuimelde.

Ik weet niet meer of ze schreeuwde. Ik kan me niet herinneren dat ik naar huis rende in de vertwijfelde hoop dat ik niemand zou tegenkomen terwijl ik over het overstaphek klom en de laatste dertig meter naar ons huis holde, mijn hoofd al duizelend van het verhaal dat ik aan Gabriel zou vertellen als hij eerder dan ik thuis zou zijn. Ik zou hem vertellen dat ik had besloten toch met Laure mee te gaan en dat ik het pad over de velden had genomen in de veronderstelling dat ze die kant op was gegaan. Maar dat ik haar niet had gezien en naar huis was gekomen.

Maar gelukkig was hij er nog niet, dus haastte ik me naar boven en liet een bad met lauw water vollopen. Ondertussen trok ik een ochtendjas aan en liep ik naar de tuin om te kijken of Joseph terug was. Als dat het geval was geweest, zou hij denken dat ik net uit het bad was gestapt. Maar hij was nergens te bekennen, dus liep ik het huis weer in en de trap op naar de badkamer, waar ik de ochtendjas uittrok en in het bad ging liggen. Gabriel kwam minder dan tien minuten later thuis, en in die tien minuten realiseerde ik me twee dingen. Het eerste was dat ik Joseph met een paar goed gekozen woorden verdacht kon maken als Laures lichaam eenmaal was gevonden, want plotseling wilde ik hem pijn doen, wilde ik dat hij zou lijden, al was het maar voor even, vanwege wat Laure me had verteld toen we aan de rand van de groeve stonden, namelijk dat hij wilde dat ze bij hem zou intrekken.

Het tweede wat ik me realiseerde, was dat de enige onvolkomenheid in mijn plan om Laure verdacht te maken in de moord op Pierre nu was uitgewist. Als Laure dood was, had ze geen stem en kon ze zich niet verdedigen.

Het was makkelijk om tegenover Gabriel te doen alsof ik al zo lang in het bad lag dat het water koud was geworden, en later die avond deed ik alsof ik kwaad was op Laure omdat ze niet thuiskwam voor het eten. Het was makkelijk om te doen alsof ik ervan baalde dat ze misschien wel bij Esme en Hugh zat te eten, en toen de avond vorderde en de volgende storm zijn wind en regen op ons afstuurde, was het makkelijk om te doen alsof ik me zorgen maakte om Laure, die misschien wel ergens buiten was. Toen ik de volgende ochtend met Gabriel naar haar ging zoeken, stond ik erop dat we naar de groeve zouden gaan en zorgde ik ervoor dat ik dezelfde kleding en schoenen droeg die ik de dag ervoor ook aanhad. En in de dagen die volgden bleef ik doen alsof – tegenover Gabriel, tegenover de politie, tegenover Esme en Hugh. Mijn beste optreden vond plaats toen agent Locke me vertelde dat Joseph voor een ondervraging naar het bureau was meegenomen. Maar toen belde Esme om te vertellen dat Hamish was geboren, en toen ik begreep dat Joseph bij zijn geboorte was geweest, wist ik dat hij het perfecte alibi had en moest ik mijn bitterheid inslikken.

Tegenover Gabriel deed ik alsof ik hem een alibi had willen verschaffen door de politie te vertellen dat hij vroeger was thuisgekomen dan in werkelijkheid, voor het geval ze hem als mogelijke verdachte zouden zien. Maar in feite verschafte ik mezélf een alibi, omdat hij de politie, toen ze vroegen naar zijn tijdpad van die dag, vanwege mijn eerdere leugen wel moest vertellen dat hij om kwart over vier thuis was gekomen en dat ik toen in bad lag.

Mijn telefoon trilt weer. *Het is afgelopen. Gaan wat drinken met Hugh en Esme. Ik laat je weten wanneer we weggaan uit Winchester.* Het berichtje en de tuin die langzaam in beeld komt, maken me aan het schrikken. Had ik echt zo lang aan het raam gestaan, zo lang als het had geduurd om Joseph te begraven? Misschien had de uitvaart niet zo heel lang geduurd, anders dan die van Pierre, die eindeloos had geleken.

Ik loop naar het bed, ga liggen en staar naar het plafond.

Mijn gedachten keren terug naar de dagen die volgden op Laures dood. De opluchting die ik voelde was ongelooflijk. Pierre en Laure waren uit ons leven verdwenen, mijn geheim was veilig. Nu kon ik me concentreren op Gabriel en Beth. Joseph was ook uit ons leven verdwenen. Hij was niet meer komen werken nadat Laures lichaam in de groeve was gevonden, en ik verwachtte niet dat hij nog zou terugkomen. Ik kon mijn vernederende confrontatie met hem, toen hij me in zijn bed had aangetroffen, uit mijn hoofd zetten. Ja, zijn bed. Hij had me in zijn bed gevonden, niet op de bank.

De opluchting was van korte duur. Het schuldgevoel om de moord op Pierre en de dood van Laure vrat me vanbinnen op. Ik was zo bang dat ik mezelf verdacht zou maken door iets verkeerds te zeggen dat ik helemaal niet meer met Gabriel praatte. Ik wist niet hoe ik de uitvaarten van de twee mensen die ik had gedood moest doorkomen. Het lukte me om die van Laure te vermijden, met als reden dat zij Pierre had vermoord. Maar ik had geen excuus om niet naar zijn uitvaart te gaan.

Ik weet niet hoe ik die dienst ben doorgekomen. De scène in de berging speelde zich almaar af in mijn hoofd. Ik kon de verbaasde blik op Pierres gezicht toen hij zich realiseerde dat ik hem had neergestoken niet uit mijn gedachten krijgen. En in de trein kwam de volgende klap toen Gabriel zei dat Joseph terug zou komen om nog een paar dagen in de ommuurde tuin te werken.

De weken daarna bleef ik uit zijn buurt en probeerde ik alles achter me te laten. Toen Beth besloot om haar studie een jaar uit te stellen, voelde dat als een beloning voor alles wat ik had gedaan om haar en Gabriel te beschermen. Nu Beth er was, zou Gabriel uit zijn depressie raken en had ik eindelijk de kans om een band met haar te krijgen. Ik begon me te ontspannen.

De toevallige ontmoeting met Hugh in Markham, de week

voor de doopplechtigheid, toen hij me vertelde hoe goed Beth en Joseph het met elkaar konden vinden, gaf me een onbehaaglijk gevoel. Maar pas toen Beth ons meedeelde dat ze had besloten te gaan reizen in Azië, en Gabriel me vertelde waarom Joseph in werkelijkheid door Jarmans was ontslagen, sloeg me een nieuwe schrik om het hart. Ik probeerde mijn ongerustheid niet aan Gabriel te laten zien, maar het besef dat Joseph nu zijn pijlen op Beth had gericht maakte me misselijk.

Er was nog een reden voor de afkeer die ik voelde. Ik verachtte Joseph inmiddels, maar niet lang daarvoor had ik over hem gedroomd, hem bekeken, naar hem verlangd. Een brandend gevoel van vernedering vloeide als lava door mijn aderen. Hij moest uit Beths buurt blijven. Ik zou hem moeten opzoeken, een beroep moeten doen op zijn gezond verstand. Het was de dinsdag voor de doop, een paar dagen nadat Beth mij en Gabriel op de hoogte had gesteld van haar plannen. Zij was bij Esme en Gabriel was niet thuis, dus liep ik naar de ommuurde tuin. Ik beefde terwijl ik naar Joseph liep, want ik kon me zijn woede nog goed voor de geest halen.

'Kan ik je even spreken?' vroeg ik.

Hij draaide zich om, en in zijn ogen lag zoveel minachting dat mijn adem stokte.

'Wat wil je?'

Mijn woorden rolden uit mijn mond. 'Ben jij de reden waarom Beth naar Bangkok gaat? Hebben jullie daar met elkaar afgesproken?'

Hij kneep zijn ogen samen. 'Wat heb jij daarmee te maken?'

De angst maakte me slordig. 'Ze is mijn dochter en ik wil niet dat je je aan haar opdringt!'

Hij schonk me een grimmig lachje. 'Misschien is ze jouw dochter. Maar ze is niet van Gabriel, toch?'

Ik kon hem alleen maar aanstaren. De schrik in mijn ogen

gaf hem het antwoord dat hij verwachtte. 'Ik... Ik weet niet waar je het over hebt.' Het spreken viel me zwaar. 'Natuurlijk is ze van Gabriel.'

'Laure is erachter gekomen, maar ze overtuigde zichzelf ervan dat het niet waar kon zijn,' zei hij. 'Het was nadat ze Beth op FaceTime had gesproken, de dag dat Pierre haar had gevraagd naar Parijs te komen. Ze kwam me naderhand opzoeken in de tuin en ik zag dat ze van streek was. Ze zei dat ze Beth net had gesproken en dat ze iets van Pierre in haar gezicht en manier van doen had gezien. "Maar dat kan niet, toch?" zei ze. "Pierre zei dat hij me alles wil vertellen, maar het zal toch niet zo zijn dat Beth zijn dochter is? Hoe zou dat kunnen? Dan is ze verwekt tijdens onze huwelijksreis." Toen schudde ze haar hoofd. "Nee, dat is niet mogelijk. Ik ken Pierre, die zou niet twintig jaar met een leugen hebben kunnen leven. Het moet iets anders zijn."' Hij wachtte even. 'Ik had Beth noch Pierre ooit gezien en het waren mijn zaken niet.'

'Het zijn nog steeds jouw zaken niet,' beet ik hem toe.

'O, jawel, want Laure is dood, en dat niet alleen; ze wordt ook nog eens beschuldigd van de moord op haar man. Ze zou Pierre nooit hebben vermoord, en als ze dat wel had gedaan, zou ze het niet hebben kunnen verbergen. Ze was niet sluw of wraakzuchtig. Jij bent dat echter wel.' Hij zette een stap naar me toe. 'Weet je wat ik denk, Iris? Ik ben er vrij zeker van dat jij Pierre hebt vermoord, en ik ben er ook vrij zeker van dat je Laure hebt vermoord, en als ik dacht dat ik een van beide vermoedens kon bewijzen, zou ik meteen naar de politie gaan.'

'Je bent gek,' zei ik terwijl ik achteruitdeinsde. 'Jij kende Laure helemaal niet, je hebt haar nog maar net ontmoet. Je weet niet waar ze toe in staat was. Dat ze dacht dat Beth Pierres dochter kon zijn laat alleen maar zien hoe verward en labiel ze was.'

'Je klinkt bang, Iris.'

'Dat ben ik ook – voor jou! Je bent gek.'

En ik vluchtte de tuin uit.

Er komt weer een appje binnen: *We gaan nu uit Winchester weg.* Ik knijp mijn ogen stijf dicht en herinner me de ontzaglijke angst die ik voelde toen Gabriel me vertelde dat hij Joseph de avond voor de doop nog een bezoekje zou brengen. Ik was bang voor wat Joseph hem zou vertellen als Gabriel iets zou zeggen over Beth die naar Azië wilde. Maar toen ik Gabriel ernaar vroeg, zei hij dat hij het helemaal niet over Beth wilde hebben. Er waren andere dingen te bespreken, zei hij. En omdat ik zo opgelucht was, vroeg ik niet meer naar die andere dingen.

Ik wist al dat ik Joseph zou moeten ombrengen. Al zou hij die avond niet tegen Gabriel zeggen dat Pierre Beths vader zou kunnen zijn, dan kon hij het hem of Beth altijd later nog eens vertellen. Die angst mocht niet boven mijn hoofd blijven hangen, niet terwijl ik Pierre om precies die reden had vermoord. Ik herinnerde me het verhaal dat Esme me had verteld, dat hij zichzelf bijna vergast had, en ik besloot een vergelijkbaar scenario te scheppen.

Het gasstel zou mijn wapen zijn, de dag van de doop het moment. Maar eerst moest ik ervoor zorgen dat Beth uit de buurt zou blijven, omdat het de situatie alleen maar complexer zou maken als zij op het doopfeest aanwezig zou zijn.

De avond voor de doop had ik eten besteld en terwijl ik het in de keuken uitpakte, voegde ik een flinke hoeveelheid laxeermiddel toe aan de garnalencurry die Beth en ik hadden gekozen. Ik zorgde ervoor dat ik een beetje at, zodat het middel op mij alleen een milde uitwerking zou hebben. Beth at veel meer, en hoewel ik het naar vond dat ze zich ziek voelde, was dat slechts een klein offer, want ik wilde niet dat ze betrokken zou raken bij wat er komen ging.

Het werkte. Beth voelde zich te beroerd om naar de doopplechtigheid te gaan en bleef thuis. Op de receptie in het dorpshuis liep ik met een flesje water naar de toiletten, leegde het boven de gootsteen en verving het door wodka uit een flesje dat ik in mijn tas had verstopt. Ik schonk de wodka in voor Joseph. Ik zie nog voor me hoe hij zijn glas hief toen ik terugkwam van het buffet en zei: 'Jij bent de kwaadste niet, Goudhaartje', een verwijzing naar het moment dat hij me in zijn bed had gevonden. Het feit dat hij al beneveld in de kerk was gearriveerd maakte mijn taak eenvoudiger. Ik wist toen nog niet dat ik het aan Gabriel te danken had. Ik hoorde pas later dat Joseph de avond ervoor zijn schuldgevoel had proberen weg te drinken omdat Gabriel hem had verteld wat Charlies echte laatste woorden waren.

Ik had al gepland dat ik, als Joseph eenmaal dronken genoeg was, Hugh of Marcus zou vragen me te helpen hem naar zijn huisje te brengen. Naderhand, als Joseph eenmaal dood was, waren we dan elkaars alibi. We hadden hem teruggebracht en aan de tafel gezet met een kan water voor zijn neus, en hem op het hart gedrukt dat hij iets moest eten. Ik liet Hugh de bonen openmaken en ze in de pan op het gasstel schudden, zodat zijn vingerafdrukken op het blik zouden staan. Zelf hoefde ik alleen nog maar mijn vingers in een theedoek te wikkelen en het gas open te draaien. En de fles whisky uit mijn tas te halen die ik een paar dagen eerder uit de drankkast van Esme en Hugh had weggenomen. Ik drukte die in Josephs gulzige hand.

Ik rekende erop dat Joseph vergast zou worden, en om te voorkomen dat hij te vroeg gevonden zou worden, had ik Esme en Hugh uitgenodigd om na het doopfeest bij ons te komen. Ik dacht dat Esme en Hugh 's avonds op een gegeven moment naar huis zouden gaan en Joseph dood in zijn huisje zouden vinden. De explosie was een enorme schok. Maar toen ik de rook in de lucht zag opwolken, dacht ik onwillekeurig toch dat dit een preciezer einde was dan het einde dat ik had gepland.

Ik til een lome arm op, pak mijn telefoon en kijk hoe laat het is. Gabriel en Beth komen straks thuis, dus ik moet eten gaan koken. Ik sta op en strijk mijn jurk glad. In de badkamer doe ik het licht aan en kijk ik naar mijn spiegelbeeld. Ik laat mijn ogen over mijn gezicht dwalen, blij met de nieuwe sereniteit die ik erop ontwaar. Ik ben een tijdje de weg kwijt geweest en wist niet meer wie ik was. Nu weet ik weer wie ik ben.

Ik ben Iris Pelley, echtgenote, moeder en moordenares.

# DANKWOORD

Zoals altijd dank aan mijn geweldige agent, Camilla Bolton. Ik ben je dankbaar voor je wijsheid en kunde over alles wat met schrijven te maken heeft, en voor je o zo waardevolle vriendschap.

Een van mijn lievelingsmomenten als auteur is de ontvangst van een vertaald exemplaar van een van mijn boeken. Het is een heerlijk gevoel om het in mijn handen te houden en mijn welgemeende dank gaat dan ook uit naar het fantastische rechtenteam bij Darley Anderson – bestaande uit Mary Darby, Georgia Fuller, Salma Zarugh en Francesca Edwards – dat dit telkens weer mogelijk maakt. Ik wil ook graag Jade Kavanagh en Rosanna Bellingham bedanken. Het is altijd fijn om van jullie te horen!

Rondom mijn boeken zijn spannende ontwikkelingen gaande in de filmwereld, en dat heb ik te danken aan de expertise en het harde werk van de briljante Sheila David. Heel veel dank, Sheila.

Ik heb het geluk dat ik niet één maar twee geweldige redacteuren heb.

In het Verenigd Koninkrijk Jo Dickinson bij Hodder, en in de Verenigde Staten Catherine Richards bij SMP. Dank aan jullie beiden voor jullie inzet, en de manier waarop jullie dit boek zo kalm en rimpelloos van het eerste manuscript tot deze laatste gepolijste versie hebben begeleid. Jullie suggesties en advies zijn van onschatbare waarde.

Bij Hodder, dank aan Alainna Hadjigeorgiou, Alice Morley, Catherine Worsley, Sorcha Rose en Phoebe Morgan. Ook aan mijn bureauredacteur, Charlotte Webb, en mijn proeflezer, Helen Parham. Het is een rustig idee te weten dat er zo'n prachtig team is dat zich zo volledig inzet voor mij en mijn boeken.

Bij SMP, dank aan Jen Enderlin, Lisa Senz, Nettie Finn, Marissa Sangiacomo, Brant Janeway, Katie Bassel, John Morrone, Jeremy Haiting en Lizz Blaize. Eveneens aan mijn proeflezer Carla Benton, en aan Danielle Christopher voor het ontwerp van het schitterende omslag. Sommigen van jullie zijn er al bij vanaf het begin van mijn reis als auteur. We zijn nu bij boek zeven beland en ik ben dankbaar voor jullie aanhoudende vertrouwen in mij.

Ik heb ook geluk met mijn uitgevers in het buitenland. Dank voor het publiceren van mijn boeken, en dank aan de vertalers die ze in eenenveertig talen tot leven wekken.

Auteurs zijn niets zonder hun lezers. Heel veel dank aan jullie voor het lezen, waarderen en bespreken van mijn boeken. Ik stel de lezersrecensies enorm op prijs. Om dezelfde redenen ben ik talrijke bloggers veel dank verschuldigd.

Veel dank aan alle bevriende auteurs, met een speciale vermelding voor Phaedra Patrick, Roz Watkins en Annabel Kantaria, die er al sinds het begin voor me zijn en altijd bereid zijn tot een praatje als het schrijven even lastig is, maar ook als het goed gaat. Verder dank aan mijn vrienden buiten het schrijversvak, zowel in het Verenigd Koninkrijk als Frankrijk, die mijn boeken kopen en me motiveren om te blijven schrijven.

Ten slotte mijn innige dank aan mijn man, Callum, en onze dochters en hun partners. Zonder jullie liefde en aanmoediging zou ik dit niet kunnen doen.

Lees ook van BA Paris

Het perfecte huwelijk? Of de perfecte leugen?

★★★★ 'B.A. Paris heeft met haar eersteling, *Achter gesloten deuren*, alle loftuitingen meer dan verdiend.' – *De Limburger*

'*Achter gesloten deuren* van B.A. Paris is dé thriller sensatie.'
– *Marie Claire*

12 jaar geleden
2 mensen gingen op reis
1 keerde terug...

'Een spannende tour de force van hitchcockiaans niveau.'
– *Publishers Weekly*